회귀 경찰의

리셋 라이프

The Reset Life

회귀 경찰의 리셋 라이프 20

초판 1쇄 발행 2023년 3월 10일

지은이 ι 한길
발행인 ι 신현호
편집장 ι 이호준
편집 ι 송영규 최종건 정재웅 양동훈 곽원호 조정범 강준석 최성화
편집디자인 ι 한방울
영업 ι 김민원

펴낸곳 ι ㈜ 디앤씨미디어
등록 ι 2002년 4월 25일 제20-260호
주소 ι 서울시 구로구 디지털로 26길 111 JnK디지털타워 503호
전화 ι 02-333-2513(대표)
팩시밀리 ι 02-333-2514
E-mail ι papy_dnc@dncmedia.co.kr
블로그 ι blog.naver.com/gnpdl7

ISBN 979-11-364-4273-4 04810
ISBN 979-11-364-2581-2 (SET)

한길현대 판타지 장편소설

Papyrus Modern Fantasy

회귀 경찰의

20

리셋 라이프

PAPYRUS
파피루스

1장. 사기의 정석(2)

사기의 정석(2)

서울 어느 모처에 위치한 제2기획실.

창가에 선 중년인, 실장이 커피를 홀짝인다.

"최종혁. 아이반."

같은 공간에 두 명이 모두 등장함으로 둘이 동일 인물이 아니냐는 가설은 사라지게 됐다.

물론 완전히 사라진 건 아니다.

'아무래도 아이반이 그동안 두문불출하다시피 외부 활동을 줄인 게 마음에 걸려.'

이건 아마 자신뿐만 아니라 본사 직원들 대다수가 같은 생각일 거다. 마치 서로가 상극이라는 듯 치고받았던 모습 또한 마음에 걸린다.

'마치 보란 듯이…….'

"아니야. 그러려면 선결 과제가 해결돼야 해."

SVR과 빅토르 로마노프가 종혁에게 적극적으로 도움을 주고 있다는 것.

'고작 훈련법만 가지고 이게 가능한가?'

별장이나 막대한 돈, 고급 차.

여기까진 이해한다.

하지만 한 나라의, 그것도 러시아란 열강의 정보기관이 개인의 말을 들어준다는 건 차원이 다른 이야기다.

심지어 그게 냉전 시절 공포의 상징이었던 KGB를 전신으로 삼는 정보기관이라면 더더욱.

"거기다……."

실장은 1997년, 어느 사건의 기록을 살폈다.

"아동 포르노를 강매당할 뻔했다라……."

피해자는 빅토르 로마노프.

그런 빅토르를 구해 준 세 종혁이었나.

이 부분은 당시 파출소에 근무하던 경찰과 교차 검증을 끝낸 상태다. 이후 종혁은 빅토르와 함께 동대문과 남대문 일대를 돌아다녔다는 것 역시 확인됐다.

"통역을 해 줬다지. 마치 그쪽 빠끔이인 것처럼 위장해서."

그때 꽤 신기했다고 당시 상황을 기억하는 상인들이 있었다. 당시 웬 소녀가 함께했다는 증언까지.

실장은 다음 기록을 살폈다.

이 당시 빅토르, 종혁과 함께 동대문과 남대문 일대를 돌아다녔다는 김미진, 현재는 드바 로마노프의 상무로 있는 에바 미진 킴의 치부다.

당시 청계천과 용산, 남대문과 동대문을 중심으로 퍼져 가던 아동 포르노의 주인공인 에바 미진 킴. 이 사건 기록은 정말 겨우 찾아냈다.

"김종두 과장이 해결했군."

그리고 종혁이 남몰래 김미진을 후원한 기록도 확보했다.

이로써 빅토르와 종혁, 김미진의 관계가 성립된다.

'하지만 여기까지지.'

은혜를 갚는다는 명목으로 돈이나 보물을 줄 수 있을지언정, 자신들을 쫓는 데 적극 협조를 하기엔 모자란 점이 있다.

실장은 다음으로 정말 어렵게 입수한 드바 로마노프의 지분 현황과 빅토르가 드바 로마노프를 설립할 당시의 계좌 거래 내역을 살폈다.

"아이반 벨로프……."

드바 로마노프의 초대 주주이자 이 당시 빅토르 로마노프에게 무려 3천만 달러를 송금한 아이반. 이로써 빅토르와 아이반의 관계 역시 성립된다.

하지만 종혁과 아이반이 동일 인물이라는 가설이 성립되지 않는다.

아이반이 러시아에서 다단계 투자 사기에 개입했을 때, 종혁은 모스크바에 위치한 러시아 내무본부에서 연수를 받고 있었다는 게 확인됐기 때문이다.

만약 이 가설이 성립되려면 종혁이 이 당시부터, 아니 그 훨씬 이전부터 자신들을 인식하고 또 쫓고 있어야 하는데 문제는 짚이는 일이 없다는 점이다.

거기다 또…….

'어떻게?'

회사의 로고가 드러난 건 다단계 투자 사기 때 SVR이 개입하면서부터다. 시간대가 맞지 않다.

"아니, 하나 있긴 하지만……."

대한민국을 공포에 빠트렸던 한상원을 검거하는 데 큰 도움을 줌으로써 서울지검의 인턴이 된 종혁.

당시 자신들과 연관된 사건에서 자신들이 이용한 호구가 어떤 비리를 저질렀다는 증거를 찾은 게 종혁이라는 것이 확인되긴 했다.

하지만 이것도 거기까지.

모든 게 우연이기에 종혁은 감시 대상에서 제외됐었다.

"후우. 그럼 정말 이 모든 게 우연이라고? 다단계 투자 사기를 통해 우리를 인식한 SVR이 그냥 우리를 쫓는 거고? 아니, SVR이 이 모든 걸 계획하고 최종혁을 이용한 거라면…… 빌어먹을. 이것도 말이 안 돼."

종혁과 SVR은 SVR이 자신들을 인식하기 훨씬 이전부터 연관되어 있었다.

혹여 부러질지언정 결코 굽히지 않는 종혁.

종혁이 SVR에 이용당했다면 세진은행 사건, 아니 중앙 경찰학교에 파견된 인턴들이 종혁 본인의 오피스텔에서 사라졌을 때 종혁과 러시아는 완전히 틀어졌어야 했다.

회사에서 파악한 최종혁이란 놈은 그런 놈이었다.

하지만 아니라면, 종혁이 SVR의 계획에 함께하는 거라면 종혁은 오래전부터 자신들을 쫓고 있어야 했다. 최소한 그런 제스처라도 취해야 했다.

그런데 그건 또 아니다.

김종두 과장의 특수범죄수사과에서도 자신들에 관한 이야기가 언급된 적이 없다. 있다면 새로 짓던 연수원이 어그러졌던 철량리 사건 때 정도.

즉, 종혁이 자신들 회사와 연관된 건 어디까지나 우연이 거듭된 것. 이건 이미 수없이 검증한 끝에 사실로 판명된 일이다.

"돌겠군."

종혁이 이 모든 것의 주범이라는 것도 이 모든 상황을 설명할 수 없고, SVR이 자신들을 쫓기 위해 종혁을 이용하거나 협력하는 것이라는 가설 역시도 이 모든 상황을 설명할 수 없다.

이 모든 상황을 설명할 수 있는 건 오직 우연.

우연일 때만이 이 모든 상황을 억지로나마 설명할 수 있었다.

그런데 문제는 그렇다고 한들 굉장히 찝찝하다는 거다.

"빌어먹을."

"실장님."

"왜?"

"최종혁의 저택에서 전용기가 떴다고 합니다. 그런데 방향이……."

"또 뭐!"

"아무래도 한국 방향이 아닌 것 같답니다."

'설마?'

"……도 차장에게 연락해. 대비하라고."

"예?"

"최종혁이 바이칼 호수에 갔을 수도 있으니까! 만반의 준비를 하라고 말이야! 냄새를 맡았을 수도 있잖아!"

돈에 눈이 먼 놈들이야 이번 사기에서 의심 따위 하지 않을 테지만, 종혁은 수사에 막대한 사비를 쓸 만큼 돈에 집착이 없는 놈인 데다가 능력까지 출중한 형사다.

뭔가 냄새를 맡았을 수 있다.

거기다 종혁이 자신들과 얼마나 얽혔던가.

"예, 옙!"

"그리고 박종명 청장이 조희구 지부장이 담당하는 놈이지?"

"예. 그렇습니다."

"만약 최종혁이……."

제2기획실의 사원은 이어지는 실장의 말에 눈을 동그랗게 떴다.

* * *

휘이잉!

서늘한 강풍이 불어오는 바이칼 호수.

이르쿠츠크에서 안가라강을 따라 내려와 바이칼호의 최대 크기의 섬인 울혼섬에서 향하는 어느 지점이 시끄럽다.

호수 위에 떠 있는 네 대의 배와 산소통을 어깨에 멘 채 물속으로 들어가는 다이버들.

"푸후!"

"잠깐, 들어가지마! 30분 수색했으면 쉬란 말이야! 잠수병으로 죽고 싶어?!"

시끄럽게 떠드는 현지에서 고용한 잠수부팀들에게서 시선을 돌린 도경수 차장은 본사에서 파견된 잠수부, 정확히는 잠수부로 위장하여 물속으로 들어가는 직원들을 응시하며 담배를 물었다.

"최종혁이 우리 쪽으로 올 수 있다고?"

"예. 제2기획실에서 그렇게 연락을 해 왔습니다. 아무래도 냄새를 맡은 것일 수도 있다고."

"준비는 또 무슨 말이야?"

"형사들이 잘하는 거 있잖습니까. 그걸 대비하라는 것 같습니다."

정말 종혁이 냄새를 맡았다면 가장 먼저 할 일이 뭐겠

는가. 자신들이 발굴했다고 거짓말을 친 보물부터 감식하자고 할 거다.

도경수는 얼굴을 와락 구겼고, 그에게 보고하던 사내는 답답해지는 가슴을 쳤다.

"정말 이 새끼 어떻게 못합니까? 이 새끼한테 원한을 가진 놈 많잖습니까."

"그러다 만에 하나 우리가 개입한 게 들통나면?"

SVR과 CIA가 개입한다.

그렇게 되면 한국 국정원과 정부까지 자신들을 쫓을 거다.

그 폭풍이 몰아쳤을 때 과연 몇이나 살아남을 수 있을까. 최소 30퍼센트 정도는 죽어야 SVR과 CIA가 만족하고 물러날 터. 그래야 회사가 존속 될 수 있다.

거기다 그것도 문제지만, 못해도 10년 정도는 모든 프로젝트를 접고 납작 엎드려야 할 거다.

'그때까지 사원들이 버텨 줄까?'

회사의 존속을 위해 30퍼센트의 생목숨을 날리는 것까지는 사원들도 이해를 해 줄 거다.

그러나 10년 동안 손가락만 빨아야 한다면? 회사를 이탈하는 사원이 발생할 수 있다.

'나조차도 10년 동안 손가락을 빨아야 한다면…….'

하지 말아야 할 생각을 한 도경수는 고개를 저었다.

"아무튼 이래서 본사도 아무 액션도 취하지 못하는 거 알잖아."

"후우. 저도 답답해서 하는 말입니다, 답답해서."

지이잉! 지이잉!

"하, 또 누구…… 오, 올라프 의원님! 예? 아뇨, 잠깐. 뭐라고요?"

사내는 갑자기 당황하는 도경수의 모습에 의아해했다.

"무슨 일이십니까?"

"하아…… 올라프 이 영감탱이. 이 정도도 못 막으면서 뭐가 거물 정치인이야?"

"차장님?"

"야. 터졌다."

"무슨…… 아, 설마?"

사내가 피식 웃자 도경수는 고개를 끄덕였다.

"우리의 예상대로 빅토르의 파티에서 보인 보물 때문에 날파리들이 꼬이기 시작했단다. 벌써 한 팀이 왔고."

이르쿠츠크에서 거의 무소불위의 권력을 휘두르는 올라프조차 막을 수 없는 모스크바 거물을 뒷배로 둔 트레저 헌터팀이라고 한다.

"좋네요."

트레저 헌터의 개입은 이미 상정한 상황.

문제없다. 트레저 헌터는 자신들을 더 돋보이게 만들 장치였으니 말이다.

"문제는 여기로 오고 있을지 모르는 최종혁인데…… 어떡하죠?"

"몰라, 씨발. 일단 최종혁이 요구하면 줄 거부터 챙겨 놔."

회사의 기술을 총동원해 만든 모조품.

'어차피 측정기를 들이밀어도 가짜인지 알 순 없을 테지만…….'

이미 종혁과 연관되어 좋은 꼴을 본 적이 없음을 알고 있는 도경수는 부디 이걸로 속일 수 있기를 바랐다.

* * *

한편 도경수가 탄 배에서 10킬로 미터 이상 떨어진 곳에 위치한 어느 요트 위.

천체 망원경을 통해 도경수와 사내를 응시하던 김 대리, 아니 김경후가 담배를 문다.

"도경수라……."

처음 듣는 이름이다.

강원도 연수원에서도 듣지 못한 이름.

'어차피 가명이겠지.'

솔직히 누구라도 상관없다. 회사의 프로젝트 스타일을 모두 꿰고 있으니 말이다.

"이미 트레저 헌터쯤은 상정하고 프로젝트를 진행했겠지."

투자자를 모집하려면 어쩔 수 없이 드러내야 하는 결과물. 거짓된 희망.

거기에 날파리가 꼬일 거란 걸 모를 리 없는 회사다.

아마 회사는 이들을 이용할 계획까지 세워 놨을 거다.

"다른 곳에선 보물이 안 나오는데, 회사만 보물을 발굴한다면 투자자들이 미쳐 날뛰게 되겠지."

이런 현상이 두 달만 계속돼도 투자자들이 줄을 설 거다.

"그런데……."

"보스."

"그겁니까?"

김경후는 물이 뚝뚝 떨어지는 잠수복을 입은 덩치 좋은 러시아인, 정확히는 옛 KGB 요원이 가져온 작은 케이스에 담긴 삭은 브로치를 본 입술을 비틀었다.

"그런데 이러면 어떻게 될까?"

성분 분석기를 들이밀어도 결코 알아낼 수 없을 예술품.

표트르 대제 시절의 황실 보물이라는 약간의 진실에 FSB와 SVR의 모든 기술을 총동원해 바이칼호의 성분까지 입힌 예술 작품.

'너희가 이것까지 상정했을까?'

"어디 한바탕 놀아 보자고, 개새끼들아."

김경후의 눈에 살의가 넘실거리기 시작했다.

* * *

"와아."

"이게 호수야, 바다야?"

바이칼호, 총 3만 1500㎢의 면적과 남북 길이 636km, 최장 너비 79km, 최단 너비 27km이며, 둘레는 2200km, 최고 수심 1742m에 이르는 거대한 호수의 압도적인 위엄에 종혁마저도 혀를 내두른다.

"팀장님, 여기가 세계에서 가장 오래된 역사를 가진 호수라고요?"

"글쎄? 그건 잘 모르겠지만 아마 담수호 중 최대 규모일 거야."

"오오오!"

물개박수를 친 최재수는 바이칼 호수의 물가에 지어진 붉은색의 2층 건물을 보곤 다시 흥분했다.

숲과 호수에 둘러싸인 그림 같은 집.

그 뒤에 헬기까지 있으니 흥분을 하지 않을 수가 없다.

그건 오택수와 백이도 과장도 마찬가지다.

아니, 정확히는 건물과 연결된 선착장과 선착장에 묶인 커다란 요트가 그들의 시선을 확 낚아채 놓지 않았다.

"저걸 타고 나가서 낚시를 하면…… 크으!"

신선놀음이 따로 있을까.

낚시가 취미지만, 아내의 눈치 때문에 1년에 겨우 한두 번만 낚시를 하는 백이도가 핸드폰을 든다.

"국장님! 보셨습니까, 국장님?!"

─야, 이……! 거긴 또 어딘데!

"오늘은 바이칼호입니다! 여기서 낚시하면 죽이겠죠?"

벌써 이틀째 러시아 여행 중인 종혁과 백이도 과장.

종혁이 한국을 대표해 포럼에 참가하니 함경필 국장은 통 크게도 이참에 러시아 여행도 하고 오라고 휴가까지 허락해 줬다.

　그런데 그게 이런 뒤통수로 돌아왔다.

　-나도! 나도 데려가라, 이 배은망덕한 놈들아-!

　"흐흐. 모레 뵙겠습니다."

　함경필을 약 올린 백이도가 눈을 초롱초롱하게 뜨며 종혁을 본다.

　"최 팀장, 정말 이게 최 팀장 소유의 별장 맞다는 거지?"

　"가족끼리 오고 싶으시면 일주일 전에만 말해 주세요. 아니면 저희 과 식구들끼리 MT를 와도 되고요."

　차로 40분 거리에 위치한 바이칼스크에 드바 로마노프와 한인 마트가 있으니 먹을 것을 구하는 것도 문제가 없다.

　"오 경감님도요."

　"내가 전에 말했던가? 사랑한다고?"

　"하하. 짐이나 푸세요. 그래야 얼른 마시고 자서 내일 새벽에 낚시 나가죠."

　"진짜 사랑한다, 최 팀장! 가시죠, 과장님!"

　"가야지, 암. 가야지!"

　그들은 빠르게 종혁의 별장으로 들어갔다.

　그리고 다음 날, 해가 어스름히 떠오르는 새벽.

부아아아앙!

"우아아!"

호수를 가르며 빠르게 나아가는 요트 위에서 최재수의 함성이 울려 퍼지고, 요트 안에 만들어진 집 같은 공간에서 백이도 과장과 오택수가 낚시 채비를 점검한다.

"여긴 어떤 놈들이 잡힐까?"

"뭐든 저희가 처음 보는 놈들이지 않겠습니까?"

"흐흐. 그렇겠지?"

백이도가 종혁을 향해 입을 연다.

"최 팀장, 얼마나 더 가야 해?"

"아, 일단 울혼섬까지 갈 거예요."

"울혼섬? 거기가 어딘데?"

"한두 시간만 더 가면 됩니다. 거기에 아주 죽이는 포인트가 있대요."

종혁은 천장, 현재 위에서 요트의 키를 잡은 선장을 가리켰고, 두 시간이란 말에 그렇게나 멀리 가냐며 식겁했던 백이도와 오택수의 눈이 흥분으로 젖어 들었다.

뱃사람이 자부하는 포인트.

낚시꾼으로서 어찌 그걸 마다할 수 있을까.

"정확히는 울혼섬으로 가는 길에 있는 포인트인데 과장님과 오 경감님은 거기서 낚시. 저와 재수는 울혼섬 구경. 오케이?"

"아, 낚시는 여러 사람이랑 해야 재밌는데…… 오케이!"

"나도 오케이!"

"Once more you open the door—!"

"······전 바이칼호 구경이나 하러 가겠습니다."

계단을 타고 갑판으로 올라온 종혁은 마치 어느 영화처럼 뱃머리에서 양팔을 쫙 벌리고 선 채 꼴값을 떨고 있는 최재수를 보며 고개를 저었다.

"저러다 떨어져 봐야 저 짓거리를 안 하지."

위험천만하게 저게 무슨 짓인지 모르겠다.

그 순간이었다.

"최—!"

종혁의 귓가에 닿는 희미한 외침.

선장을 응시했던 종혁은 그가 가리키는 방향을 봤다가 눈을 빛냈다.

'호오. 보이네.'

저 멀리 도경수 차장의 발굴팀들의 배들이 점처럼 보인다.

이제부터 작전 시작이었다.

* * *

부우우웅······.

울혼섬의 선착장이 가까워지자 속도를 줄이기 시작한 종혁의 요트.

"그러면 8시간 뒤에 뵙겠습니다."

백이도 과장을 힐끗 본 종혁이 오택수를 향해 고개를 살짝 끄덕이곤 돌아서고, 낯빛이 살짝 굳었다가 펴진 오택수가 손을 젓는다.

"최재수, 너 여기서 사고치면 죽는다!"

"에이 씨."

둘은 어젯밤의 일을 떠올렸다.

내일의 스케줄을 위해 모두가 곯아떨어진 저녁.

달칵!

노트북을 통해 선유컴퍼니의 전 직원 명단을 살피는 종혁의 표정이 굳는다.

다시 살펴봐도 마찬가지다.

"멤버가 달라."

심지어 규모도 다르다.

회귀 전 죄다 초짜들로 구성되어 있던 바이칼호 보물선 인양 사기 사건. 이르쿠츠크 공무원들을 죄다 구워삶았는데도 모두 초짜였던 사건.

당시 사건 파일로 봤던 사기꾼들 명단과 선유컴퍼니 직원들 명단 중 겹치는 인물이 러시아 현지에서 고용한 발굴 전문팀을 제외하면 몇 명밖에 없다.

그 몇 명조차도 한국에 있는 상황.

즉, 도경수와 박재현은 회귀 전엔 이번 사건에 얽혀 있지 않았던 이들이란 뜻이었다.

'모두 나 때문이겠지.'

그동안 종혁이 놈들에게 입힌 피해가 얼마던가.

놈들은 같은 실패를 반복하지 않기 위해 작정을 하고 이번 프로젝트를 기획했음이 분명했다.

실제로도 그런 양상을 보였다.

은밀히 사람을 불러 모았던 회귀전과 달리 제법 열정적으로 투자자를 모집하고 있었다. 여전히 기관 투자는 제외됐지만, 회귀 전과 투자 모집 양상부터가 달랐다.

그렇다면 이번 일에 종혁이 알지 못하는 어떤 변수가 숨어 있을지도 모르는 일이었다.

'그걸 감안해서 작전을 짜긴 했지만……'

찰칵! 치이익!

"후우우."

"안 자냐?"

"아, 한국에서 투자 설명서가 날아와서요."

종혁은 슬그머니 노트북을 닫으며 오택수를 반겼다.

"졸부도 열심히 사시는구만."

"몰랐어요? 부자일수록 바쁘게 사는 법입니다."

"지랄."

안으로 들어온 오택수는 종혁에게 맥주를 건넸다.

챙!

허공에서 부딪치는 맥주병.

종혁은 오늘 밤의 마지막 맥주로 타는 목을 달랬다.

"그래서?"

종혁은 오택수를 봤다.

"또 뭘 꾸미는 건데?"

오택수의 눈이 어느새 서늘히 가라앉아 있다.

'하여튼 저놈의 촉은.'

피식 웃은 종혁은 몸을 일으켜 창문을 열었다.

그러자 어둠에 물들어 버린 세상에서 불어오는 싸늘한 바람이 종혁의 얼굴을 때린다.

"수십조랍니다. 저기에 묻힌 게."

"그럼 그렇지. 시발."

돈이라면 차고 넘치는 게 종혁이다. 그가 돈 때문에 이곳에 왔을 리는 없을 터.

즉, 저곳에 수십조에 달하는 엄청난 규모의 사건이 도사리고 있다는 것이었다.

"아직은 의심이죠. 그래서 말 안 한 거고."

"난 뭘 하면 되겠냐?"

"아무것도?"

현재까진 뭘 할 필요가 없다.

흘러가는 상황이 다 알아서 해 줄 테니 말이다.

"……쯧. 알았다."

단숨에 맥주를 모두 들이켜고 일어난 오택수는 손을 저으며 방을 빠져나갔고, 종혁은 타들어 가는 담배를 다시 입에 물었다.

'문제는 이 사건 뒤에 있는 인간들인데…….'

회귀 전, 당시 바이칼호 보물선 인양이 사기로 밝혀지면서 한국이 들썩였음에도 경찰은 제대로 나서지 않았다.

심지어 곧이어 터진 연예인 스캔들 때문에 대중의 관심이 돌려졌다.

여기까지는 어쩔 수 없다 치지만, 경찰의 대처가 종혁을 의심스럽게 했다.

당시 초짜들만 가득했던 바이칼호 보물선 인양 사기 사건.

당연히 수사팀은 이에 대해 의문을 가지고 더 파 보려고 했지만, 윗선의 압력에 의해 불발로 끝났다.

그리고 당시 이 사건을 담당했던 경찰들은 1년 후부터 차례차례 한직으로 좌천됐다.

'그때 고위 간부와 현재 고위 간부들 중 겹치는 인간이…… 일단 본청만 놓고 보면 인사과의 박 과장. 교통국의…….'

한참을 생각하던 종혁의 눈이 차갑게 가라앉는다.

'그리고 함경필 국장을 비롯해 외사국 간부 전원.'

본청만 이 정도고, 서울 경찰청으로 넘어가면 훨씬 더 많다.

이렇듯 어디에 놈들이 숨어 있을지 모르기에 모든 가능성을 열어 두어야만 했다.

"아, 거지같네."

같은 식구를 의심해야 된다는 건 언제나 거지 같은 일이었다.

한편 건물을 빠져나온 오택수는 담배를 물었다.

"그나저나 어떤 무당이 용하더라⋯⋯."

어떻게 수사기법에 관한 포럼에 참가했다가 사건에 휘말리는 걸까.

물론 진짜 사건인지, 아니면 자신들의 의심일 뿐인지는 시간이 지나 봐야 알 테지만, 이건 분명 종혁에게 뭐가 씌여도 단단히 씌인거다.

아무래도 이번엔 정말 굿판을 벌여야 할 것 같다.

"하늘은 겁나 예쁘네."

마치 별로 이뤄진 대륙과 강이 흐르는 듯한 아름다운 밤하늘.

그곳으로 향하는 담배 맛이 참 썼다.

"진짜 사랑해, 최 팀장! капитан! погнали!(선장! 갑시다!)."

부르르릉!

종혁은 점점 뒤로 빠지는 배를 응시하다 돌아섰다.

"최재수, 해장 겸 아점으로 보르쉬에 보드카 어때?"

생태 및 자연 보존을 위해 개발이 허가되지 않는 올혼 섬에도 식당은 있었다.

"⋯⋯저 팀장님."

"음?"

"선유컴퍼니 있잖아요."

"선유컴퍼니가 뭐?"

"뭔가 좀 이상하지 않아요?"

'호오?'

종혁은 놀란 눈으로 최재수를 봤다.

"그렇게 생각한 이유는?"

"아니, 수십조 원의 규모라면 조금 더 제대로 투자를 받을 수도 있었을 텐데 굳이 개인 투자자를 모집한다는 것도 그렇고……."

'그건 또 언제 알아본 건지.'

살짝 웃음이 삐져나온다.

"보드카에 맥주가 좋겠네."

드디어 최재수에게도 형사로서의 촉이란 게 생기는 것 같다.

아무래도 축하를 해 줘야 할 것 같았다.

이제야 그간의 노력이 빛을 발하는 것 같음에 종혁은 기분이 좋아졌다.

* * *

"푸후!"

수면 아래서 솟구친 다이버 중 한 명이 저 멀리 점처럼 찍힌 뭔가를 보며 미간을 찌푸린다.

'거슬리게 하네, 저놈들.'

20분 전 나타나 뭍과 가까운 곳에 정박해 있는 놈들.

"빨리 올라와서 몸 풀어! 나중에 고생한다니까?!"

걱정이 가득한 러시아인의 재촉에 수경을 벗으며 배 위

로 올라선 다이버는 박재현에게로 다가갔다.

"박 대리님, 저놈들 계속 놔둘 겁니까?"

박재현은 질문을 던진 다이버를 보며 피식 웃었다.

"대형 프로젝트 참가하는 건 이번이 처음이지?"

"그렇습니다만……."

"그럼 티 내지 마, 유 사원. 혼난다?"

"죄, 죄송합니다."

"아냐, 아냐. 사원일 때는 다 그렇지."

힘든 인턴 생활을 지나 정식 사원이 됐으니 뭐라도 된 것 같고, 뭔가 중요한 역할을 해 보고 싶고. 그래서 사원일 때 이렇게 질문이 많아진다.

"그래도 입은 닫고 배울 생각만 해. 본사가 기회를 줬으면 기회를 살려야지. 안 그래?"

"죄송합니다."

"아니라니까? 자자, 담배 피우지?"

다이버의 입에 담배를 물려 준 박재현은 저 멀리 보이는 배에 눈빛을 가라앉혔다.

'나도 알고 싶다. 저 새끼들이 누군지…….'

박재현도 저들이 거슬린다.

느낌상 올라프도 어찌할 수 없는 모스크바의 거물이 보낸 트레저 헌터팀이 이쪽을 염탐하는 것이 분명 하지만, 확신은 금물이었다.

'하. 이르쿠츠크에 있는 놈들은 대체 뭐하는 거야? 또 저 새끼들 확인하러 간 놈은 왜 연락이 없고? 거기다 또

최종혁은 왜 안 오는 거고?'

모스크바를 떠난 후 행적이 묘연해진 종혁.

놈이 대체 무슨 짓을 저지를지 모르기에 박재현은 초조해졌다.

지이잉! 지이잉!

"쯧. 빨리도 알아본다. 예, 박재현 대립니다."

―대리님, 알아봤는데 그쪽 배가 아니랍니다. 이르쿠츠크 항구에서 나온 배도 아니고요.

"……그럼?"

―아, 잠시만요? 뭐? 알았어! 대리님! 놈입니다!

"놈?"

의아해하던 박재현은 눈을 부릅떴다.

―예! 최종혁이요! 방금 전 확인을 했는데 백이도와 오택수가 낚시를 하고 있답니다!

그 말에 다급히 고개를 든 박재현은 해안도로를 스쳐 지나가는 차를 보며 눈을 빛냈다.

'역시 왔구나, 이 개새끼. 그래, 정말 냄새를 맡았다는 거냐?'

"최종혁은? 확인됐어?"

―최재수도 확인하지 못했습니다! 배 돌리라고 할까요?

"……한 번만 더 그렇게 해 보고 확인되지 않으면 그냥 철수해. 끊어."

통화를 종료한 박재현은 다이버에게 쉬라는 듯 어깨를 두드리곤 도경수를 찾아 움직였다.

배 후미에 서서 담배를 피우고 있는 도경수 차장.

"차장님, 떴습니다."

"씨발놈. 빨리도 온다. 물건은 준비됐지?"

"예."

"챙겨서 따라와. 총도 챙기고. 명심해. 우린 어디까지나 염탐을 하는 다른 트레저 헌터팀을 쫓아내기 위해 접근하는 거다."

"예! 김 사원! 박 사원! 총 챙겨서 따라와!"

그들은 빠르게 다른 배로 넘어가 종혁의 요트를 향해 다가가기 시작했다.

후욱!

"또 왔구나!"

거의 직각으로 휘는 낚싯대를 잡아당긴 백이도의 얼굴에 미소가 가득하다.

아차 하면 함께 빨려 들어갈 듯한 묵직함.

금방이라도 끊어질 듯 팽팽해진 낚싯줄.

이번에도 대물이다.

"나도 왔구나!"

옆에서 들리는 오택수의 외침에 슬쩍 아이스박스를 본 백이도는 입술을 깨물었다.

현재까지 스코어 8:8.

아쉽게도 동률이다.

'쯧. 앞설 줄 알았는데.'

백이도는 베테랑 낚시꾼의 스킬을 최대한 발휘하며 물고기를 끌어 올렸다.

'올라온다. 올라와!'

물이 얼마나 투명한지 물고기가 올라오는 게 눈에 보인다.

'3자? 4자?'

아무튼 이번에도 대물임이 분명했다.

그때였다.

"어?"

시야 밖에서 갑자기 나타난 검은 그림자 하나.

"어? 어?"

놈은 망설임도 없이 백이도의 낚싯바늘에 걸린 물고기의 옆구리를 단숨에 물어 챈다.

"이런 썩을! 야, 인마!"

"악! 뭐, 뭐야. 이 새끼! 야, 아가리 열어! 안 열어, 새꺄!"

"STOP!"

불같이 솟구치는 둘의 혈압을 단숨에 잠재우는 선장의 외침.

"천천히 올려! 천천히!"

둘은 뭔가 급한 듯한 선장의 모습에 천천히 릴을 감았다.

그리고 잠시 후 물고기를 문 채 따라 올라오는 검은 그림자의 정체를 확인하곤 깜짝 놀랐다.

"엥?"

"뭐, 뭐야?! 물범이 여기 왜 있어?!"

그랬다. 그들의 소중한 대물을 낚아챈 건 바로 세상에서 유일하게 민물에서 사는 물범, 바이칼호에 사는 바이칼물범이었다.

"저 개구쟁이들이 놀러 왔군. 잠시 쉬는 게 좋겠어. 백, 오."

선장의 어설픈 영어에 둘은 눈을 껌뻑였다.

"저, 정말 물범이 맞는 겁니까?"

"물범이지. 우리도 저놈들이 왜 이곳에 사는지는 모르지만, 일단은 바이칼호의 마스코트지. 저놈들이 돌아갈 때까지 오믈이나 구워 먹자고."

바이칼 호수 대표 어종인 오믈, 소금을 살살 뿌려 막 구워 낸 오믈에 보드카를 섞은 맥주 한 잔이면 세상 부러울 게 없다.

"괜히 관심 주면 사람 손 타서 안 돼."

"아니…… 허어."

"꾸우?"

어느새 수면 밖으로 고개를 삐쭉 내민 물범의 모습에 자신들도 모르게 입가가 느슨해졌던 그들은 슬그머니 핸드폰을 꺼냈다.

찰칵! 찰칵!

"옳지. 그렇지. 어이구, 예쁘다."

"갈 때 저놈 인형이나 사 갈까요? 애들 주게?"

"그럴까?"

"백! 오!"

"오케이!"

요트 안으로 들어간 그들은 들어가자마자 귀를 때리는 소리와 폭발하듯 풍겨 오는 압도적인 향기에 군침을 꿀꺽 삼키며 홀린 듯 부엌으로 향했다.

좌르르르르!

프라이팬을 반쯤 채운 기름에서 튀겨지듯 익어 가는 오믈.

서로를 본 오택수와 백이도는 냉장고에서 김치와 맥주를 꺼내 상을 차리기 시작했다.

그 순간이었다.

"저놈들은 또 뭐야."

가스레인지 위로 뚫린 작은 창문을 통해 이쪽을 향해 접근하는 배 한 척.

말은 그렇게 했지만 속으로 웃은 선장은 권총을 뒷춤에 찔러 넣으며 밖으로 향했고, 눈을 데구루루 굴린 오택수와 백이도도 얼른 그 뒤를 쫓았다.

그리고 이내 깜짝 놀랐다.

"어? 선유컴퍼니?"

"어? 형사님들?"

백이도와 도경수는 서로를 보며 눈을 껌뻑였다.

"아, 아니 선유컴퍼니가 여길 왜……. 그런데 설마 그거 총입니까?"

순간 눈빛이 차가워진 백이도가 습관적으로 옆구리 쪽으로 손을 가져간다. 그에 도경수는 당황한 표정을 지었다.

"야, 야! 얼른 총 치워! 하하. 죄송합니다. 저흰 염탐을 하러 온 다른 트레저 헌터들인 줄 알고……. 그런데 형사님들께선 어쩐 일로?"

"낚시를 하러 왔습니다만…… 아, 맞아. 바이칼에서 보물선을 찾는다고 하셨죠? 그게 이 근처신가 봅니다?"

"하하. 예, 그렇죠. 저깁니다. 그런데 두 분뿐이십니까?"

"예. 최 경정과 최 경장은 울혼섬 관광을 갔습니다."

"……아, 그래요?"

'정말 관광을 갔다고?'

박재현에게 슬쩍 눈짓을 한 도경수는 박재현이 선미쪽으로 향하자 옅게 웃었다.

"울혼섬. 참 좋은 섬이죠. 먹을거리 많고요."

"아, 그렇습니까?"

"하하. 아무튼 오해해서 죄송합니다. 그럼…… 음?"

배를 돌리라고 외치려던 도경수는 파랗게 질린 얼굴로 다가오는 박재현의 모습에 의아해했다.

"바, 받아 보셔야 할 것 같습니다. 올라프 씨입니다."

"올라프 씨?"

'이 새끼가 이 시간에 왜?'

의아해하며 핸드폰을 받아 든 도경수의 귓가로 싸늘한

올라프의 음성이 울린다.

-설명해.

"예? 그게 무슨……."

-왜 내 보물이 다른 쪽에서 발견된 건지 설명해 보라고!

"헉!"

도경수는 눈을 부릅떴다.

* * *

부아아아앙!

다급히 멀어지는 도경수를 보던 백이도가 혀를 내두른다.

"이야, 저 동네도 빡센가 보네. 저렇게 총으로 무장도 하고 말이야. 그런데……."

혀를 내두르던 백이도의 눈빛이 돌연 차가워진다.

"오 경감, 방금 그놈들 봤지?"

오한이 들 듯 섬뜩했다.

도경수와 박재현은 잘 모르겠지만, 호위처럼 따라붙은 한국인 두 명은 분명 사람을 죽여 본 놈만이 가질 수 있는 눈빛을 가지고 있었다. 꽤 젊어 보였는데 말이다.

"예. 범상치 않은 놈들이었습니다."

'뭐하는 새끼들이지?'

주인 없는 보물을 찾는 사람들의 눈에 저렇게 살기가

끼어 있다? 오택수의 상식으로는 잘 이해가 되지 않았다.

오택수의 눈빛도 차가워졌다.

'분명 저런 놈들을 봤던 것 같은데 말이야……'

그것도 불과 몇 년 사이에 본 듯했다.

"으음. 역시 그쪽인가?"

"음?"

"용병 말이야, 용병."

전 세계 각지의 위험한 곳을 누비는 용병들. 그 용병들이 저런 눈빛을 짓는다.

"아, 용병……."

그렇다면 말이 된다.

순간 김이 팍 샌 오택수는 혀를 찼다.

"뭐 저쪽 일은 저쪽에 맡겨 놓고 저흰 들어가죠! 음식 식겠습니다."

오택수는 몸을 돌렸고, 노릇하게 구워져 갔던 오믈을 떠올린 백이도도 재빨리 안으로 들어갔다.

"같이 가, 오 경감!"

* * *

－텅!

선유컴퍼니의 이르쿠츠크 사무실.

커다란 모니터 속 물컵을 거칠게 내려놓은 제2기획실 장이 서늘한 눈빛을 보낸다.

누구든 결코 해킹할 수 없는 다크 웹의 채팅 사이트를 통해 접속한 그들.

혹여 해킹을 한다고 해도 실시간으로 계속 아이피가 우회되고 있기에 본사의 위치는 찾을 수가 없다.

ㅡ브리핑 시작해.

"예, 예!"

하얗게 질려 일어난 박재현이 더듬더듬 입을 연다.

"업체명 아진 소코로비쉬. 첫 번째 보물이라는 뜻으로 15년 전에 세워진 회사입니다. 현 대표는 바실리 마카로프. 고려계 혼혈로 나이는 34세……."

ㅡ박 대리, 지금 그게 중요한 게 아니잖아.

중요한 건 하나다.

보물도 가짜, 발굴 회사도 가짜인 이 거대한 사기 프로젝트에 진짜 보물이라는 끔찍한 변수가 등장했다는 점이다.

그것도 놈들이 바이칼호에 고개를 들이민 지 고작 이틀 만에.

ㅡ진짜 맞아?

"아, 아직 확인해 보진 못했지만 아무래도 그런 것 같습니다."

ㅡ……박 사원! 나 커피! 에스프레소로!

잠시 후, 에스프레소를 단숨에 들이켠 제2기획실장이 한숨을 내쉰다.

ㅡ자, 그럼 정리해 보자. 바이칼호에 보물은 없었어. 맞지?

표트르 대제가 본인 사후의 러시아를 위해 러시아 전역에 숨겨 둔 유산.

러시아에서도 도시 전설처럼만 남은 허황된 이야기.

"예. 관련된 기록이 하나도 없었습니다."

보물은커녕 표트르 대제의 보물을 옮겼다던 귀족들조차 누구인지 흔적도 찾을 수가 없었다.

그럼에도 이 전설이 아직까지 떠도는 이유는, 누구인지도 모르는 인물의 일기 탓이었다.

그 일기에 적힌 '마치 금과 보석으로 만들어진 동산을 옮기는 것 같았다'는 아주 짧은 글귀.

표트르 대제의 보물을 옮겼을 거라 추정되는 인물의 이 일기 탓에 몇몇 이들은 그 전설을 믿었다.

─맞아. 그래서 이 프로젝트를 기획했지. 관련 기록들도 만들어 냈고.

아무것도 없다면 이쪽에서 만들면 된다.

회사는 이 전설의 신빙성을 높이기 위해 그러한 기록이나 흔적들을 더 만들어 냈다.

─그런데 진짜가 나왔네?

그 생고생을 다했는데 진짜가 나왔다.

─몇 점이라고?

"여, 여섯 점입니다."

그리고 보물을 발견한 근처에서 보물이 든 것으로 추정되는 작은 나무상자도 발견했다고 한다. 심지어 그걸 촬영한 영상까지 있다.

아진 소코로비쉬는 그 무엇도 숨길 생각을 하지 않고 있었다.

이에 하루에서 수십 건씩 걸려 오던 투자 문의가 뚝 끊긴 상태였다. 그들에게 있어 최악의 상황이었다.

-빌어먹을. 한국에 보도되는 건 딜레이시켜 볼 테니까 일단 올라프부터 달래.

이번 사기에서 가장 큰 역할을 하는 게 올라프다. 러시아 투자자들이 그의 이름값을 보고 투자를 하기 때문이다.

"그러려면 저희도 물건이 필요합니다."

-이미 보내 놨으니까 오늘 안까지 도착할 거야.

안도의 한숨이 곳곳에서 퍼진다.

-빌어먹을. 일이 꼬이려니 이렇게도 꼬이려는군.

단 한 번도 상정하지 않았던 변수가 생기니 골치가 아파진다.

'하여튼 최종혁 이놈이 나타나면…….'

-잠깐, 최종혁은?

사람들의 시선이 모이자 제2기획실장의 미간이 좁혀진다.

-최종혁은 현재 뭘 하고 있지? 보물이 발견되는 사이에 뭘 했는지는 확인됐어?

"그건 아직 확인되지 않았지만, SVR에서 바이칼스크에 마련해 준 별장에 놀러 왔다는 건 확인했습니다."

-……단순히 놀러 온 거라고?

"예. 아무래도 그런 것 같습니다."

사원 중 한 명이 울혼섬의 어느 식당에서 인사불성이 된 종혁을 발견했다. 근처에 널브러진 보드카만 여덟 병.

최재수와 함께 식당에서 파는 메뉴만 무려 20개를 먹었다는 종혁은 정말 취한 것처럼 비틀거리며 울혼섬을 산책하다가 쫓아온 오택수와 백이도에 의해 별장으로 끌려갔다.

-뭔가 속셈이 있는 것은 아닌 것 같고?

"그랬다면 어떤 제스처를 취하지 않았겠습니까?"

거기다 오택수와 백이도 근처에 있던 아이스박스에 최소 20cm 이상인 물고기가 꽤 많이 있었다.

고작 20분에서 30분 만에 둘이 합해 거의 20마리를 낚은 거다. 뭔가 속셈이 있었다면 그렇게 진심으로 낚시를 할 수 없었다.

-후. 그 자식이 나타나니 별생각이 다 드는군. 일단 최종혁은 계속 감시해.

"예."

-다시 원점으로 돌아와서. 아진 소코로비쉬, 이 새끼들 뒤를 봐주는 사람이 누군지 확인됐어?

방금 전 확인됐다.

하지만 말하기가 너무 조심스럽다.

"……실로비키의 키릴 굴라쉬 장군입니다.

-키릴 굴라쉬?

실로비키.

현 러시아 대통령의 측근이라 알려진 세력으로, 신흥 부호 세력인 올리가르히와 달리 군부, 정보기관, 군산복합체 등 무력 관련 정치가들의 파벌 및 권력 실세를 뜻한다.

 -대통령의 측근이라고?

취임하자마자 올리가르히를 찍어 누르며 국민들의 지지를 얻은 러시아 대통령.

"완전한 측근은 아니고, 측근의 측근의 측근으로 올라프보다는 반 급수 정도 높은 인물입니다."

하지만 이 키릴 굴라쉬가 모시는 사람 때문에 올라프도 조심할 수밖에 없는 존재다.

 -반 급수라…….

제2기획실장이 생각에 잠기자, 도경수 차장을 비롯해 선유컴퍼니 러시아 파견팀 전원 입을 다물었다.

 -일단 가짜로 몰아붙여. 그렇게 시간을 벌어.

그래야 이 변수를 분석하고 수정을 할 수 있다.

"아진 소코로비쉬가 성분 분석을 하자고 하면 어떡합니까?"

 -너흴 믿지 못하겠으니까 한국에서 측정하자고 해. 너희가 도중에 바꿔치기 할 수도 있으니까 우리가 직접 옮기겠다고.

물론 아진 소코로비쉬는 반발을 할 거다. 똑같은 이유로 말이다.

 -그래도 어떻게든…….

말을 하던 제2기획실장은 잠시 입을 다물었다.

－최종혁이 언제 한국으로 돌아가는지는 파악했어?

"오늘 안에 파악하겠습니다!"

"실장님, 설마 최종혁에게 물건을 맡기시려는 겁니까?"

당황한 듯한 도경수의 말에 제2기획실장은 피식 웃었다.

－지금 상황에서, 저놈들의 입장에서 최종혁보다 믿을 수 있는 놈이 있어?

거물 빅토르 로마노프의 친구이자 SVR이 감싸는 종혁.

회사의 입장에선 참 싫은 종혁이지만, 그래도 정의감이 넘치는 종혁이 나선다면 저들도 물러설 수밖에 없을 거다. SVR이 보증을 설 테니 말이다.

하지만 거기까지다.

종혁의 역할은 어디까지나 보물을 한국으로 옮기는 것까지. 이후 보물은 회사에 협력하는 인물에게 넘겨질 거다.

－그리고 이 기회에 놈이 이번 프로젝트에 대해 냄새를 맡은 건지 아닌지도 확인한다.

"아, 그런 생각이시라면⋯⋯."

－그리고 곧 치워 버릴 테니까 걱정 말고.

"오!"

순간 섬뜩 빛나는 그들의 눈빛.

－아무튼 일단 이렇게 수습하는 걸로 하고⋯⋯.

"저⋯⋯."

사람들의 시선이 한 사원에게로 돌아간다.

감히 사원 주제에 실장님 말씀을 끊냐며 눈초리가 쏟아지자 사원이 목을 움츠린다.

−괜찮아. 말해, 박 사원.

"그런데 만약 그 보물이 정말로 진짜라면 어떡합니까?"

한화로 몇 조 원에 달할지 모르는 보물. 어쩌면 자신들이 꾸며 낸 말처럼 500톤, 아니 어쩌면 그 이상이 될지도 모르는 보물.

그중 80퍼센트 이상을 보물이 발견된 영토의 국가인 러시아에 넘겨야 하겠지만, 그래도 수조 원은 족히 남길 거다.

사람들의 눈이 빛나기 시작했다.

그러나 도경수 차장은 한숨을 내쉰다.

"대체 지금까지 뭘 들은……."

−아아, 됐어. 진짜면 어떡하냐고? 진짜라면…… 먹어야지.

쿵!

순간 사람들의 몸이 달아오른다.

그건 제2기획실장도 마찬가지다.

마치 길을 걷다 수조 원의 지갑을 주운 기분.

'이번 프로젝트에 조희구 부산 지부장의 프로젝트까지 성공한다면…….'

제2기획실은 본사 최고의 부서가 될 수 있다.

'그렇게만 된다면…….'

본사 회장, 아니 그 위에 계신 어르신의 뒤를 이을 존재가 될 수도 있었다.

찌리릿!

제2기획실장은 온몸을 내달리는 전율에 입술을 비틀었다.

ㅡ도 차장.

"올라프가 위로 올라가기 위해 필요한 것과 키릴 굴라쉬의 반대에 선 인물을 확인하겠습니다. 그리고 올라프와 아진 소코로비쉬를 끌어들일 판을 짜 보겠습니다."

ㅡ역시 도 차장.

이래서 도경수 차장을 아끼는 것이었다.

흡족하게 웃은 제2기획실장은 돌연 낯빛을 굳혔다.

ㅡ최대한 빠르게 움직여. 한국 언론을 막는 것도 한계가 있으니까!

지금부터는 시간 싸움이다. 더 이상의 변수가 생기기 전에 단숨에 몰아쳐야 했다.

"예!"

"자, 자. 움직이자!"

채팅이 종료되자 몸을 일으킨 그들은 빠르게 사무실을 빠져나가기 시작했다.

'최소 수조 원이라……. 이거 성공하면 인센티브가 얼마야?'

도경수 차장과 박재현 대리 등 회사 사람들의 얼굴에 흥분이 서리기 시작했다.

자신들이 종혁의 손바닥 위에 있다는 것도 모른 채 말이다.

* * *

바이칼호에서 발견된 보물!

표트르 대제의 유산은 정말로 실존하는가!

러시아의 보물을 러시아가 찾았다! 아진 소코로비쉬! 장하다!

한국의 선유컴퍼니, '아진 소코로비쉬, 사기로 사람들을 기망하지 마라!'

"지랄 난리가 났네."

좌락 이르쿠츠크, 앙가르스크, 울란우데. 바이칼호 인근 대도시들의 지역 신문을 덮은 종혁이 코웃음을 친다.

역시나 예상대로 아진 소코로비쉬를 물어뜯기 시작한 놈들.

종혁은 담배를 물며 물안개가 낀 바이칼호를 가만히 내려다봤다.

'자, 이제 어떻게 나오려나……'

"어우 씨, 깜짝아."

고개를 돌린 종혁은 질겁한 얼굴을 한 백이도 과장의 모습에 의아해했다.

"최 팀장, 우리 덩치대로 놀면 안 될까? 난 아직도 최 팀장이 그런 지적인 모습 보이면 깜짝깜짝 놀란다?"

'에라이.'

"흐흐. 농담이야, 농담. 뭐야, 뭔데 그런 표정을 짓고 있어?"

"아진 소코로비쉬라는 회사에서 표트르 황제의 보물을 발견했다고 해서요."

"뭐? 그거 선유컴퍼니에서 찾은 거 아니었어? 설마 아진 소코로비쉬에서 선유컴퍼니의 영역을 침범한 거야?"

보물 발굴은 핀 포인트를 찍어 딱 그곳만 발굴하는 게 아니다.

핀 포인트를 중심으로 반경 몇 백 미터의 공간을 모두 파헤치는 것이고, 이것은 발굴팀의 고유 영역이다.

"선유컴퍼니가 지목한 포인트보다 23킬로미터 떨어진 지점에서 발견했다고 합니다. 여기 이 지점이요."

바이칼호에서 두 번째로 큰 섬인 우쉬칸섬으로 향하는 방향.

백이도가 미간을 좁힌다.

"뭐야, 뭐가 어떻게 돌아가는 거야?"

거센 풍랑을 만나 침몰했다는 목조선이 무려 23킬로미터나 더 나아갈 수 있을까.

"일단은 아진 소코로비쉬의 주장이 옳다고 봐야죠."

그쪽에서 더 많은 숫자의 보물이 발견됐다. 이 정도면 게임은 끝났다고 봐야 했다.

'그럼 놈들이 취할 수 있는 방법은 한 가지지.'

진실 가리기. 누구의 것이 진짜 보물이냐를 가릴 수밖에 없다.

그게 자신들의 목을 죄는 올가미가 될지도 모른 채 눈을 뒤집고 달려들 거다.

"햐. 이거 선유컴퍼니에 투자한 양반들 쪽박 찰 수도 있겠네. 거기 거의 개인 투자만 받았다고 하던……."

투다다다다다!

'왔군.'

종혁은 이쪽을 향해 다가오는 헬기에서 몸을 내밀고 있는 빅토르를 보곤 싸늘히 웃었다.

이번 사기극의 마지막 배우가 무대에 오르는 순간이었다.

* * *

−지금 가고 있으니 허튼짓은 하지 않는 게 좋을 겁니다.

쾅!

통화가 끊긴 전화기를 거칠게 내려놓은 올라프가 거친 숨을 몰아쉰다. 방금 경고를 한 사람이 키릴 굴라쉬 중장이기 때문이었다.

이르쿠츠크의 거물이 된 이후로 처음 당하는 수모.

하지만 지금 그게 문제가 아니다. 자칫 잘못하다간 자신의 보물이 키릴 굴라쉬 중장에게 뺏길 수 있다는 거다.

아진 소코로비쉬가 더 많은 보물을 찾아냈다고 하더라

도 그게 바이칼호에서 난 것이라면 자신의 것.

코앞까지 다가왔던 보물이 멀어짐에 올라프는 이를 악물었다.

"그놈들이 찾은 게 정말 표트르 대제의 보물이 맞는 거야?"

너희들이 포인트를 잘못 짚은 게 아니냐는 매서운 눈빛에 도경수 차장은 고개를 저었다.

"다시 한번 말씀드리지만 가짜입니다. 어쩌면…… 그 풍랑 때문에 떠내려간 보물일 수도 있겠지만 가짜입니다."

도경수 차장이 비릿하게 웃자 올라프가 눈을 빛낸다.

"호오, 그래. 가짜군."

올라프가 입술을 비튼다.

"진짜여도 가짜여야겠어."

"가짜입니다."

"그래, 가짜. 문제는 키릴 굴라쉬도 그렇게 주장을 할 거란 말이지."

이쪽도 진짜고, 저쪽도 진짜면 모두 먹는 게 임자다. 키릴 굴라쉬도 그런 생각을 가졌기에 이렇게 달려오는 것일 터.

"더 큰 문제는 성분을 분석할 수 있는 연구소들이 실로비키에 의해 장악됐다는 겁니다."

맹점을 짚는 도경수의 말에 올라프는 얼굴을 구겼다.

그런 그의 모습에 도경수가 웃음을 삼키며 슬그머니 입

을 열었다.

"그러니 저희 한국으로 보내시죠?"

번쩍 눈을 뜬 올라프가 음흉한 미소를 짓는다.

"이런 꾀쟁이 같으니……."

"하하."

"그런데 한국으로 보내는 게 문제겠군."

키릴 굴라쉬가 기를 쓰고 막을 거다.

"만약……."

"음?"

"드바 로마노프의 빅토르 로마노프 회장의 친구이자, SVR이 보증하는 한국 경찰이 이번 일을 맡는다면 어떻겠습니까?"

갑작스럽게 언급된 빅토르의 이름에 깜짝 놀랐던 올라프가 이내 곧 한 사람을 떠올렸다.

"아, 그 혈기 넘치던 애송이! 그 애송이를 SVR이 보증할 정도라고?"

"러시아로 귀화시키기 위해 엄청난 공을 들이는 걸로 알고 있습니다. 모스크바는 물론이고, 바이칼스크에도 별장을 지어 줬더군요."

"호오오. 허허, 그건 또 어떻게 안 건지. 정말 볼수록 대단해."

"과찬이십니다."

"겸손하기까지 하고. 허허허."

"후후후."

둘은 웃음을 흘렸다.

"이거 오랜만에 입싸움 좀 하겠군."

아무리 SVR이 보증을 하고, 빅토르의 친구라지만 키릴 굴라쉬가 수긍을 할까. 아마 꽤 오랫동안 설전을 벌여야 할 거다.

하지만 그런 설전은 바로 정치인인 올라프 자신의 특기.

비록 이로 인해 러시아 군부와 척을 질 수도 있지만, 그로 인해 수십억 달러가 손에 들어올 수 있다면 몇 번이고 해 줄 수 있었다.

계산을 끝낸 올라프의 입이 주욱 찢어졌다.

"자넨 그 애송이를 불러……."

쿵쿵쿵!

"무슨 일이야?"

그의 허락에 문을 열고 들어온 보좌관이 올라프의 귀에 대고 방금 전 들어온 소식을 전한다.

"뭣?"

"2시간 전에 공항에 도착했다고 합니다."

"……하핫! 신이 날 돕는군!"

"무슨 일 있습니까?"

"굳이 설전을 벌일 필요가 없겠어!"

도경수는 자신만만한 올라프의 모습에 고개를 모로 기울였다.

그러나 그것도 잠시였다.

"빅토르 회장이 2시간 전 공항에서 내려 바이칼스크로 향했다는군!"

"예?!"

'갑자기 빅토르 회장이 왜?'

올라프의 생각처럼 빅토르 회장이 중재를 한다면 더 할 나위 없이 좋겠지만, 도경수는 갑자기 왠지 모를 불안감을 느끼기 시작했다.

'타이밍이 좋아도 너무 좋잖아! 설마⋯⋯?'

한 사람의 얼굴을 떠올리는 도경수의 마음을 아는지 모르는지 올라프는 얼른 핸드폰을 들어 빅토르에게 전화를 걸었다.

"오, 빅토르 회장! 나 올라프입니다. 잘 계셨습니까? 오랜만에 고향에 오셨다는 소식을 들었습니다. 혹시 시간이 되신다면⋯⋯."

-싫습니다.

"⋯⋯예?"

-친구와 오랜만의 휴가를 즐기는 중이니 이만.

올라프는 통화가 끊긴 핸드폰을 멍하니 쳐다봤고, 도경수도 방금 전 자신의 추측이 벗어나자 당황했다.

혹시나 이 모든 걸 종혁이 꾸민 게 아니냐는 얼토당토않던 추측.

'뭐야, 뭐가 어떻게 돌아가는 거야?'

도경수는 엉클어지는 머릿속에 정신을 차릴 수가 없었다.

* * *

요트를 타고 깊은 곳으로 가서 하는 릴낚시도 재밌지만, 뭍에서 대낚시대를 드리운 낚시도 꽤 재미가 있었다.

새벽의 안개가 드리워진 몽환적인 세상을 향해 던지는 한 줄의 질문. 진정한 낚시란 세상을 향해 질문을 던지며 사색을 즐기는 거다.

뒤에서 술판을 벌이는 몹쓸 놈들만 아니라면 그랬을지 모른다.

치이이익!

군침 도는 소리를 내며 익어 가는 오믈과 고기 꼬치. 그리고 그 옆에서 보글보글 끓고 있는 매콤한 라면.

그러나 그보다 신경 쓰이는 건 따로 있다.

"пей до дна(건배)!"

"아흐으!"

라면 국물 한 입에 몸을 떠는 빅토르의 모습에 백이도와 오택수의 표정이 묘해진다.

"부자라고 맨날 스테이크만 써는 건 아닌가 봐?"

"최 팀장 봐요. 아무거나 잘 먹잖아요."

싸구려 대패삼겹살집을 데려가도 미친 듯이 먹는 게 종혁이다.

그들은 얼마 전까지만 해도 어렵던 빅토르가 꽤나 친숙하게 느껴지기 시작했다.

"과장님! 오 경감님! 드시면서 하세요!"

"에라이!"

매콤한 라면에 소주를 어떻게 참겠는가. 그것도 5킬로 그램짜리 킹크랩 두 마리와 대개가 들어간 라면과 소주를.

후루룩!

"캬! 그래, 인생 뭐 있어. 이게 인생이지!"

"그리고 이게 휴가지! 자, 건배!"

"건배!"

결국 눈을 뜨자마자 술판을 벌인 그들은 곧 헤실거리며 저마다 스타일의 휴가를 즐기기 시작했고, 종혁과 빅토르는 비치 체어에 누워 바이칼호를 보며 맥주를 홀짝였다.

"그런데 본가에는 안 가 봐도 되는 겁니까?"

"딱히? 그런 부분에선 다들 신경을 쓰지 않다 보니."

"쿨하시네요. 그래도 시간 될 때 찾아뵙는 게 좋을 겁니다. 나중에 후회하지 않으려면."

'나처럼.'

종혁의 진지한 모습에 빅토르도 덩달아 진지해진다.

"……명심하죠."

생각이 많아진 빅토르는 태양이 비추는 바이칼호를 보다 잠시 눈을 감았다.

서늘한 바람이 불어오는 숲속, 취기가 적당히 올라오니 어느새 찾아온 잠이 가족이란 화두를 밀어내기 시작한다.

그때였다.

"회장님, 올라프 의원이 찾아왔다고 합니다."

반쯤 감긴 눈을 뜨이게 만드는 비서의 말.

종혁도 어느새 찾아온 잠을 쫓으며 눈을 서늘하게 뜨고 빅토르는 차가운 비웃음을 터트린다.

"당신의 예상대로 저들이 찾아왔군요, 최."

"목마른 놈이 우물을 파는 법이죠."

이쪽에서 찾아가는 게 아니라 저쪽이 찾아오게 만드는 것.

그것이 빅토르의 역할.

갑자기 나타난 빅토르가 올라프의 초대에 순순히 응했다면 어떻게 됐을까. 아마 놈들은 타이밍이 지나치게 맞아떨어진다며 깊게 의심을 했을 거다.

그러니 그들의 제의를 거부함으로써 이렇게 먼저 찾아오게 만든 거다. 의심의 강도가 옅어지게.

종혁과 빅토르는 서로를 보며 입술을 비틀었다.

"들어오라고 할까요?"

"이르쿠츠크를 위해 애써 주는 늙은이니 무슨 개소리를 지껄이는지 들어 보기나 하지. 아, 맞아. 지금부터 보일 저의 모습에 놀라지 않으셨으면 합니다, 최."

"음?"

종혁에겐 언제나 좋은 모습만 보여 주고 싶었던 빅토르는 씁쓸하게 웃으며 안으로 들어오는 이들을 응시했다.

잔뜩 긴장한 표정의 올라프와 도경수 차장, 그리고 어

젯밤 도착해 올라프와 무슨 이야기를 나눈 건지 한껏 불만스런 표정의 키릴 굴라쉬 중장과 바실리 마카로프.

빅토르의 눈빛이 싸늘하게 가라앉았다.

그런 빅토르와 놀라서 이쪽을 쳐다보는 종혁의 얼굴, 그리고 게껍데기와 술병이 널브러진 테이블을 본 도경수 차장은 머릿속이 복잡해졌다.

'정말 휴가를 온 거라고?'

어렵게 알아본 결과, 이번 휴가는 무려 두 달 전에 계획되었다고 한다.

도경수는 혼란스러웠다. 그래서 그는 종혁과 김경후가 시선을 마주친 걸 보지 못했다.

"크흠. 사색을 방해해서 미안합니다, 빅토르."

한 도시의 거물 정치인임에도 올라프는 저자세로 나왔다.

그런데 빅토르는 마치 그게 당연하다는 듯 받아들인다.

"하찮은 일로 내 휴가를 방해한 거라면 각오해야 할 겁니다, 올라프 씨."

그의 엄포에 올라프의 안색이 파리하게 질린다.

"크, 크흠! 뉴스를 보셨는지 모르겠지만, 지금 여기 선유컴퍼니와 저기 굴라쉬 중장의 아진 소코로비쉬 사이에 다툼이 일어난……."

손을 들어 올라프의 말을 끊은 빅토르가 몸을 일으킨다.

"들었습니다. 표트르 대제의 보물이 두 곳에서 발견 됐다고요."

"예. 그래서 지금⋯⋯."

"그게 나와 무슨 상관입니까?"

지금부터 말을 잘해야 할 거라는 묵직한 시선에 올라프는 이마에 맺히는 땀을 훔치며 해야 될 말을 신중하게 골랐다.

"저와 굴라쉬 중장의 일을 중재해 주길 부탁드립니다, 빅토르."

"중재?"

올라프는 빅토르가 관심을 보이자 다급히 상황을 설명했고, 그 복잡하고 유치한 이야기에 빅토르는 관자놀이를 눌렀다.

"그러니까 서로 믿지 못하겠으니 제삼자에게 검증을 맡기자, 이렇게 받아들이면 되는 겁니까? 그게 나고? 하핫."

웃음을 터트린 빅토르의 얼굴이 사납게 구겨졌다.

"어이. 이봐, 늙은이. 신민들이 좀 떠받들어 주니 너 따위가 뭐라도 된 것 같나?"

여태까지 본 적 없는 빅토르의 강한 멘트에 놀라던 종혁은 이내 경악했다. 그건 다른 사람도 마찬가지였다.

"부디 자비를!"

허리를 구십도 이상 굽히는 올라프.

"제가 그동안 이르쿠츠크를 위해 봉사한 것을 봐서라도!"

그의 처절한 외침에 사람들은 다시 한번 경악해야 했다.

'뭐, 뭐야? 대체 빅토르 회장이 뭐기에?'

순간 도경수 차장의 머릿속이 하얗게 변한다.

그건 다른 이들도 마찬가지다.

그러나 올라프는 그런 그들을 신경 쓸 겨를이 없었다. 여기서 빅토르의 심기가 상하면 죽을 수도 있기 때문이다.

사회적으로도, 그리고 육체적으로도.

그런 중차대한 상황인데 허리 따위가 목숨보다 소중할까.

올라프는 수십억 달러라는 돈도 잊은 채 용서를 구하고 또 구했다.

그런 올라프의 처절한 모습에 종혁을 힐끔 본 빅토르가 혀를 찬다.

"쯧. 끝까지 망신을 주는군. 일어나십시오, 올라프."

"감사합니다, 빅토르!"

빅토르는 불쾌함이 가득한 키릴 굴라쉬를 지나쳐 바실리 마카로프를 쳐다봤다.

"바실리 마카로프라고 했습니까?"

"마카로프의 바실리입니다, 회장님."

일련의 상황을 봤음에도 바실리 마카로프는 담담한 모습을 보였다.

당연한 일이었다.

바실리 마카로프, 아니 김경후는 이 일련의 과정이 모두 연기임을 잘 알고 있었으니까.

그 사실을 모르는 키릴 굴라쉬는 깜짝 놀라 김경후에게

눈짓을 보냈고, 김경후는 내심 굴라쉬의 모습에 웃음을 흘렸다.

"진실입니까?"

"저희가 진실입니다."

"흐음."

한참을 김경후와 시선을 마주치던 빅토르는 마치 저래야 러시아 남자라는 듯 흡족히 웃은 후 도경수를 향해 시선을 돌렸다.

"당신들은?"

"저, 저희가 진실입니다! 저들은 지금 거짓을……."

"그만."

남을 깎아내리는 건 소인배나 할 짓.

"굴라쉬 중장, 허튼짓을 할 생각입니까?"

'이 애송이가?'

빅토르 로마노프. 러시아 최대 의류 기업의 회장.

관련된 사람이 너무 많기에 올라프의 억지를 받아들였던 키릴 굴라쉬는 마치 뭐라도 되는 듯한 그의 모습에 분노가 울컥 솟는 걸 느꼈다.

'내가 이런 소리를 들어야 하나.'

하지만 그것도 잠시. 상황이 이렇게 되니 키릴 굴라쉬는 웃음을 참지 못했다.

'선유컴퍼니의 보물도 진짜라면 내가 먹어야지 않겠나!'

키릴 굴라쉬는 알까. 그의 이런 욕심 때문에 이번 사기극의 배우가 됐다는 걸.

그는 모두의 예상처럼 행동하기 시작했다.

"크흠. 로마노프 회장, 당신의 이름은 나도 들은 적이
있지만……."

"그럴 생각이 가득이군."

코웃음을 친 빅토르는 종혁을 봤다.

"아무래도 제 고향을 위해 애써 주는 올라프가 저 중장
을 믿지 못하는 것 같습니다. 이번 일에 나서 주실 수 있
겠습니까, 최?"

시선이 마주친 둘은 속으로 히죽 웃었다.

모두 계획대로 진행되고 있었다.

그러나…….

"제가 왜요?"

"……!"

종혁은 경악하는 도경수를 보며 고개를 모로 기울였다.

'왜? 내가 덥썩 물 거라고 생각했어?'

속으로 비릿하게 웃은 종혁은 말을 이었다.

"이런 분쟁을 중재하는 건 경찰의 업무가 아닙니다만?"

자국의 국민이 해외에서 불이익을 당하지 않게 하는 건
바로 외교부의 일이다.

피해가 발생하지 않은 상황에서는 경찰이 개입을 할 수
가 없다. 아니, 개입을 해서도 안 된다.

"흐음. 그렇다는군요. 그럼 이만 돌아들 가시길."

"자, 잠시만! 잠시만 기다려 주십시오!"

다급히 외친 도경수가 종혁에게 다가온다.

"최 형사님, 이거 잘못하면 한국이 망신을 당할 수도 있는 일입니다."

"망신은 개뿔. 괜히 당신들 이해관계에 함부로 나라를 끼워 넣지 맙시다."

'이 빌어먹을 새끼가!'

"저희가 저들의 수작에 가짜라는 누명을 쓰면 어떻게 되겠습니까. 저희 선유컴퍼니에 투자를 한 수많은 투자자들이 막대한 피해를 입게 됩니다."

피해자란 단어에 종혁의 표정이 딱딱하게 굳었다.

'하, 이 새끼들 봐라? 너희가 감히 피해자를 운운해?'

러시아에 있는 내내 애써 내리눌렀던 살의가 터질 것 같다.

순간 뜨거워지는 눈을 꽉 누르며 생각하는 척을 한 종혁은 이내 정색했다.

"정말 저들이 수작을 부린다는 겁니까?"

진지해진 종혁의 모습에 도경수는 신이 났다.

"저 중장은 성분을 검사할 수 있는 모든 연구기관과 끈이 닿아 있는 사람입니다. 즉, 가짜를 진짜로 만들 힘이 있는 사람이란 말입니다. 제발. 부디 제발 부탁드립니다, 최 형사님!"

"하아……."

"뭐야, 무슨 일인데 그래?"

"아, 과장님."

종혁은 다가온 백이도를 향해 현 상황을 설명했고, 그는 안타까운 표정을 지었다.

"끙. 이거 상황이 고약하게 됐군요. 하지만……."

종혁의 말이 맞다. 피해가 발생하기 전까지는 경찰이 개입할 수 없다. 해서도 안 된다.

저 군부 독재 시절처럼 공권력을 남용하는 것이기 때문이다. 저쪽에서 이 부분을 걸고넘어지면 징계를 넘어 옷을 벗을 수도 있었다.

"저희도 상황이 안타깝지만……."

"과장님! 최 형사님! 제발! 이대로 가다간 수백억의 피해를 볼 수 있단 말입니다!"

"그, 그렇게나 된다고요?! 아니……."

그렇다고 한들 어찌할 도리가 없다.

"끄응. 죄송합니다. 저희가 외사과이긴 하지만……."

"최."

종혁은 잠시 보자는 듯한 빅토르의 모습에 양해를 구하며 그를 따라나섰다.

찰칵! 치이익!

"올라프가 자신의 몫 중 80퍼센트를 주겠다는군요."

러시아와 투자자들에게 분배한 뒤 선유컴퍼니와 나누고 올라프 다비예프에게 들어올 금액 중 80퍼센트.

그에게 떨어질 비율이 정확히 얼마일지는 몰라도, 정말 수십조에 달하는 보물이 발견된다면 최소 1조 원은 넘으리라.

"호오. 크게 나오는데요?"

종혁이 의뭉스레 쳐다보자 빅토르는 씩 웃었다.

그에 고개를 저은 종혁은 눈빛을 가라앉혔다.

"올라프 저 사람의 재산이 어느 정도 됩니까?"

"아마 5억 달러 정도는 족히 될 겁니다."

"어마어마하네요……."

일개 정치인의 재산이 5억 달러를 넘는다.

그게 과연 정상적인 방법으로 모은 돈일까.

빅토르의 눈빛도 그것이 부정부패로 쌓은 돈이라 말하고 있다.

'그런데도 더 욕심을 부린다는 말이지…….'

돈을 갈퀴로 긁어모으는 종혁이 할 생각은 아니지만, 절로 짜증이 났다.

"이 상황이 끝나면, 저 인간 쳐내시죠?"

"1루블 하나까지 징수해서 그중 반을 한국 경찰에 보내 드리죠."

종혁이 아니었다면 올라프가 이런 부정부패를 벌이고 있다는 걸 인식이나 했을까.

이는 고향을 깨끗하게 만들 기회를 준 종혁에 대한 빅토르의 보답이었다.

나머지 반은 러시아 정부와 이르쿠츠크를 위해 쓰일 거다.

"감사합니다."

"별말씀을."

씩 웃은 둘은 몸을 돌렸고, 종혁은 초조하게 쳐다보는
도경수를 향해 혀를 찼다.

"에이, 그럽시다."

"최 팀장!"

"최 형사님!"

종혁은 경악하는 백이도에게 방금 빅토르와 나눈 대화
를 약간 각색해 귓속말을 했다.

"진짜?! 쿵, 그렇다면…… 하, 이러면 안 되는데."

"막대한 돈이 걸린 일이니 딴소리는 안 나올 겁니다. 그
리고 한국 국민이 피해를 입을 수도 있는 일이잖습니까."

어차피 키릴 굴라쉬도 이쪽 편이다. 말이 나올 리가 없
었다.

"잘못되면 제가 모두 책임지겠습니다."

"하, 진짜 그놈의 오지랖은…… 쯧. 알았어. 대신 일이
잘못되면 나 치킨집 차려 주는 거다."

"프랜차이즈로 차려 드릴게요."

"아, 나 방금 설렜어. 아무튼 알았어."

백이도가 물러서자 종혁은 도경수에게 다가갔다.

"진짜 이번 한 번만입니다. 저도 모가지 걸고 하는 일
이니까 어디 가서 말하지 마세요."

"가, 감사합니다, 최 팀장님!"

"됐습니다. 감사는 무슨."

이놈들에겐 빈말이라도 그런 말은 듣기 싫었다.

"아무튼 제가 제 인맥을 동원해서 국과수 원장님에게

그 보물들 감식을 맡길 테니 아마 늦어도 일주일이면 결과가 나올 겁니다.”

“예?!”

“왜요?”

“아, 아니! 아닙니다…….”

종혁은 당황하는 도경수를 보며 속으로 코웃음을 쳤다.

'왜? 내가 너희 뜻대로 따라 줄 거라고 생각했어?'

이미 이들이 어떻게 움직일지 SVR의 도청으로 다 들었는데 그대로 어울려 줄까.

'자, 그럼 낚아 보실까?'

정재계를 비롯해 사법계, 경찰, 사회 각계각층에 숨어 있을 이놈들의 조력자를 말이다.

종혁은 이 기회를 빌어 그 개새끼들을 일부라도 수면 밖으로 끌어낼 생각이었다.

그게 이번 사기극의 두 번째 목적이었다.

첫 번째는 당연히 이놈들을 뿌리 뽑는 것.

'상황이 어그러져도 최소한 몸통은 보이겠지.'

제2막, 낚시의 시작이었다.

종혁의 눈빛이 흉흉하게 빛나기 시작했다.

* * *

의미심장한 시선을 나눈 김경후마저 떠나자 종혁은 다가온 오택수를 보며 씩 웃었다.

"……하. 너 한국 가서 보자."

뭐가 어떻게 되어 가는지 모르겠지만, 이 모두 종혁의 의도대로 된 것 같다. 저 자신만만한 표정이 그 증거다.

"흐흐. 궁금하면 술 사요."

"시꺼!"

버럭한 오택수가 자리를 떠나자 종혁은 빅토르에게 다가갔다. 그 순간 진지해지는 종혁의 눈빛.

"빅토르, 이젠 좀 궁금해지네요."

"많이 늦었군요."

마치 기다리고 있었다는 듯한 빅토르의 말에 종혁은 낯빛을 굳혔다.

"로마노프는 대체 뭐하는 곳입니까?"

대체 어떤 가문이기에 거물 정치인이 머리를 조아리는 걸까.

의문이 가득한 그 시선에 빅토르는 씩 웃었다.

한편 그 시각.

박종명 경찰청장이 한 인물과 통화를 나누고 있다.

"흠. 최 팀장이 그러고 있을 줄은 몰랐습니다."

―부탁드립니다, 청장님. 최 형사가 투자금을 빼는 거야 문제가 없지만, 괜히 이상한 소리를 해서 다른 투자자들이 동요를 하고 있습니다. 이러다 그분들도 투자금을 빼 버린다면…….

결국 당신에게 돌아갈 이득도 줄어들 거라는 협박 아닌

협박에 박종명의 낯빛이 딱딱하게 굳었다.

"알겠습니다. 그 부분은 내가 조치하도록 하죠."

－부탁드리겠습니다.

통화가 종료된 핸드폰을 응시하던 박종명은 혀를 찼다.

감히 경찰청장을 움직이려는 게 마음에 들지 않지만, 조희구는 쫓기듯 부산청으로 갔을 때 만난 소중한 인연이었다.

뒤가 구린 것 같지만, 그걸 상쇄시킬 만큼 막대한 이득을 안겨 주는 인연.

잠시 생각을 하던 박종명은 내선 전화기를 들었다.

"박 과장? 지금 시간 되면 나랑 식사나 하지."

인사과의 박병철 과장.

종혁이 원하는 조력자가 드러나는 순간이었다.

* * *

그날 밤, 종혁의 별장.

"와. 빅토르 그 양반, 성깔 있데?"

빅토르가 내뿜는 기세에 수많은 범죄자를 겪으며 담력이 세진 백이도 숨통을 옥죄는 압박을 느꼈다.

"대체 뭐하는 사람일까?"

"뭐, 삼전의 김 회장 같은 포지션이 아니겠습니까?"

"와. 우리 팀장님은 그런 회장님과 친구라는 거죠?"

"……그래. 넌 뇌가 청순해서 좋겠다."

"싸우자, 인간아."

'풉.'

두런두런 이야기가 흘러나오는 방을 보며 웃음을 삼킨 종혁은 빅토르와 함께 어둠에 몸을 숨겼다.

긴히 할 이야기가 있으니 방해하지 말아 달라고 부탁했기에 안심하고 움직인 둘이 도착한 곳은 허름한 펍처럼 꾸며진 공간으로, 울란우데에 만들어진 FSB의 안가였다.

"최종혁 씨."

흐릿한 노란 조명 아래, 보드카를 홀짝이던 김경후가 몸을 일으켜 맞이하자 종혁이 박수를 친다.

"오늘 좋았습니다."

"하하. 오랜만에 하는 연기라 어색하진 않았나 걱정했는데 괜찮았다니 다행이군요."

괜찮다 뿐이었을까. 놀란 빅토르의 얼굴이 그 증거다.

"한국인이었습니까?"

김경후가 꼼짝없이 러시아인이라고 착각했던 빅토르. 그만큼 그의 러시아어와 행동은 사소한 포인트까지 완벽했다.

해명을 해 달라는 그의 모습에 종혁은 아차 했다.

"아, 그 부분을 깜빡했네요. 미안해요, 빅터."

"끙. 최……."

고개를 저은 빅토르는 김경후가 마시던 보드카를 입안

에 털어 넣었다.

"빅토르입니다."

"바실리라고 불러 주십시오, 회장님."

고개를 끄덕인 빅토르는 종혁을 봤다.

"그럼 이제 어떻게 되는 겁니까."

김경후도 눈을 빛내며 종혁을 본다.

그에 종혁은 담배를 물며 러시아어로 말했다.

"후우. 선유컴퍼니와 아진 소코로비쉬의 보물은 둘 다 진짜로 판명될 겁니다."

놈들과 SVR이 작정하고 만든 가짜다. 분석기 정도는 너끈하게 통과할 거다.

"아니요. 회사라면 수작을 부릴 겁니다. 어쩌면 자신들이 원하는 결과를 위해 국과수 원장님을 제거할 수도 있습니다."

한두 푼도 아니고 수십조 원이 걸린 일이다. 김경후가 겪은 회사라면 충분히 그러고도 남았다.

"그러기에는 시간이 너무 짧죠."

보물을 넘기는 순간 국과수 원장은 아진 소코로비쉬의 보물부터 분석을 해 주기로 했다. 길어 봤자 한나절이면 충분했다.

"그리고 결과가 나올 때까지 제가 원장님 곁에 붙어 있을 테고요."

그러며 누가 국과수 원장을 압박하는지 알아낼 거다.

"풉. 새끼들, 똥줄 타겠군요."

보물이 둘 다 진짜다. 놈들이 짜 놓은 판이 모두 어그러지는 거다.

동감이라는 듯 웃음을 흘린 종혁은 돌연 낯빛을 굳혔다.

"하지만 나는 거기까지입니다."

이후 놈들은 또다시 훼방을 놓은 종혁 본인을 이번 사건에서 어떻게든 떨어트려 놓을 거다.

"그게 무엇일지는 예측이 되진 않지만, 난 아마도 더 이상 이 일에 공식적으로 간섭할 수 없을 겁니다."

백이도 과장과 오택수, 최재수 모두 그렇게 될 거다.

그리고 놈들의 조력자가 이번 사건을 맡게 될 거다.

"그렇게 날 떨어트려 놓은 놈들이 무슨 짓을 할 것 같습니까?"

종혁의 차가운 시선에 김경후의 낯빛이 딱딱하게 굳었다.

"절 제거하려 들겠죠. 그리고 보물들도."

키릴 굴라쉬도 사고로 위장해 제거하든, 아니면 약점을 알아내 물러나게 하든 극단적인 수를 쓸 거다.

김경후는 고개를 끄덕였다.

"무슨 말인지 알겠습니다."

그 공격을 막아 내서 최대한 놈들을 끄집어내는 거다.

종혁이 원하는 게 그것이다.

김경후는 걱정과 우려를 표하는 종혁의 눈빛에 피식 웃었다.

"걱정 마십시오. 아내와 아이들을 위해서라도 쉽게 죽

어 줄 생각은 없으니까!"

거기다 종혁이 옛 KGB 요원들과 퇴역한 스페츠나츠를 붙여 주지 않았던가. 본사의 처리조가 온다고 해도 충분히 막아 낼 자신이 있었다.

"키릴 굴라쉬를 통해 중화기들이 전달될 겁니다."

"푸흐. 죽이네요."

그렇지 않아도 종혁 때문에 막대한 피해를 입은 회사가 자신에 의해 또다시 피해를 입는다?

그렇지 않아도 종혁 탓에 그동안 막대한 피해를 입었던 회사가 이번 프로젝트까지 실패한다?

설령 그 거대한 회사라 할지라도 휘청거릴 거다.

어둠 속에 가려져 있던 거대한 철옹성에 금이 가는 소리가 들리는 듯했다.

"그럼 난 뭘 해야 합니까?"

"키릴 굴라쉬를 비호하는 모습만 보여주면 됩니다."

오늘 보여 준 모습이 있으니 놈들은 절대 빅토르를 해하지 못할 거다. 그러면 키릴 굴라쉬를 제거하는 것도 신중해질 터.

그렇게 시간을 끌수록 상황은 놈들에게 불리하게 돌아갈 거다.

"……그렇게 되면 무리를 하겠군요."

"아뇨. 포기할 수도 있습니다."

김경후가 다급히 태클을 걸자 종혁은 입술을 비틀었다.

"그 둘 모두 내가 원하는 결과입니다."

둘 중 뭐가 되었든 상관없다. 종혁의 목표는 어디까지나 놈들을 전부 색출해 그 죗값을 치르게 하는 것.

무리를 한다면 새로이 놈들의 단서를 얻을 수 있을 것이고, 포기를 한다면 놈들의 새로운 연수원 위치를 알아낼 수 있을 거다.

"프로젝트를 실패한 이들은 연수원에서 얼굴을 뜯어고쳐야 할 테니까요."

섬뜩!

순간 종혁의 몸에서 폭발하는 살기에 옛날 일이 떠올라 심장이 아파진 김경후는 헛웃음을 터트렸다.

"하. 이러니 내가 당했지."

아니, 회사가 당한 거다.

"하하."

종혁은 자신처럼 살기등등한 미소를 짓는 빅토르를 향해 미소를 지어 줬다. 이전에 그에게 사기를 치려 했던 놈들이라고 말하자 이번 일에 적극 협조해 준 빅토르.

"이번에 수확할 열매도 달콤할 겁니다. 저번의 다단계 투자 사기 때처럼."

씨익!

"좋군요. 그럼 우리 건배할까요?"

채챙!

세 개의 잔이 허공에서 부딪쳤다.

그리고 다음 날, 종혁은 보물을 들고 한국으로 향했다.

* * *

"뭐?"

"최종혁이 국과수 원장을 지키고 있답니다."

"빌어먹을! 이 새끼가 또……!"

제2기획실장은 결국 재떨이를 집어 던져 버렸다.

"어, 어떻게 할까요?"

"어떻게 하긴! 회의 준비부터 해!"

계획이 다시 어그러졌으니 다시 설계해야 됐다.

"최종혁, 이 개새끼!"

제2기획실장은 여태까지 얽혀서 좋은 꼴을 보지 못한 최종혁을 떠올리며 이를 뿌득뿌득 갈았다.

'거기 가서 콱 뒈져 버렸으면 좋겠군!'

제2기획실장은 간절히 바랐다.

* * *

다음 날 국립과학연구소.

"후우. 최 팀장, 나 모교보다 최 팀장을 선택한 거 알지?"

'어차피 스케줄상 힘드셔 놓고.'

"하하. 제가 이 은혜 꼭 갚을게요. 그럼 나머지도 부탁드리겠습니다."

"그래. 근데 이건 시간 좀 걸릴 거야."

스케줄 때문이다. 종혁의 부탁 때문에 있는 스케줄도 취소하며 분석에 매달렸던 국과수 원장.

"최대한 빠르게만 부탁드릴게요. 그럼 수고하십쇼."

"그래. 최 팀장도 수고해."

그렇게 국과수를 나선 종혁은 눈빛을 가라앉혔다.

"한국대학교 의과대학 장동선 교수라……."

종혁이 귀국하기 하루 전 갑작스럽게 국과수 원장에게 연락해 법의학교실 특별 강의를 부탁했던 장동선 교수.

제자의 간곡한 부탁이라 국과수 원장은 많이 고민했었다. 결국 종혁 때문에 포기했지만 말이다.

"한 놈 나왔군."

장동선이 놈들의 조력자인지, 아니면 조력자에게 이용을 당한 건지 몰라도 일단 한 놈 나왔다.

얼굴이 기괴하게 뒤틀어진 종혁은 핸드폰을 들며 본청으로 향했다.

"예, 나탈리아."

* * *

그르릉!

거친 소리를 내며 멈춘 스포츠카에서 내린 종혁이 본청 건물을 응시하며 눈빛을 가라앉혔다.

저 건물 안으로 들어가는 순간 종혁 자신은 이제 이번

사건에 간섭을 할 수 없게 될 거다.

'누구냐. 누가 내 등에 칼을 꽂을 거냐.'

담배를 물며 전의를 가다듬은 종혁은 마지막으로 숨을 길게 내쉬곤 본청 안으로 걸음을 옮겼다.

"어? 최 팀장님!"

"아, 동수야."

옛날 경찰 이미지 마케팅팀의 팀원 중 한명.

"뭐야, 왜 죽상이야? 뭔 일 있어?"

"아, 그게…… 하. JYK에서 나온 걸그룹 아시죠?"

무슨 말인지 단숨에 알아차린 종혁은 혀를 찼다.

"왜? 광대짓 하래?"

이 시기 대한민국을 강타한 열풍이 하나 있다. 거의 한국 플래시 몹의 시초라 할 수 있는 열풍이다.

십대 애들뿐만 아니라 사회 각계각층에서 이 걸그룹의 춤을 췄던 열풍.

"저희도 계속 안 된다고 말했지만……."

"절대 하지 마."

이때 경찰은 몇 박자 늦게 이 열풍에 참가했다가 두고 두고 욕을 먹었다.

"지금이야 친숙한 이미지를 형성할 수 있겠지만, 나중에 경찰이 무능해 보이는 사건이 터지면? 국민들은 이걸 가지고 씹을 거야. 이딴 거 할 시간에 훈련이라도 더 하라고 말이야."

"제 말이요! 그런데 씨알도 안 먹혀요!"

정말 겨우겨우 막아 내고 있는 상황이다. 하지만 그것도 이제 한계다.

"흠. 그럼 홍보 영상 만들어서 그 걸그룹 노래를 노출시키는 걸로 계획을 짜 봐. 자체 다큐 만들어서 그 노래가 계속 노출되도록 하는 것도 나쁘지 않고. 경찰도 이런 노래를 듣는 친숙한 존재라고 말이야. 이번 일의 요지는 그거잖아. 친숙한 경찰."

"아, 그런 수가 있었네요! 감사합니다!"

"아냐. 그럼 수고."

"옙! 충성!"

손을 흔들며 돌아선 종혁은 혀를 찼다.

옛날 부하 때문에 전의가 좀 흐트러졌다.

심호흡을 하며 다시 가다듬은 종혁은 외사국이 있는 층에서 열리는 엘리베이터 밖으로 발을 내딛었다.

그 순간이었다.

"최 팀장!"

마치 기다리고 있었다는 듯 달려온 함경필 국장.

"왜 이렇게 늦게 왔어. 내가 얼마나 기다렸는지 알아?"

그의 칭얼거림에 종혁의 눈빛이 가라앉는다.

"무슨 일 있으십니까?"

"무슨 일? 있지. 흐흐. 아주 큰 게 있지."

'결국 왔군.'

종혁은 심호흡을 했다.

"준비됐습니다."

"흐흐흐. 최 팀장, 축하해."

"예?"

"미국으로, 그것도 NYPD로 연수 가게 된 걸 축하한다고-!"

쿠웅!

'……미친.'

"캬! 드디어 우리 최 팀장도 본격적으로 간부 코스를 밟는구나!"

마치 나 잘했지, 라는 모습에 뒤통수가 얼얼해진다.

미국의 중심, 아니 세계의 중심이라 불러도 과언이 아닌 뉴욕의 치안을 책임지는 뉴욕 경찰국, NYPD(New York Police Department).

평상시라면 마다하지 않을 좋은 기회이지만, 타이밍이 너무 공교로웠다.

'일단 이 양반은 아닌 것 같고…….'

"하하. 누굽니까?"

"응?"

"누가…… 저보고 미국에 가라고 한 겁니까?"

"어? 인사과 박 과장이 말하긴 했는데……."

"아, 박 과장님이요."

순간 종혁의 눈이 번뜩인다.

공교로워도 이렇게 공교로울 수 있을까.

회귀 전 바이칼호 보물선 인양 사기 사건을 담당했던 수사팀에게 압력을 넣어 수사를 흐지부지하게 만들고, 1

년 후 한직으로 좌천시킨 게 아닌가 의심하던 인물 중 한 명인 박병철 과장.

최기룡 전 경찰청장과 박종명이 무슨 거래를 했는지 모르지만, 최기룡이 경찰청장이었던 시절부터 인사과를 담당하고 있던 인물이다.

다만 여태껏 경무과, 교육정책과, 복지정책과, 인사과 4개 부서의 업무를 총괄 관리를 하는 경무인사기획관이 최기룡과 이택문의 사람이기에 여태까지 두각을 드러내지 못했다.

'설마 너냐?'

다만 타이밍이 공교롭다곤 해도 확실치는 않았다.

"이거…… 인사를 드려야겠네요."

"응, 응. 그래. 경무인사기획관님에게도 인사드려. 그 양반이 결재하지 않았다면 이 일이 통과됐겠어?"

'그 양반도 있고.'

함경필 국장의 말처럼 박병철 과장이 경찰의 인사권을 쥐고 있다고 한들 경무인사기획관의 결재가 없으면 이런 일은 불가능했다.

'더욱이 해외 연수는 인사과가 아니라 경무과의 영역이지.'

뭔가 이치에 맞지 않았다.

"하하. 옙. 그럼 전 업무 시작 전에 인사부터 드리겠습니다."

"응! 다녀와!"

해맑게 웃으며 손을 젓는 함경필을 뒤로한 종혁은 선물을 준비해 인사과로 향했다.

똑똑!

"어?"

깜짝 놀라는 인사과의 수장이자 인사담당관인 박병철 과장의 모습을 본 순간, 종혁의 마음속에서 살의가 꿈틀거린다.

그저 의혹만으로도 통제를 벗어나려는 살의.

하지만 종혁은 어수룩하게 웃으며 들고 온 선물을 내밀었다.

"덕분에 NYPD로 연수를 가게 됐다고 들었습니다."

"어이구. 뭘 이런 걸 다……."

작은 크기의 종이봉투에 약간 실망했던 박병철은 그 안에 든 시계 케이스를 발견하곤 깜짝 놀라 종혁을 봤다.

"크흠. 다들 봤지? 이게 상부상조의 정신이야!"

"인사과는 뇌물을 받으면 안 되는 거 아니었습니까, 과장님?"

"이게 뇌물이냐? 감사의 선물이잖아! 에이!"

박병철은 담배나 피우자며 종혁의 등을 떠밀며 옥상으로 향했다.

"전 과장님이 절 이렇게 생각해 주시는 줄 몰랐습니다. 그런 줄 알았다면……."

"크흠. 그래도 기뻐하니까 다행이네. 나도 내 새끼들을 위해 어렵사리 확보한 TO를 양보하는 거니까 가서 잘 배우고 와."

'그런 거였나.'

이제야 한 가지 의문이 해소된 종혁을 바라보며 박병철
이 눈을 가늘게 뜬다.

"크흐흠. 최 팀장은 잘 모르겠지만, 이번 연수 때문에
말이 좀 많았어."

무슨 말을 하려는 건지 박병철이 목소리를 깐다.

"갑작스럽게 정해진 연수라서 더 심했지."

'갑자기라⋯⋯.'

종혁은 일단 더 듣기로 했다.

"그랬습니까?"

"그럼. 경정이 어디 한둘이야?"

해외 연수 TO는 1년에 몇 없는 귀중한 자리다. 일단 다
녀오기만 하면 총경은 무조건 진급한다고 할 만큼 고위
간부가 되기 위한 필수 코스.

그렇다 보니 경위 이상 간부들은 이 해외 연수에 선택
되기만을 간절히 바란다.

"거기다 최 팀장은 아무래도 우리랑 파벌이 다르잖
아?"

"에이, 그런 게 어딨습니까. 경찰이 범인만 잘 때려잡
으면 되지."

"좀 배워라, 배워. 최 팀장도 이제 곧 고위 간부가 될
건데 사내 정치는 해야지. 고작 총경에서 끝낼 거야?"

"아하하."

"하아. 최 팀장은 다 좋은데 그 정치 감각이 부족해. 하, 진짜 갈 길이 멀다. 뭐 그러니 나나 청장님도 더 눈에 밟히는 걸 테지만."

순간 종혁의 눈썹이 꿈틀거린다.

"청장님이요?"

'갑자기 박종명 청장이 여기서 왜…….'

"아, 몰랐어? TO를 최 팀장에게 양보하라고 하신 게 바로 청장님이시잖아."

쿠웅!

'박종명 청장이라고? 박 청장이 날 해외로 보내는 거라고?'

순간 뒤통수가 얼얼하다 못해 눈앞이 아득해진다.

아니다. 이것도 아직 확실하지 않다.

"하하. 그랬습니까? 이거 청장님께 인사를 드려야겠네요."

"당연히 그래야지! 아, 지금쯤이면 출근하셨겠다. 얼른 가 봐."

"예!"

고개를 끄덕인 종혁은 경찰청장실로 향했다.

"……박 과장의 입이 싸군."

경찰청장의 비서와 다름이 없는 총경이 혀를 차며 전화기를 든다.

"청장님, 최종혁 팀장이 찾아왔습니다."

ㅡ들여보내.

"들어가."

"하하. 감사합니다."

종혁은 문을 열고 경찰청장실 안으로 들어갔다.

"충성. 경정 최종혁. 청장님께 용무 있어서 왔습니다."

"왔군. 앉아."

"그런데 왜 접니까?"

권한 자리에 앉자마자 질문을 던지는 종혁의 모습에 박종명이 소파에 앉으며 다리를 꼰다.

"설마 불만인가? 난 분명 좋은 기회를 준 것 같은데 말이야."

단기라지만 종혁에겐 아주 좋은 기회다. 안 그래도 탄탄대로인 종혁의 승진가도에 큰 영향을 줄 테니 말이다.

"그래서 여쭙는 겁니다. 그 기회, 청장님의 사람이 아니라 제게 주시는 이유를 말입니다."

"최 팀장이 그 내 사람이 되라고 보내는 거야."

박종명의 눈가에 그려지는 따뜻한 욕심.

"으음. 이번에 러시아에서 생긴 일에 대해선 들으셨을 겁니다."

"그래. 그래서 더 보내는 거지."

경찰이 피해가 발생하지 않은 사건에 개입했다.

종혁을 못마땅하게 여기는 사람이라면 분명 이걸 걸고 넘어질 터. 그땐 박종명도 종혁을 커버해 줄 수가 없었다.

"하지만 제가 도중에 물러나면 분명 말이 나오게 될 겁니다."

"그 부분은 내가 그들에게 양해를 구해 놓지."

"그게 통하지 않을 사람들입니다."

박종명은 눈살을 찌푸렸고, 종혁은 그런 그의 표정 변화를 유심히 살피며 말을 이었다.

"게다가 그들은 앞으로 외사국이 러시아에서 수사를 할 때 큰 도움을 줄 사람들입니다."

"그래서 못 가겠다? 이게 얼마나 중요한 자리인지 모르나?"

"압니다. 청장님께서 얼마나 어려운 결정을 하셨는지 압니다. 하지만…… 후, 죄송합니다. 저를 위해 어려운 결정을 하셨지만……."

"하!"

박종명은 자신이 이렇게 기회를 줌에도 고사를 하려는 듯한 종혁의 모습에 혀를 찼다.

성격대로라면 때려치우라고 외쳤을 테지만, 일단 종혁을 한국에 없게 하는 게 중요했다.

"이거 좋은 일을 하면서도 애원을 해야 될 판이군. 그래, 생각해 보니 아프가니스탄에서의 일에 대한 선물을 주지 않았군. 영국에서의 일에도."

"예?"

'쌍욕이 날아와야 하는데도 애원을 한다고?'

의심이 점점 확신으로 기운다.

종혁의 눈빛이 차갑게 빛나기 시작했다.

'만약 맞다면…….'

종혁은 그걸 확인하기 위해 낚싯대를 던지기로 했다.

"으음. 그렇지 않아도 드리고 싶었던 말이 있긴 했는데……."

"최 팀장답지 않군. 평소처럼 해."

"……그럼 조심스럽게 말을 꺼내 보겠습니다. 제게 프리롤 포지션을 허락해 주실 수 있겠습니까?"

"프리롤?"

잠시 이해 못한 박종명이 미간을 좁힌다.

"아, 광수대 같은 수사과를 설립해 달라는 건가?"

"그건 차차 해 나갈 테니 그런 팀을 구성하고 싶습니다."

"……오래전부터 생각했던 게 있는 것 같군. 계속해 봐."

그 말에 종혁의 눈빛이 진지해진다.

"수사에 관련된 모든 절차를 생략한 수사팀을 만들고 싶습니다. 물론 상사에게 보고는 할 거고, 결재도 받을 겁니다."

박종명은 단숨에 종혁이 하고자 하는 말을 알아차렸다.

"미국의 FBI 같은 수사팀을 만들고 싶은 거군."

여태껏 종혁처럼 생각한 경찰이 한둘일까.

박종명도 현역 때 그런 생각을 했었다. 다만 당시의 여건상 포기했지만 말이다.

"FBI 같은 수사팀이라……."

"방금 전 청장님께서 하신 말씀처럼 아프가니스탄에서의 일에 대한 선물을 주신다고 생각하시면 변명거리가 되지 않겠습니까?"

생각에 잠기던 박종명은 이어진 종혁의 말에 피식 웃었다.

"외통수군."

아프가니스탄에서의 일로 청와대로 불려 가서 박노형 대통령의 칭찬을 받았던 박종명.

거기다 종혁은 영국에서의 일로 현재 강력한 대권 주자인 박명후 후보와도 깊은 인연을 맺었다.

'그래, 이게 너지.'

이렇듯 상대를 외통수로 몰아넣어 제 뜻을 받아들일 수밖에 없게 만드는 게 바로 최종혁이란 놈이었다.

그러나 너무 무리한 요구다.

'이걸 들어주게 되면……'

깊게 갈등을 하던 박종명은 마치 방금의 조심스러운 모습은 마치 연기였다는 듯 느긋이 차를 마시는 종혁의 모습에 혀를 찼다.

들어주지 않으면 미국으로 가지 않을 모양새였다.

'차라리 좌천이라도 시킬 수 있으면 좋으련만……'

그러나 종혁이 이뤄 놓은 게 너무 많았고, 명분도 없었다.

더욱이 그런 결정을 했다간 종혁을 영영 잃게 될 터.

"쯧. 그러지. 연수를 다녀오면 최 팀장이 마음에 드는 사람들 골라서 데려가."

약간의 인사권까지 부여하는 통 큰 결정.

그러나 종혁의 눈빛은 더 차가워졌다.

'하? 이걸 이렇게 쉽게 허락한다고?'

왜 그동안 이런 형태의 수사팀이 없었겠는가. 한국 경찰에겐 그만큼 절차라는 게 중요하기 때문이다.

'너 맞구나?'

그 조직의 일원인 것인지, 아니면 조력자에 불과한 것인지는 모르겠지만 분명했다.

'만약 조력자라면⋯⋯.'

무언가 그만한 대가를 약속받았을 터.

'그게 뭔지 모르겠지만⋯⋯.'

아마 머지않은 미래에 알게 될 거다.

"감사합니다! 충성!"

"벌써 가려고? 차라도 더 마시고 가지그래?"

"미국에 가려면 정리해야 될 게 많아서 말입니다. 충성."

몸을 돌린 종혁은 경찰청장실을 빠져나갔고, 그 모습을 응시하던 박종명은 혀를 찼다.

"저놈 때문에 큰 손해를 보게 됐군."

없는 연수 자리를 만드느라 미국에 아쉬운 소리를 했다.

그것도 모자라 안 그래도 미국 연수 때문에 부하들 사이에서 말이 나오던 상태인데, 이런 수사팀까지 만들어 줘야 한다.

부하들을 달래는 데 꽤나 애를 먹을 것 같았다.

한편 계단의 벽에 등을 기댄 종혁이 웃음을 터트린다.

"푸하!"

'미치겠네.'

참 마음에 안 드는 인간이지만, 그래도 경찰 공권력 향상에 이바지하려기에 억지로나마 믿어 보려고 했던 자신이 병신이었다.

'그래. 내가 병신이었어.'

회귀 전 결국 당시 경찰청장에 의해 무기명채권 사기 사건이 어그러졌음에도 그래도 그 사람과 다른 사람이기에, 최기룡과 이택문이 그래도 믿고 넘긴 박종명이기에, 경찰 조직의 가장 윗물이기에 믿어 보려고 했는데 그 기대가 이렇게 배신으로 돌아왔다.

종혁은 뜨거워지는 머리를 쓸어 올렸다.

'월척이네.'

예상하지 못한 일격이라 꽤나 아팠지만, 그래도 다행이다. 하루라도 빨리 경찰 조직 내에서 암약하는 버러지가 누군지 알게 됐으니 말이다.

만약 훗날 놈들을 칠 때, 이제 파멸의 카운트다운이 시작된 조희구를 검거할 때 박종명이 뒤통수를 쳤으면 어떻게 됐을까. 꼼짝없이 당했을 거다.

이번 사건도 마찬가지다.

어차피 당분간 지켜보려고 했었던 이번 일. 그래야 조금이라도 더 숨겨진 몸통이 보여질 테니 종혁은 놈들의 발악이 정점에 이를 때까지 기꺼이 기다려 주려고 했다.

'그런데 이렇게 빨리 드러낼 줄이야.'

몇 번 튕기는 모습을 보였으니 이제 놈들은 종혁 본인에 대한 의심과 감시를 거둘 터.

'그럼 난 자유를 얻는 거지. 여기에 장동선 교수까지 생각하면⋯⋯.'

종혁은 나른하게 웃으며 담배를 깊게 빨았다.

어찌 보면 놈들은 아무런 소득도 없이 꼬리만 드러낸 꼴. 그것도 굉장히 중요한 인물을 드러냈다.

'그래, 계속 이렇게만 드러내 주라. 아주 싹 다 뽑아 버리게.'

하나도 남김없이. 모조리!

순간 살의가 폭발한 종혁은 핸드폰을 들었다.

"오 경감님, 저 짐 쌉니다."

─씨발! 결국 가는 거냐!

"어쩌겠습니까. 가라는데."

종혁은 담배를 던지며 돌아섰다.

2장. 미국 뉴욕

미국 뉴욕

아쉬워하는 외사국 사람들과 송별회를 마치고 돌아온 종혁은 소파에서 TV를 보고 있는 어머니 고정숙 앞에 앉았다.

"푸후. 술 냄새. 술 마셨으면 들어가서 자. 괜히 오늘도 힘들게 일한 사람 괴롭히지 말고!"

"엄마, 나 미국 가."

"다녀와."

종혁은 피식 웃었다.

참 한결같이 쿨한 어머니.

"최소 반년은 걸릴 거야."

멈칫!

낯빛이 굳은 고정숙이 종혁을 본다.

"설명."

"우리의 경찰청장님께서 고정숙 여사의 자랑스러운 아드님을 보고 엘리트 간부 코스를 밟으라네?"

"지랄을 한다."

"풉! 아, 진짜! 아들한테 욕하는 엄마가 어디 있어!"

"엄마가 아들한테 욕도 못해? 누가 그래?"

"아니, 누가 그런 건 아닌데······."

자신이 지은 죄가 아니지만 그래도 일조한 게 있기에 종혁은 말을 아꼈고, 고정숙은 그런 아들을 보며 혀를 찼다.

그리곤 다시 TV를 응시하며 말을 이었다.

"다녀와. 가서 몸조심하고. 다치지 말고, 욱하지 말고."

"아들이 언제 욱했······ 죄송합니다."

"아주 지 아빠를 쏙 빼닮아서 맨날 욱하기만 하고 말이야······."

속상함을 담았던 고정숙의 눈이 이내 빠르게 단단해진다.

어미가 돼서 멀리 떠나는 아들의 발목을 어찌 잡을까.

"아, 혹시나 해서 말하는 건데 가서 덜컥 애라도 만들면 넌 그때부터 내 아들 아니다."

"컥! 엄마!"

"왜? 미국이 성에 대해 자유롭다며? 애를 가지더라도 최소한 며느리 될 사람은 소개시켜 주고 가져. 알았어?"

"아, 진짜!"

"닥치고 세수나 하고, 아니 목욕하고 나와. 오랜만에 술이나 마시게."

"……예."

목욕.

떠나기 전에 무어라도 손수 만든 음식을 먹이고 싶은 어머니의 마음을 이해한 종혁은 일그러지는 얼굴을 억지로 펴며 화장실로 향했다.

그 모습을 잠시 응시하던 고정숙은 이내 한숨을 쉬며 일어섰다.

"마트를 다녀와야겠네."

먼 길 떠나는 아들, 평소 좋아하는 걸 해 먹이려면 바쁘게 움직여야 했다.

그렇게 두 모자의 밤이 깊어져 갔다.

* * *

한편 그 시각, 퇴근 시간이 훌쩍 지났음에도 경찰청장실에 남은 박종명이 책상을 툭툭 두드린다.

"조희구 사장……. 러시아 바이칼호 보물선 인양……."

참 타이밍 좋게 종혁을 치워 달라고 부탁해 온 조희구와 러시아 거물들을 부탁을 받고 그들의 보물을 들고 한국에 온 종혁.

이게 과연 우연일까.

"재밌군."

이 한국에 꽤나 재밌는 놈들이 있는 것 같다.

"더 뜯어낼 수 있겠어."

그들의 규모가 얼마나 크건 그게 무슨 상관일까. 그게 박종명 자신에게 이득이 되느냐 마느냐가 중요할 뿐이다.

그런데 아무래도 종혁보다 이들이 더 큰 이득을 줄 것 같다. 그가 명예와 영향력보다 더 중요시하는 금전이라는 이득을.

'찔리는 게 있으니 이런 부탁을 해 왔겠지.'

"괘씸한 놈들."

지이잉!

박종명은 때마침 울린 핸드폰에 피식 웃었다.

"안 그래도 전화를 하려던 참인데 먼저 전화를 주셨군요. 우리 만납시다. 서로 할 이야기가 꽤 많은 것 같으니까."

─……지금 바로 서울로 가겠습니다.

"아닙니다. 안 그래도 내일 부산청에 볼일이 있으니 부산에서 보죠. 예, 그럼 끊습니다."

통화를 종료한 박종명은 몸을 일으켰다.

'어차피 최 팀장 그놈은 그저 장기말일 뿐이지. 조금, 아니 꽤 특별한 장기말.'

파트너인 조희구와 달리 말이다.

박종명의 입가에 후련한 미소가 맺혔다.

* * *

"진짜 가시는 거예요?"

인천공항 안으로 따라 들어온 최재수가 울상을 짓는다.

"안 가시면 안 돼요?"

"어쩌겠냐."

그렇게 말하는 종혁도 입맛이 쓰다.

처음부터 하나하나 세세하게 가르쳐 한 명의 형사로 만든 최재수. 종혁에게 있어 최재수는 자식 같은 존재다.

그도 마음이 편치 않지만 어쩔 수가 없었다.

해외 연수는 더 높은 곳에 오르기 위한 좋은 기회. 받아들이지 않을 이유가 없었다.

"그렇게 긴 시간은 아닐 테니까 다른 분들에게 잘 배우고. 오 경감님도 재수 잘 부탁드리겠습니다."

"쯧. 얘가 내 말을 듣겠냐? 중간에 지 혼자 설치다 칼이나 안 맞으면 다행이지."

"에이씨, 진짜!"

최재수의 일그러지는 얼굴에 피식 웃은 오택수가 종혁을 본다.

"아무튼 알았으니까 잘 다녀와. 거기선 사고 치지 말고."

"저 진짜 열심히 배울 테니까 팀장님도 거기서 다 익혀버리세요! 선진국인 미국이니 배울 거 많을 거잖아요!"

"으응. 그래."

'글쎄다. 아닐걸?'

사람들은 미국 경찰에 환상을 가지고 있지만, 회귀 전

간부 코스를 밟기 위해 짧게 미국에 다녀온 적이 있는 종혁으로선 아니올시다였다.

'재수야, 미안한데 그 동네 한국보다 더 열악해.'

권한도 권한인데, 위험도가 한국과는 비교도 할 수 없을 만큼 높다.

하지만 저렇게 좋아하니 차마 말을 꺼낼 수가 없었다.

"하하. 그래. 그럴게."

"옙! 연락 자주 할게요! 저기 오택수 씨와는 다르게!"

"저저 말하는 꼬락서니 봐라."

고개를 젓던 오택수가 돌연 낯빛을 굳힌다.

"야, 최 팀장."

"예. 왜요…….."

종혁은 갑자기 차가워진 오택수의 표정에 미간을 좁혔다.

"내가 곰곰이 생각해 봤는데…… 설마 이 새끼들, 그 새끼들이냐?"

"그 새끼들이요?"

종혁은 반응을 보이는 최재수의 모습에 한숨을 내쉬었다.

"……일단 조용한 곳으로 가죠."

아무래도 이젠 최재수에게 말을 해야 할 듯싶다.

그러라고 꺼낸 이야기인 것 같으니 말이다.

'상의는 좀 해 주지. 쯧.'

종혁은 툴툴거리며 인천공항 안쪽으로 향했다.

* * *

"최종혁이 전용기에 올라탔다고 합니다."

"……후우. 드디어 갔네. 그 개새끼."

제2기획실장의 된소리에 보고를 하러 온 부하가 안타까워한다.

'그렇게 스마트하고 점잖으시던 우리 실장님이…….'

"그 표정 뭐야? 너 지금 나 동정해?"

"아, 아닙니다!"

"이…… 하아."

일 잘하는 부하에게 화를 내서 뭐할까.

자신의 신경이 예민해졌다는 걸 받아들인 제2기획실장은 몸을 일으켰다.

"자, 다들 주목! 드디어 최종혁이 치워졌다. 여기에 더 다행이라면 놈이 우리를 눈치채지 못한 것 같다는 거다."

만약 종혁이 냄새를 맡았다면 SVR이 움직였을 것이다.

하지만 SVR이 무언가 알아보려는 듯한 움직임은 전혀 보이지 않았고, 이는 종혁이 이번 해외 연수에 별다른 의심을 품지 않았다는 의미였다.

"다만 문제는 결국 최종혁 그놈 때문에 아진 소코로비쉬가 발굴한 보물이 진짜임이 밝혀졌다는 거다."

혹시나, 정말 혹시나 사기를 치는 게 아닌가 하는 작은 가

설마저 사라졌고, 이로써 상황은 말도 안 되게 복잡해졌다.

"계획을 처음부터 다시 짤 테니 자료 정리해서 11시까지 회의실로 집합해."

11시에 회의라면 점심을 먹지 말자는 소리.

"끙. 예에."

"대답!"

"예!"

제2기획실 직원들은 종혁을 욕하며 빠르게 자료를 모으기 시작했다. 이 복잡해져 버린 상황을 되돌리기 위한 모든 자료를.

그런 그들을 보며 고개를 끄덕인 제2기획실장은 전화기를 들었다.

"어, 실장님. 나 제2기획실 실장인데요. 최종혁이 미국으로 연수를 갔다네요? 그래도 같은 실장으로서 알려는 드려야……. 아이고, 내가 수작을 부리긴 뭔 수작을 부려요."

모두가 라이벌인 기획실.

제2기획실장은 길길이 날뛰는 제1기획실장의 모습에 흐뭇이 웃었다.

'옛다. 엿 먹어라!'

* * *

"응, 엄마. 이제 막 일어났어. 운동하고 출근해야지. 아니, 내가 뭔 사고를 친다고 그래. 알았어요, 알았어. 네. 엄마도 수고하시고요."

뉴욕 중심부에 위치한 고층 빌딩의 최상층에 위치한 펜트하우스.

한 손에 사과주스를 든 채 테라스로 걸어 나온 종혁이 저 아래에 넓게 펼쳐진 거대한 공원을 응시한다.

삭막하고 바쁜 뉴욕 시민들의 힐링을 위해 조성된 뉴욕의 자랑 센트럴파크.

하지만 종혁의 눈에는 다르게 보인다.

"저기에서만 연간 수천 건의 사건이 벌어진다지."

살인, 실종, 납치, 강간, 마약 거래 등 끔찍한 강력 범죄가 벌어지는 마굴이 바로 센트럴파크다.

심지어 저 안에서 길을 잃고 아사하는 사람이 있을 정도.

그런데 공원의 크기가 커도 너무 크다 보니 경찰의 치안력이 제대로 닿지 못한다. 해가 지면 경찰들뿐만 아니라 뉴욕 시민도 들어가길 꺼려 할 정도다.

"저걸 확 밀어 버릴 수도 없고……. 에라이."

혀를 찬 종혁은 빌딩 내에 있는 피트니스를 향해 걸음을 옮겼다. 얼른 오늘치 운동을 마치고 출근을 해야 됐다.

지이잉!

"아, 헨리 씨."

―좋은 아침입니다, 최. 저희 미국의 선물은 마음에 드

십니까?

"들다 뿐일까요."

이 넓고 큰 초고층 빌딩의 최상층 전부가 종혁 본인의 집이다.

사람이 주거할 수 있는 방만 16개. 부동산이 나날이 폭락하는 뉴욕에서도 끔찍한 가격을 자랑하는 놈이다.

CIA는 그런 이놈을 통 크게도 선물로 주었다.

"다른 선물도 확인했습니다."

NYPD가 쓴다는 글록 권총과 벨트, 종혁의 이름이 박힌 수갑과 기타 진압 도구까지.

CIA 동아시아 지부장 헨리의 세심함에 감동을 할 정도였다.

"잘 쓰겠습니다, 헨리 씨."

─하하. 오늘이 출근하는 날인가요? 좋은 하루가 되길 바라겠습니다.

"예. 헨리 씨도요."

전화를 끊은 종혁은 어깨를 돌리며 빌딩 안의 피트니스 센터로 향했다.

연수 1일 차. 첫 출근이었다.

* * *

삐용-삐용!

"호오."

지옥의 출근길이라 불리는 뉴욕의 꽉 막힌 도로 위.

운전석에 앉은 종혁이 맞은편에서 다가오는 SUV형 경찰차를 보며 감탄을 터트린다.

"저것도 오랜만에 보네."

미국 경찰의 자랑인 방탄 기능을 갖춘 경찰차.

어디 방탄뿐일까. 도주하는 차량을 들이받거나 받혀도 경찰이 무사할 수 있게 특수 개조가 된 차량이다.

저 SUV형의 경찰차뿐만 아니라 미국의 모든 경찰차가 그렇다.

"저건 진짜 부럽……."

꼬르륵!

"쯧. 아침을 덜 먹었나."

격한 소리를 내는 배를 붙잡은 종혁은 때마침 보이는 햄버거 가게 앞에 차를 세웠다.

이른 아침임에도 사람들로 가득한 햄버거 가게.

미국에 왔으면 미국식으로 먹어야지 않겠는가.

"하, 이게 얼마 만이더라."

햄버거의 나라 미국. 다른 건 몰라도 이 맛은 참 그리웠었다.

종혁은 옛날의 그 맛을 기대하며 햄버거를 사 들고 나왔고, 차에 앉아 햄버거를 입에 물었다.

아삭!

야채가 부서지는 상큼한 소리와 함께 그의 입가가 파르르 떨린다.

그래. 이 맛이었다.

꾸덕하고 진한 치즈와 육중한 패티의 하모니.

순식간에 햄버거 하나를 해치운 그는 두 번째 햄버거를 입에 물며 차창 밖을 응시했다.

건물도, 사람도 복잡하고 삭막하기 그지없는 뉴욕의 풍경.

"노숙자가 많네."

원래부터 많은 건지, 아니면 부동산 폭락에 의해 많아진 건지는 잘 모르겠지만 참 암울한 광경이 아닐 수 없다.

"그런데 이게 시작이라는 거지."

이게 시작이다. 미국에 닥친 악몽은.

그리고 머지않은 미래에 이런 악몽들은 연달아 찾아온다.

"지랄이다. 지랄……."

"헬로, 칭크?"

고개를 돌린 종혁은 칼을 든 채 싱글벙글 웃는 흑인을 보며 한숨을 내쉬었다.

"이 불쌍한 깜둥이를 위해 적선 좀 해 주겠어? 오, 그 시계도."

'지랄 났네. 진짜.'

다시 한숨을 내쉰 종혁은 품 안으로 손을 넣었다.

그리고…….

철컥!

흑인의 이마에 겨눠진 글록 권총.

"오, 씨발! 하하. 미안……."

"닥치고 엎드려, 깜둥이 새꺄. 경찰이니까."

"Fuck……. 빤짝이는 없었는데……."

울상이 된 흑인은 뒤로 물러서 엎드리며 양손을 머리 뒤로 하며 깍지를 꼈고, 차에서 내린 종혁은 수갑을 채워 차 안에 밀어 넣었다.

그리고 담배 연기를 길게 뿜었다.

"연수 첫 출근부터 어메이징하네. 시발."

왜 어메이징과 다이나믹의 나라 미국이라 불리는 지 확실히 체감되는 순간이었다.

* * *

뉴욕 경찰국, NYPD의 본청.

일명 1 폴리스 플라자(1 Police Plaza)라 불리는 건물 안, 수사계의 형사들이 도넛과 커피를 문 채 두런두런 이야기를 나누고 있다.

"아, 맞다. 오늘 한국? 아무튼 저기 동양에서 연수생이 온다고 하지 않았어? 저 옆 동네 중국인들과 다른 나라인가?"

"아마 그럴걸? 이름부터 다르잖아."

"그런데 누가 맡으려나─!"

순간 조용해지는 수사계.

"난 저번에 맡았으니까 패스!"

"나도!"

"그래, 존! 네가 맡아라!"

"난 또 왜요!"

"네가 가장 막내니까!"

"나도 형사 된 지 벌써 5년 차거든요!"

"오우, 우리 귀염둥이가 벌써 5살이나 됐어?"

"으하하하하!"

그렇게 웃음이 터지는 순간이었다.

콰앙!

거칠게 열리는 사무실의 문.

아니, 문을 부술 듯 열어젖히며 날아 들어와 바닥을 뒹구는 웬 흑인 한 명에 사람들의 눈이 멍해진다.

"아악! 아으윽…….'

뚜벅뚜벅!

형사들은 귓가를 울리는 구둣발 소리에 고개를 들었다가 여유롭게 들어오는 종혁을 발견하곤 눈을 껌뻑였다.

종혁은 그런 그들을 향해 히죽 웃었다.

"아, 오늘부터 이곳 뉴욕 경찰국에서 일하게 된 대한민국 경찰청의 최종혁 경정입니다. 출근길에 이 새끼가 강도 짓을 하려고 해서 잡았는데, 어떤 분한테 넘기면 됩니까?"

"……What the Fuck?"

종혁은 대답할 생각을 하지 않는 형사들을 보며 고개를

모로 기울였다.

'왜? 뭐?'

* * *

"하하. 반갑습니다. NYPD의 청장, 커트 샘슨스입니다."

덩치가 후덕한 백인의 노인이 손을 내민다.

뉴욕 경찰국이지만, 청장. 그럴 수밖에 없는 게 이 뉴욕 경찰국 안에는 한국의 본청처럼 수많은 국이 있기 때문이다.

"오늘부터 이곳에서 연수를 받기로 한 대한민국 경찰청의 최종혁입니다."

"성이 혁?"

"최입니다."

"아, 최. 맞아. 이쪽은 경찰위원장 레이먼드 켈리입니다. 한국에도 이런 제도가 있는지 모르겠지만……."

"어떤 일을 하시는 분인지는 대충 알고 있습니다."

미국 경찰의 독특한 체계 중 하나가 바로 이거다.

이 뉴욕뿐만 아니라 미국 각 시의 시장이 임명하여 경찰청장의 독주를 견제하는 5년 임기의 감리위원.

다른 말로 시장의 눈과 귀, 그리고 입안의 혀가 되어주는 사람으로서 각 부서의 운영뿐만 아니라 부서장, 하위 간부를 포함한 대리인을 임명하는 존재다.

미국 영화를 보다보면 자주 NYPD의 청장이나 국장 등 부서의 장들이 마치 부패한 시장의 안위를 위해 사건을 묵살하는 등 악의 인물처럼 묘사가 되는데, 그건 청장이나 국장 등 부서의 장들이 아니라 바로 이들을 말하는 거다.

번역이 되면서 약간의 오역이 되는 것.

그렇다고 완전히 청장이 아니라고 할 수 없는 게, 이들의 계급이 진짜 경찰보다 높기 때문이다.

이들은 경찰이 아닌 민간인 행정관이며, 이들과 이들이 임명하는 대리인들은 경찰의 맹세가 아니라 취임선서를 하는 특별직 공무원이라고 할 수 있다.

그렇다고 경찰청장에게 인사 권한이 없는 건 아니다.

경찰청장 역시 부국장 등 이 감리 위원이 임명한 부서의 장을 견제하는 인물들을 인사할 수 있다.

미국 영화나 수사 드라마에서 자주 나오는 단어인 captain, 경위 혹은 경감 계급 이상 계급들 인사는 모두 경찰청장의 재량이기 때문이다.

'독주를 막는다는 부분이 마음에 들긴 하지만…… 글쎄.'

이들은 철저히 시장의 이익을 위해 움직이기에 시장이 부패한 인물이라면 꽤 골치 아픈 존재가 되어 버리고 만다.

거대한 배 안에 있는 두 명의 선장이 있는 꼴이기 때문이다.

'서로 성향이 맞으면 시너지가 폭발할 테지만, 아니라면…….'

행동 하나하나가 제동이 걸릴 테고, 그렇게 되면 모든

상황이 지진부진해질 수밖에 없었다.

"최종혁입니다."

"자존감이 강한 분이군요. 그러니 첫 출근부터 그런 사고를 친 거겠죠. 부디 선진국인 미국에서 많은 걸 배워가길 바라겠습니다."

성을 앞에다가 붙이니 왜 미국식 이름 표기를 따르지 않냐, 넌 미국 경찰도 아닌데 왜 범죄자를 함부로 잡았냐, 너희는 후진국이니 고개 숙여 배우라고 비꼬는 말.

말 한 마디, 한 마디에 미국 우월주의가 깔려 있다.

'주는 것 없이 미운 양반이네.'

그러나 이런 걸로 발끈할 나이가 지났기에 종혁은 웃으며 악수를 받았다.

"하하. 덕담 감사합니다."

"드와이트 국장?"

"아, 예. 폴슨?"

감리위원이 형사국 국장 드와이트를 보자 드와이트가 형사국 수사계 계장인 폴슨을 본다.

"예. 가지, 최."

백인 장년인인 폴슨은 종혁을 데리고 다시 수사계로 향했다.

"일단 최는 두 달간 우리 수사계에서 일을 하게 될 거야. 혹시 오기 전에 있던 부서가 어디지?"

마치 덩치만 큰 애를 보는 듯 걱정과 우려가 섞인 시선에 종혁은 일그러지는 얼굴을 억지로 펴야 했다.

'하, 씨발. 진짜······.'

"현재는 외사국의 외사수사과 소속입니다. 그 전에는 특별수사팀과 특수범죄수사과에 있었습니다. 간부다 보니 여러 부서를 이동하게 되더군요."

"오! 현장에 익숙한 형사였군! 내가 무례했다면 사과하지. 가끔······."

"현장을 겪지 않은 채 연수를 오는 엘리트 간부들이 있긴 하죠. 무슨 말인지 이해했습니다."

"일본이 좀 그러더군."

"그거 인종 차별입니다."

"······으하핫! 방금 농담 좋았어."

'농담 아니다, 이 양반아.'

이놈의 미국 우월주의는 적응을 하려야 할 수가 없다.

그래도 폴슨 계장의 우려가 이해되지 않는 건 아니다.

여차하면 총이 난사되는 미국.

소변이 급해 뒷골목에 들어갔다가 다음 날 몸에 구멍이 뚫린 변사체로 발견되는 일이 빈번하다 보니, 각 나라에서 날고 긴다는 베테랑들이라고 해도 총기에 익숙하지 않다면 쭈구리가 될 수밖에 없다.

"그럼 일단 임시 파트너를 정해야 할 텐데······."

종혁이 요란한 첫 등장 신을 찍은 수사반을 둘러보던 폴슨은 모두가 시선을 피하는 와중 자신을 또렷이 노려보는 젊은 형사의 모습에 한숨을 내쉬었다.

정말 재밖에 없냐는 좌절 섞인 한숨.

"끄응. 존!"

"예!"

후다닥 달려온 이십대 후반의 젊은 경찰.

종혁은 마치 간식 소리를 들은 강아지처럼 폴슨을 보는 존의 모습에 정말 이게 최선이냐는 듯 폴슨을 노려봤다.

그에 슬그머니 시선을 피하는 그.

"크흠. 그래도 나름 5년 차 형사이니까 좋은 파트너가 되어 줄 거야. 아, 혹시 연수생들을 위해 마련된 관사에 입주했나?"

'에라이.'

화제를 돌리는 그의 모습에 결국 얼굴을 구긴 종혁은 고개를 저었다.

"따로 방을 잡았으니 그 부분은 걱정하지 않으셔도 됩니다."

"그렇다면 다행이군. 존, 오늘부터 두 달간 임시 파트너가 되어 줄 최다. 서로 인사해."

"반가워, 최! 난 존 셜리번. 편하게 조니라고 불러 줘."

"최종혁입니다. 최가 성입니다, 조니."

"여기 최에게 뉴욕 경찰국에 어떤 부서들이 있나 안내해 주고, 비품과 총기를 수령받을 수 있게 해."

"알겠습니다! 가죠, 최!"

"……후우. 예, 뭐 그럽시다."

'시벌. 연수까지 와서 애새끼 뒤치다꺼리나 하는 건 아닌지 모르겠네.'

그렇게 존의 안내를 받아 뉴욕 경찰국 내부 부서들을 모두 탐방한 종혁은 눈을 빛냈다.

꽤 독특한 부서가 있기 때문이다.

뉴욕시 교통 시스템 내의 비상 상황에 대응하고 순찰하는 환승국과 뉴욕시에 있는 공공주택의 거주자, 직원 및 손님에게 경찰 서비스의 보안 및 제공을 제공하는 주택국, 부서의 법률 문제와 관련하여 법 집행 요원에게 도움을 청하는 법률국이 바로 그것이다.

수배자만 전담해 쫓는 부서도 있고, 뉴욕시에서 영화나 TV프로그램을 촬영할 때 그 지원을 하여 교통 및 사람을 통제하는 영화 및 TV 유닛, 민간 기업을 위해 경찰을 파견하는 부서도 꽤 독특하다. 놀랍게도 이 부서는 경찰이 근무 시간 외에 돈을 벌 수 있게 하자는 취지로 만들어진 부서다.

'이건 좀 부럽네.'

왜 그동안 TV나 드라마에서 한국 경찰이 부패의 상징처럼 묘사됐던가.

물론 지금이야 종혁의 개입으로 인해 그런 묘사가 많이 사라졌다고는 하지만, 모두 뒷돈을 욕심낼 만큼 근무 환경이 열악하고 월급이 쥐꼬리만 하기 때문이다.

실제로도 그런 이유로 견찰들이 되는 경찰이 많다. 지금 이 순간에도.

"물론 다 개소리지."

돈 때문에 타락할 거라면 차라리 경찰을 관두고 다른

직업을 찾는 게 맞다. 모두 자기 합리화였다.

"뭐?"

"아닙니다. 그런데 어디로 가는 겁니까?"

"총기도 등록했고 비품도 수령받았으니 우리 NYPD가 어디서부터 어디까지 치안을 담당하는지에 대해 알려 줘야지. 따라와!"

그 순간 종혁은 존의 성향에 대해 깨달았다.

'오지랖이 넓은 타입이구나.'

"……에혀. 그래. 가자, 가."

"What?"

종혁은 고개를 저었다.

"아무 말 안 했습니다. 그런데 갈 거라면 제 차로 가시죠."

"오! 벌써 차까지 렌트했어? 그래! 나야 기름값 아끼고 좋지! 대신 점심은 내가 살게!"

오늘 종혁이 쓰는 유류비보다 더 비싼 밥을 사 주겠다며, 그렇게 뉴욕 경찰의 위엄을 보이겠다고 다짐한 존은 이내 주차장에 주차된 종혁의 차를 보곤 하얗게 질렸다.

"저, 저게 네 차라고?"

포르쉐 카이엔. 거의 10만 달러에 육박하는 명품 차다. 존의 월급으로는 10년을 모아도 살까 말까 한 부의 상징, 포르쉐.

"아, 잘 부서질 것 같아서 걱정입니까? 방탄 처리와 충격 처리도 한 놈이니 너무 걱정 마세요."

"……최, 혹시 동양의 왕족이나 그런 거 아니지?"

'아, 그거였냐?'

"개소리 말고 순찰이나 갑시다."

"으응."

"당신이 운전해요."

"……너 정말 좋은 놈이구나!"

'넌 단순한 놈이고.'

조금 더 지켜봐야 알 것 같지만, 왠지 지뢰를 밟은 기분.

종혁은 두 달만 버티자고 다독이며 차에 올랐다.

그렇게 둘은 1 폴리스 플라자를 빠져나와 맨하탄의 도로에 진입했다.

* * *

"맨하탄을 제외한 다른 지역들엔 경찰이 없다시피 하다고요?"

"그 정도는 아니고, 아무래도 좀 부족할 수밖에 없지."

종혁은 미간을 좁혔다.

회귀 전 들은 이야기긴 하지만, 다시 들으니 여전히 어이가 없다.

"왜 그렇습니까?"

"맨하탄이 뉴욕에서 가장 중요한 곳이니까."

월 스트리트를 비롯해 중요 기관과 기업들이 산재한 맨하탄. 그렇다 보니 경찰 병력이 밀집될 수밖에 없다는 게 존의 설명이다.

"그럼 다른 곳의 치안은요?"

"그건 뭐…… 하하."

종혁은 코웃음을 쳤다.

이래서 뉴욕 경찰의 근무 환경이 열악하다는 거다.

맨하탄을 제외한 다른 지역에서 경찰 1명당 담당해야 할 범죄자와 지켜야 할 시민의 숫자가 몇 명일까.

뉴욕 시민의 숫자가 2천만 명에 육박하는 걸 생각하면 끔찍하기 그지없다. 거기다 이렇게 인력이 부족할수록 범죄 발생률이 높아질 수밖에 없다.

'여기에 총기 문제도 있으니 미국 경찰의 공권력이 강력한 것이긴 하지만…….'

"아, 저긴 되도록 들어가지 않는 게 좋아. 경찰에게도 총을 쏘는 개새끼들이 있는 곳이거든."

종혁은 존이 가리키는 뉴욕의 할렘, 빈민가의 입구를 보며 혀를 찼다. 뉴욕의 치안을 어지럽히는 주범 중 하나.

"물론 저기가 아니라도 어느 뒷골목이건 함부로 들어가선 안 되지만."

"총 맞으니까요?"

"힘들게 배우러 왔는데 시체로 돌아가면 안 되잖아."

담담한 말투에서 풍기는 베테랑의 냄새.

열악하고 험한 근무 환경이 이렇게 어린 형사를 베테랑으로 만든 것 같다.

'재수를 데려왔으면 좋았겠네.'

여기서 1년만 굴러도 웬만한 조폭쯤은 찜 쪄 먹는 베테랑이 되지 않을까 하는 별 의미 없는 생각이 종혁의 머릿속에서 떠올랐다가 사라졌다.

공권력이 높은 만큼 순직할 확률도 높은 곳이 바로 미국이니 말이다.

"음. 최, 저기가 내 단골 식당이긴 한데…… 저런 곳도 괜찮아?"

존이 가리킨 식당을 본 종혁은 피식 웃었다.

한국의 24시간 기사식당이나 김밥천국과 비슷한 개념의 식당인 다이너.

'그래. 공무원 월급이 쥐꼬리인 건 한국이나 여기나 마찬가지지.'

단순히 금액만 놓고 보면 뉴욕 경찰 쪽이 2배 넘게 많지만, 물가를 생각하면 그 금액도 쥐꼬리에 불과하다.

더욱이 현재는 부동산 폭락으로 인해 안 그래도 끔찍한 뉴욕의 물가가 더 끔찍해진 상황.

이 어린 형사에겐 이게 최선일 것이다.

"뭐 양만 많으면 됩니다."

"그, 그건 걱정 마! 양이 진짜 많은 곳이니까!"

차가 제대로 잠겼는지 몇 번이나 확인한 존은 다이너 안으로 종혁을 안내했고, 종혁은 오랜만에 보는 붉은색 소파들의 향연에 순간 추억에 젖어 들었다.

'나도 옛날엔 이런 곳에서 밥을 먹었는데…….'

박봉에 밥 사 먹을 돈은 없고, 죽지 않으려면 밥은 먹어야겠고.

그래서 싼값에 고열량 음식을 먹을 수 있는 이런 곳을 애용할 수밖에 없었다.

바 테이블에 앉은 종혁은 메뉴를 받아 들자마자 입을 열었다.

"최, 여기는……."

"럼버잭이 블랙퍼스트 세트 맞죠? 이거 곱빼기랑 치즈버거, 뉴욕 스테이크 하나, 페페로니 피자 반 판이요. 음료는 커피와 콜라 한 잔씩, 계란은 스크램블로, 베이컨은 바싹. 아, 코울슬로도. 응? 왜요?"

"아, 아니야. 마, 많이 먹네?"

종혁의 주문을 받은 직원도 무의식적으로 고개를 끄덕인다.

"이 덩치 유지하려면 이 정도는 먹어야죠. 일단 커피부터 주세요."

"아, 알겠습니다."

커피는 커피메이커에서 내리는 걸 따르기만 하면 되기에 금방 나왔고, 종혁은 쌉쌀한 커피 맛을 음미하며 다이너 안을 둘러봤다.

손자의 입에 오믈렛을 물려 주는 할아버지, 손을 맞잡은 채 사랑을 속삭이는 대학생 커플, 후드를 푹 눌러쓴 채 묵묵히 음식을 씹는 꾀죄죄한 여성, 얼른 먹고 쉬려는 듯 음식을 입안에 욱여넣다가 콜록거리는 노동자.

참으로 다양한 인간 군상들이 다이너라는 공간에 모여

점심시간이라는 짧은 행복을 즐기고 있다.

'이것만 보면 뉴욕도 다른 곳과 별반 다를 게 없는 사람 사는 곳인데…….'

그런데 치안이 개판이다.

"그러고 보면 한국이 복 받은 나라지."

새벽에 술에 취해 거리에서 잠을 자도 죽을 위험이 없는 나라, 한국.

미국과 비교하면 한국은 천국이었다. 이를 위해 오늘도 불철주야 노력하는 한국 경찰들을 떠올리니 눈에 습기가 서렸다.

"그런데 좀 답답하네."

이곳에 어떤 범죄자가 숨어 있을지 모르는데, 그게 누군지 모르니 답답하다. 경찰로서 직무 유기를 하는 것 같은 죄책감이 그의 몸을 감싼다.

"최, 제발 영어로 말해 줘."

'에라이.'

"돌아가면 수배자 명단부터 주세……."

딸랑!

문이 열리는 소리에 습관적으로 고개를 돌린 종혁의 눈살이 순간 꿈틀거린다.

이제 막 8살이나 됐을 법한 어린아이의 손을 잡고 들어오며 두런두런 이야기를 나누는 삼십대의 여성과 남성.

누가 봐도 단란한 한 가정의 모습이다.

하지만…….

'멍?'

아직 패딩을 입을 날씨가 아님에도 지퍼를 끝까지 채운 아이의 드러난 목, 아니 목과 어깨 승모근의 경계에 난 희미한 멍 자국과 흉터.

종혁의 표정이 딱딱하게 굳었다.

* * *

7살 소년, 잭에게 있어 오늘은 아주 특별한 날이다.

뭐든지 허용되는 날. 꿈의 식당에 오는 날.

그리고 엄마가 다정해지는 날.

"마음껏 고르렴, 잭."

오늘 아침 손수 옷을 골라 준 엄마의 다정한 말에 잭의 얼굴에 환한 미소가 피어오른다.

"네!"

소파 안쪽에 앉아 힘차게 대답한 잭은 벽에 기댄 메뉴 판을 가져왔다.

피자, 스파게티, 햄버거, 스테이크, 감자튀김.

평소에 먹을 수 없는 요리들에 잭의 눈이 저 하늘의 별 무리처럼 초롱초롱 빛난다.

"우와아아아!"

올해는 뭘 먹어야 할까.

작년엔 햄버거와 감자튀김을 먹었다.

난생처음 먹은 따뜻한 햄버거와 감자튀김.

입천장을 홀랑 벗겨 버린 뜨거운 감자튀김은 코피를 먹은 것처럼 씁쓸했지만 구름처럼 폭신했고, 따뜻한 빵 속에 숨겨진 달콤한 소스와 아삭한 야채, 두꺼운 패티는 만화를 보며 생각했던 맛보다 더 충격이었다.

'어쩌지? 트레번이 스테이크도 맛있다고 했는데! 스테이시는 토마토 스파게티가 최고로 맛있다고 했어!'

잭은 반 친구들의 자랑을 떠올리며 깊은 고민에 빠졌고, 그런 잭을 힐끔 본 아빠 올리버는 아내 메디슨을 향해 미간을 좁혔다.

"아니, 아침부터 난리를 치더니 겨우 여길 오려고 그랬던 거야?"

어젯밤 술을 마신 것도 있지만, 기상 시간보다 한참 이른 9시부터 난리를 치던 아내 때문에 제대로 씻지도 못한 채 운전을 해야 했던 올리버가 투정을 부리자 메디슨의 눈매가 살벌해진다.

"오늘이 무슨 날인지 몰라?"

"오늘? 결혼기념일은…… 아니고. 우리가 처음으로 데이트를 한 날인가?"

"후우우. 네가 그러고도 아빠니? 오늘 잭의 생일이잖아."

"아."

"응? 저 불렀어요?"

"아니야, 아니야. 천천히 골라."

"네, 아빠!"

잭이 다시 메뉴판에 시선을 돌리자 올리버가 이마에 맺히는 땀을 닦으며 묘한 미소를 짓는다.

"그래서 네가 오늘 술병을 들지 않고 있는 거구나?"

"닥쳐."

입에 지퍼를 채우는 시늉을 한 올리버가 잭을 보며 다시 묘한 미소를 짓는다.

"그럼 쟤가 벌써 6살인가?"

"7살이야. 2학년."

"오. 역시 애는 빨리 크네."

"애가 크는 것도 몰랐던 거야? 너 진짜 아빠 자격이 있긴 한 거니?"

"그러니 쟤를 내쫓지 않고 데리고 있는 거 아니겠어?"

"내쫓기만 해 봐. 그땐 너랑 나 둘 중 하나는 죽을 테니까."

"푸흐흐……. 네가 그런 말을 하니까 좀 웃기네."

"지금 싸우자는 거지?"

"오우. 오늘은 좋은 날이야, 허니. 싸우는 건 침대 위에서 하자고."

"너 진짜……!"

"저, 저 골랐어요!"

매부리코 마녀보다 흉악해지던 메디슨의 얼굴에 따뜻한 봄이 서린다.

"그래? 뭘 골랐니, 잭?"

"스테이크를…… 시켜도 될까요?"

"오, 스위티. 얼마든지 시켜도 된단다. 오늘은 네 생일이잖니. 그런데 스테이크를 고른 이유가 있니?"

메디슨의 손이 다가오자 움찔했던 잭은 따뜻하게 볼을 쓸어내리는 손길에 오늘은 엄마가 다정해지는 날임을 기억해 내곤 용기를 냈다.

"트레번이 집에서 구워 먹는 스테이크가 맛있다고 했어요!"

"트레번? 이름이 흑인이네?"

"흑인 친구예요!"

"아, 그러니? 친구랑 잘 지내야 한다?"

"네!"

"자기는?"

"럼버잭이나 먹지, 뭐. 맥주도."

맥주란 말에 순간 메디슨의 눈이 흔들렸다.

그녀는 지금 놀리냐며 올리버를 째려봤고, 그는 킬킬 웃었다.

그런 그들에게 종업원이 다가선다.

"주문하시겠어요?"

"뉴욕 스테이크 하나랑 럼버잭, 그리고 치킨 수프 주세요. 베이컨은 적당히, 계란은 써니 사이즈 업으로요."

"맥주도요."

"……맥주는 취소해 주세요."

"취소를 취소."

"올리버!"

"잭의 생일이야, 메리."

움찔!

얼굴이 경직된 잭을 본 메디슨은 한숨을 내쉬며 킬킬 웃는 올리버를 째려봤다가 이내 이를 악물며 고개를 끄덕였다.

"그렇게 주세요."

"뉴욕 스테이크, 치킨 수프, 럼버잭, 베이컨 적당히, 계란은 써니 사이즈 업 맞죠?"

"아, 팬케이크는 약간 태우듯 익혀서요."

"네. 맥주는 뭘로 드릴까요?"

"브루클린으로요."

"네. 잠시만 기다려 주세요."

그렇게 여종업원이 떠나자 올리버가 재빨리 일어선다.

"담배 좀 피우고 올게."

"……너 집에 가서 봐."

"사랑해, 허니."

빠드득!

메디슨은 이를 갈았고, 잭은 그런 그녀의 새끼손가락을 잡았다.

"싸, 싸우지 마세요."

"……오늘은 싸우지 않을 거야. 오늘은 네 생일이잖니. 그런데 스테이크 하나면 되겠어? 부족하면 다 먹고 시킬까?"

"네!"

메디슨은 힘찬 아들의 대답에 다시 볼을 쓸어내렸고, 잭은 그런 그녀의 손길에 그녀의 몸에 몸을 밀착시키며 거칠고 투박한 손바닥을 흠뻑 느꼈다.

오늘은 1년에 딱 하루 있는 엄마가 다정한 날.

최대한 느껴야 했다. 그래야 앞으로 1년을 버틸 수 있으니 말이다.

잠시 후 올리버가 돌아와 자리에 앉자 종업원이 음식을 가져온다.

"우와아아!"

자신의 얼굴보다 큰 스테이크에 잭의 눈과 코, 입이 크게 벌려진다. 잭은 급한 마음에 포크와 나이프를 반대로 쥐며 달려들었다.

그에 메디슨은 급하게 만류했다.

"먹기 전에 생일축하 노래 불러야지."

케이크가 없어도, 촛불이 없어도 그들만의 축하 의식이다.

"아!"

"자, 하나둘?"

"생일 축하합니다. 생일 축하합니다."

그들 세 가족만의 작은 축하.

그런데 그 노래 소리를 들은 주위의 손님들도 흐뭇하게 웃으며 같이 박수를 쳐 준다.

그에 잠시 멍해지는 잭.

"생일 축하한다, 꼬마!"

"생일 축하해!"

"휘이익!"

온 세상이 축하를 해 주는 것 같은 기분.

그보다 더 벅차고 행복한 건 미소를 짓고 있는 엄마와 아빠다.

잭은 터질 듯 뜨거워지는 가슴에 눈물을 그렁거렸다.

"감사합니다! 감사합니다!"

"이제 먹자, 잭."

"네! 잘 먹겠습니다!"

잭이 올바르게 포크와 나이프를 쥐며 스테이크에 가져 갔고, 메디슨은 그런 잭의 손을 살포시 쥐며 스테이크를 써는 걸 도왔다.

오늘은 잭에게 있어 정말 행복한 날이었다.

'제발 내일도, 모레도 오늘만 같기를!'

잭은 하늘에 있는 신에게 간절히 빌었다.

그런 잭의 마음을 아는지 모르는지 복스럽게 먹는 아들의 모습에 피식 웃은 올리버와 메디슨도 음식을 먹기 시작한다.

후룩!

서늘해지기 시작한 날씨를 잠시 잊게 만드는 뜨겁고 진한 국물이 처지다 못해 축나기 일보 직전인 온몸을 적심에 메디슨이 눈을 감으며 혀를 굴린다.

"으으음."

마치 몸이 원하는 것 같은 맛.

단 한 숟가락만 먹었을 뿐인데 온몸에서 열이 올라온다.

반면 적당히 익은 베이컨에 계란 노른자를 터트려 입에 가져간 올리버는 미간을 좁혔다.

뭔가 마음에 들지 않는 듯한 모습.

그러나 잭과 눈이 마주치자 빙그레 웃으며 팬케이크에 메이플 시럽을 가득 뿌렸다.

입안을 절여 버릴 듯 채우는 달콤한 맛.

이제 좀 먹을 만하네 라며 고개를 끄덕인 올리버는 그제야 본격적으로 포크를 움직이기 시작했고, 그렇게 세 가족은 행복한 아침 겸 점심을 즐겨 갔다.

목이 막힌 올리버가 차가운 맥주를 입에 가져가기 전까지 말이다.

"크아!"

꿀꺽!

침 넘어가는 소리에 메디슨을 쳐다본 올리버가 피식 웃고, 잭의 눈이 흔들린다.

"그냥 술 시키는 게 어때?"

"돼, 됐어. 오늘은 안 마실 거야."

"네가? 정말로?"

"……오늘은 날 건드리지 마."

"뭐, 그러든가."

다시 가소롭다는 듯 웃은 올리버는 가게 안이 더운 건지 계속 흐르는 땀을 닦으며 몸을 일으켰다.

"나 화장실 좀."

"너 설마? 하지 마. 여긴 잭의 단골 가게야."

"걱정 마. 그 정도로 생각이 없진 않으니까. 그리고 가져오지도 않았어."

"경고했다. 하지 마."

"네가 오늘 화장실 갈 시간만 줬어도 이렇게 널 걱정시켰을까? 아랫구멍 두 개 다 터질 것 같아, 허니."

"……얼른 다녀와."

싱긋 웃은 올리버는 안쪽의 화장실로 향했고, 그런 그를 의심이 서린 눈으로 응시하던 메디슨은 이내 혀를 차며 치킨 수프를 향해 고개를 내리다 올리버의 맥주병을 보고 잠시 시선을 멈춘다.

그 순간 그녀의 새끼손가락을 다시 잡는 잭의 손.

"아, 안 돼요."

오늘은 뭐든지 허용되는 날.

엄마를 말리는 것도 허용되는 날이다.

"……아니야. 안 마셔, 오늘은. 엄마가 걱정시켜서 미안해, 우리 아가."

그녀의 그 말에 잭은 작게 안심하며 다시 스테이크에 포크와 나이프를 가져가고, 메디슨은 맥주병을 노려보다 고개를 털며 몸이 간절히 원하고 있는 치킨 수프를 입에 가져갔다.

"후룩!"

그러나…….

힐끗!

메디슨의 눈이 다시 물방울이 흘러내리는 맥주병을 응시한다. 그와 동시에 무언가를 간절히 갈구하기 시작한 그녀의 눈과 떨리기 시작한 다리.

스푼을 쥔 손이 꼼지락거린다.

'아니야. 안 돼!'

참아야 한다.

이건 아들과 자신의 약속. 오늘만큼은 무조건 참아야 한다.

그런데…….

"크아아!"

옆에서 터진 탄성에 자신도 모르게 고개를 돌린 메디슨의 눈이 절망으로 물든다.

옷차림이 허름한 노인이 내려놓는 맥주병. 입안으로 직행하는 베이컨 한 조각. 그리고 행복에 젖은 빨간 얼굴.

……꼴깍!

"어, 엄마!"

작지만 뾰족한 외침에 놀란 그녀는 파랗게 질린 아들의 얼굴에, 그리고 아들이 응시하는 방향에 다시 놀라야 했다.

'이, 이게 왜 내 손에?'

어느새 손에 들려 버린 올리버의 맥주.

'미친!'

기겁한 그녀는 맥주를 내려놓으려 했다.

하지만 무슨 일인지 손에서 맥주가 떨어지지 않는다.
쌉싸래하고, 고소한 향기가 코끝을 파고든다.

'아니야. 안 돼. 오늘은…… 오늘은…….'

"아, 안 돼요. 오늘은 제 날이잖아요, 엄마."

안 된다.

술을 마셔 버린 엄마는 더 이상 다정하지 않음에.

예쁜 엄마가 아니게 되어 버림에 잭은 필사적으로 고개를 흔들고 그녀의 새끼손가락을 흔들었다.

'맞아. 오늘은 마시지 않기로 했잖아!'

아들의 재촉에 메디슨은 정신을 차리려 애썼다.

하지만 그럴수록 맥주의 달콤한 향기는 더욱 진해졌다.

"제발요. 오늘은 안 마시기로…… 아."

꿀꺽!

"……하아아."

잭이 절망하고, 메디슨의 얼굴에 느슨하면서도 황홀한 미소가 맴돈다.

그래, 이거다.

온몸이 살아나는 기분.

무엇이든 할 수 있을 것 같은 기분.

그런데 거슬리는 게 있다.

"놓으렴."

"어, 엄마……."

"경고했어. 놔."

메디슨의 목소리가 낮아지자 잭의 얼굴이 파리하게 질린다.

나쁜 엄마다. 맨날 자신을 괴롭히는 나쁜 엄마.

"아, 안 돼요. 오늘은 제 생일⋯⋯."

"놔!"

그녀가 손을 드는 순간이었다.

우당탕!

그들의 테이블을 덮친 거대한 무언가에 잠시 시간이 멈췄다.

* * *

'웃고 있다?'

부모로 보이는 이들의 손을 잡은 소년이 진심으로 행복해하고 있다.

부모의 얼굴을 본 종혁은 미간을 좁혔다.

'저 얼굴들은?'

종혁 자신의 판단이 맞다면 분명 둘은 정상적인 부모가 아니다.

그런데 아이는 진심으로 웃고 있다. 진심으로 따르고 있다.

최소한 아이의 낯빛이 우울하기라도 했다면 확신을 가질 수 있을 텐데, 그렇지가 않다.

"뭘 그렇게 봐?"

"……아닙니다."

혀를 찬 종혁은 다시 음식에 먹기 시작했다.

그러나 귀는 빈자리를 찾는 잭들을 따라 움직인다.

다행히도 뒤쪽 대각선 자리에 앉는 그들. 곧이어 마치 장난감 가게에 온 듯 기뻐하는 아이의 탄성이 들려온다.

'착각한 건가?'

그렇다면 다행이다 '술병'이라는 단어가 거슬리긴 하지만, 그래도 최소한으로나마 부모로서의 자격이 있는 것 같다.

그리고 이윽고 들려오는 생일축하 노래.

"오, 최. 저 꼬마가 생일인가 봐. 우리도 같이 축하해 주자!"

존의 호들갑에 종혁도 몸을 돌려 잭을 향해 박수를 쳐 줬다.

'생일 축하한다, 꼬마야.'

"감사합니다! 감사합니다!"

진심으로 기뻐하는 아이의 모습에 종혁은 마음을 놓으며 음식을 먹는 속도를 올리기 시작했다.

얼른 먹고 돌아가 수배자 명단을 확인해야 됐다.

존이 알려 주는 중요 포인트를 다 둘러보고 돌아간다면 오늘 저녁부터나 확인하게 될 테지만, 1분이라도 빨리 움직여야 더 많이 외우게 될 터.

그런데 잭의 부모의 대화가 그의 귀를 다시 자극한다.

"하지 마. 여긴 잭의 단골 가게야."

'하지 마? 화장실을 가는데 하지…….'

종혁은 자신의 뒤를 스쳐 지나가는 올리버의 냄새에, 정확히는 숨결에 섞인 입 냄새에 처참하게 무너졌다.

역시 예상대로였다.

'예상대로인데…….'

왜 하필 오늘 같은 날 일까.

종혁은 부디, 부디 아니기를 간절히 바라며 입을 열었다.

"조니."

"왜?"

"방금 화장실로 간 사람 따라가요. 마약중독자 같으니까. 무슨 일 생기면 바로 무전하고요. 지금부터 무전 켤 테니까."

만성적인 마약중독자의 몸에선 특유의 냄새가 난다.

자세히 보면 얼굴에도 특징이 드러난다. 일반인에게선 찾아보기 힘든 특징이.

일반인들이 알 만한 특징으로는 덥거나 춥지도 않은데 땀을 많이 흘리고, 손과 발을 떨며 초점이 잘 맞지 않다는 거다.

그리고 안타깝게도 올리버에겐 그런 특징들이 모두 나타나 있었다.

"알았어."

순간 눈빛이 매서워진 존은 슬그머니 몸을 일으켜 화장실로 향했고, 종혁은 이를 악물었다.

빠득!

'진짜 하지 마라. 오늘은 네 아들 생일이다.'

제아무리 마약중독자라고 해도 오늘만은 버텨 줘야 한다. 부모라면 그래 줘야 한다.

둘의 사랑이 맺은 결실이 세상에 태어난 날 아닌가.

신의 사랑과 은총이 그들을 축복한 날이 아니던가.

아들 잭뿐만 아니라 두 부부에게도 축복인 날.

'열 달 동안 고생하며 낳았잖아! 오늘만은, 아니 이 순간만은 버텨 줄 수 있잖아! 그래야 하잖아―!'

구그극.

종혁의 손에서 포크가 구겨지기 시작했다.

"아, 안 돼요……."

미약하기 그지없는 반항의 목소리에 고개를 돌린 종혁은 다시 한번 무너지고 말았다.

메디슨의 입술에 닿는 술병.

아니, 피부에 탄력과 생기가 없는데 얼굴이 붓고 코와 양 볼이 빨간 전형적인 특징을 지닌 알콜 중독자의 입속으로 들어가는 술.

술을 먹지 않을 땐 천사라도 먹는 순간 악마로 만드는 술.

'야, 이 미친년아―!'

"놓으렴."

"아, 안 돼요. 오늘은 제 생일……."

"놔!"

'빌어먹을!'

종혁은 메디슨의 손이 하늘로 들리고 잭이 눈을 질끈 감자, 뒤를 생각지 않고 그들의 테이블로 몸을 날렸다.

쿠당탕!

"헉!"

"꺄!"

상의와 머리를 적시는 음식물들.

하지만 종혁은 그딴 걸 신경 쓸 겨를이 없었다.

그는 놀라서 눈을 뜨는 잭을 향해 간절함을 담아, 필사적으로 입술을 달싹였다.

'help?'

부디. 부디 이 아이가 응해 주기를.

그렇지 않으면 구해 줄 수 없기에 부디 뻗은 이 손을 잡아 주기를.

종혁은 아이를 향해 간절히 빌었다.

3장. 중독

중독

 잭은 갑자기 자신의 생일상을 덮친 웬 동양인 아저씨에
깜짝 놀랐다가 눈을 크게 떴다.

 'H…… E…… L…… P?'

 도움. 도와줄까.

 순간 난생처음 보는 아저씨가 내민 구원의 손길에 의아
해하던 잭은 종혁이 슬쩍 보여 주는 배지에 경악한다.

 경찰이다.

 생일인 오늘을 제외한 거의 모든 매일, 나쁜 사람이 되
어 버리는 엄마와 아빠에 이불 속에 숨어 가끔씩 떠올리
는 경찰.

 그 경찰이 자신을 구해 주러 나타난 거다.

 만화 속의 영웅처럼.

 영화 속의 영웅처럼.

'저, 정말로 경찰이 날······.'

"이게 뭐하는 짓이야!"

귓속을 찌르는 뾰족한 외침에 엄마 메디슨을 본 잭의 눈이 순간 흔들린다.

'내가 도와 달라고 하면, 엄마는?'

거의 모든 매일이 나쁜 엄마지만, 그래도 가끔씩은 다정한 엄마.

잭 자신의 생일엔 하루 종일 다정한 착한 엄마.

술만 아니면 착한 엄마가, 그런 엄마가 그 무서운 교도소에 갈 수 있다.

'나, 난 졸리도 무서운데······.'

같은 반에서 남자아이들을 때리고 다니는 무서운 여자아이 졸리. 그런 졸리보다 무서운 어른들만 가득한 교도소에 엄마가 가는 거다. 매일 뭔가에 부딪치고 넘어지며 의자도 제대로 못 드는 엄마가.

'그, 그럼 아빠는?'

혼자 남겨질 아빠.

슬퍼할 거다. 힘들어할 거다.

'나 때문에 아빠가······.'

잭은 종혁을 보며 서글피 웃었다.

그리고 그걸 본 종혁은 절망했다.

'안 돼! 꼬마야, 안 돼!'

놀람. 갈등. 타인을 향한 걱정. 체념.

찰나 동안 잭의 얼굴에서 일어난 변화에 종혁은 억장이

무너지는 걸 느꼈다.

아이가 뻗은 이 손을 잡지 않으면 구할 수 없기에.

공권력이 강한 미국에서라면 강제적으로 떼어 놓을 수 있지만, 그건 아이가 바라는 일이 아니기에.

이건 절대 아니지만, 아이의 가슴에 한을 남길 수 있기에.

종혁은 발밑이 꺼지는 아득한 슬픔을 느낄 수밖에 없었다.

"아…….""

"이봐, 넌 뭐야! 메리, 이 자식 뭐야!"

뒷목을 확 잡아채 일으키는 억센 손길에 순간 살의가 솟구쳤던 종혁은 자신을 일으킨 올리버와 메디슨을 향해 고개를 숙였다.

"어우, 죄송합니다! 갑자기 발이 꼬여서! 어디 다치신 곳은 없습니까?"

"지금 다친 게 문제야?! 이거…….""

깜짝 놀라 방금 전 술을 마셨다는 걸 잊은 걸까.

잭을 본 메디슨의 표정이 표독스러워진다.

"내 아이의 생일을 망쳤잖아! 어떡할 거야!"

'미치겠네.'

이제야 알겠다. 잭이 왜 자신의 도움을 거부한 건지.

술만 마시지 않으면 사람은 참 착하다는 걸 이 어린 꼬마가 알아 버린 거다.

거기에 매달리는 거다.

1년 내내 지옥을 겪는다고 해도 그 찰나에, 안식이 되어 주고 행복해지는 그 짧은 순간에 중독이 되어 버린 거다.

끄극!

종혁은 주먹을 쥐며 다시 고개를 숙였다.

"……죄송합니다. 제가 다 보상하겠습니다."

죽어도 사과를 하기 싫지만 잭을 위해 하는 사과.

"지금 보상이 문제야! 우리 아이가 얼마나 놀랐는지 알 아?!"

"헉! 자, 잠깐만 허니."

종혁이 꺼낸 두툼한 지갑에 놀란 올리버가 다급히 메디 슨을 말리고, 그제야 지갑을 발견한 메디슨이 입을 다문 다.

"이까짓 돈이 망쳐 버린 이 아이와 당신들의 추억을 다 보상할 순 없겠지만, 부디 이걸로 용서해 주시길 바랍니 다."

그러며 꺼낸 뻣뻣한 100달러 지폐 열 장에 메디슨도 놀 란다.

"이 아이와 두 분께서 드시는 음식도 제가 계산하겠습 니다. 그러니 부디……."

'오늘은 참아 주라. 응?'

종혁은 둘에게 간절히 부탁했다.

그런 종혁의 마음을 알 수 없는 둘은 천 달러라는 거금 에 표정을 누그러뜨렸다.

"흠흠. 그렇다면……."

"……내 아들에게도 정중히 사과하세요."

"미안해, 꼬마야. 아저씨가 네 생일을 망쳐 버렸어. 부디 용서해 줄 수 있을까?"

한쪽 무릎을 굽히며 눈을 마주친 종혁은 그러며 메디슨과 올리버가 보지 못하도록, 오직 잭만 볼 수 있도록 고개를 틀며 입술을 달싹였다.

'웨이트리스. 언제든지 도움 요청.'

순간 의아해하다 놀란 잭은 고개를 끄덕였다.

"네, 네. 괘, 괜찮아요! 아저씨는 괜찮아요?"

단숨에 말뜻을 알아듣는 영특한, 그러면서 남부터 걱정하는 천사의 모습에 종혁은 애간장이 타들어 갔다.

"고맙다……. 다시 한번 생일을 축하한다, 잭. 오늘 하루 행복하길 빌게."

"……네!"

정말 용변만 보고 온 듯 올리버가 복귀하는 게 빨랐다.

마약쟁이가 가장 참을 수 없는 순간인, 술을 마신 직후임에도 복귀하는 게 빨랐다는 건 올리버도 잭을 위해 자제한다는 거다.

씁쓸하게 웃은 종혁은 가게 주인과 빠르게 잭의 테이블을 치운 후 종혁을 못마땅하다는 듯 응시하는 웨이트리스를 향해 고개를 내밀었다.

"소란을 일으켜서 죄송합니다."

"크흠. 아닙니다."

존이 경찰임을 아는 가게 주인과 웨이트리스는 불만을 삼킬 수밖에 없었고, 종혁은 그런 그들을 향해 말을 이었다.

"정말 죄송하지만, 제 부탁 하나만 더 들어주실 수 있겠습니까?"

"이봐요."

종혁은 따지려는 듯 나서는 웨이트리스를 응시했다.

"방금 전 저 아이가 당신을 향해 고개를 끄덕이거나 어떤 제스처를 취하면 바로 제게 알려 주실 수 있겠습니까?"

순간 종혁이 하고자 하는 말을 알아들은 웨이트리스와 가게 주인의 얼굴이 딱딱하게 굳는다.

아동학대. 미국인이 증오하는 범죄 중 하나.

존도 놀라 종혁을 본다.

"……알았어요."

"다른 웨이트리스들에게도 전달해 주십시오. 부탁드리겠습니다."

"걱정 마세요. 지금 이 순간부터 계속 지켜볼 테니까."

"감사합니다. 조니, 나 옷 좀 갈아입고 올게요."

"어, 으응."

"당신은 쳐다보지 말고요."

"알았어."

고개를 끄덕인 종혁은 가게를 빠져나가 차 트렁크를 열었다.

"진짜…… 정말 부탁한다, 잭."

부디 마음을 고쳐먹기를.

옛 같은 부모는 부모가 아니라는 것을 얼른 깨닫기를
종혁은 간절히 바랐다.

하지만…….

딸랑!

종혁은 결국 올리버와 메디슨의 손을 잡고 가게를 빠져
나가는 잭의 모습에, 장난감을 사러 가자는 말에 기뻐하
는 잭의 모습에 고개를 떨굴 수밖에 없었다.

부우웅!

다시 뉴욕을 누비기 시작한 차 안.

"……최."

브룩클린으로 방향을 잡은 존의 부름에 종혁이 그를 본
다.

"아무래도 네가 착각한 게 아닐까? 왜 그렇잖아. 그 꼬
마는 부모를 엄청 따랐다고. 네 말처럼 학대를 당하는 거
라면……."

'하. 이 새끼…….'

최재수가 이런 질문을 던졌다면 턱주가리를 돌려 버렸
을 거다.

'잭이 엄마의 손길에 민감하게 반응하는 걸 같이 보고
도, 씨발!'

이후로도 메디슨은 몇 번이나 잭의 얼굴을 부드럽게 쓸
어내리며 부모로서의 애정을 보여 주었다.

잭도 그에 행복해했다.

하지만 그 손길이 시야에 담기는 찰나 잭은 손길을 경계하고 무서워했다. 그리고 올리버의 손이 움직이는 것도 예민하게 반응했다.

영혼에 박힌 반사적인 반응. 평소 온정 어린 손길보다 폭력에 가까운 체벌 혹은 화풀이를 많이 당했다는 증거다.

'마약에 알콜 중독자라면 화풀이일 확률이 높겠지.'

감정을 조절하지 못하는 게 중독자의 또 다른 특징.

그들은 정말 아무 이유가 없더라도 속에서 끓는 화를, 1초에도 몇 번씩 변하는 감정을 주체하지 못하고 폭언과 폭력을 행사한다.

"이봐요, 조니."

"응?"

"당신은…… 하, 됐습니다."

"이봐, 최."

"됐고. 뉴욕 최고의 탐정은 누굽니까."

"탐정?"

한국은 흥신소가 불법이지만, 미국은 합법.

탐정이 조사한 증거물도 법적 효력을 갖는다.

종혁의 눈이 번들거리기 시작했다.

* * *

부르릉!

어두워진 밤, 뉴욕의 외곽의 어느 한적한 주택가.

띄엄띄엄 떨어진 가로등 불빛에 어스름한 동네의 어느 허름한 주택 앞에 잭을 태운 낡은 혼다 시빅이 선다.

"자, 내리자!"

"네!"

오늘 엄마 메디슨이 사 준 변신 로봇과 차, 수업에 필요한 물품들이 한가득 담긴 커다란 백을 품에 안은 잭이 행복해 하며 차에서 내린다.

"그건 엄마한테 주면 어떨까?"

"제가 할게요!"

엄마가 착한 엄마일 때 말해도 사 주지 않았던, 돈이 없어서 미안하다던 학용품들을 모두 산 날.

엄마가 착한 엄마를 넘어 천사 엄마가 된 날.

오늘은 잭에게 있어 크리스마스와 다름이 없었다.

'히힛! 나도 오늘 크리스마스 선물을 받았다고 자랑할 수 있겠다! 크리스마스 끝나고 애들한테 자랑해야지!'

그러니…….

"엄마 힘들잖아요!"

오늘은 끝까지 엄마가 천사엄마로서 남아 주길 간절히 기도했다.

그런 해맑은 아들의 걱정에 메디슨의 얼굴이 일그러진다.

아픔. 그녀의 얼굴에 서리는 감정은 부모로서의 아픔이다.

차라리 술에 취하는 동안의 기억을 잊어버리면 얼마나 좋을까.

자신이 술에 취했을 때 아들에게 무슨 짓을 하는지 알고 있는 그녀는 그럼에도 무조건적인 애정을 보여 주는 아들의 모습에 억장이 무너졌다.

"오, 오늘 즐거웠니?"

"응!"

다이너에서 스테이크도 먹었고, 뉴욕 안에 있는 놀이공원에서 놀이기구도 탔고, 말로만 듣던 센트럴파크도 구경하며 햄버거와 아이스크림 차에서 파는 아이스크림을 먹었다.

내일도, 모레도, 평생 오늘만 같았으면 싶을 정도로 행복한 하루였다.

"그, 그래…… 얼른 올라가서 씻고 자렴, 내 아들."

볼에 닿는 엄마의 입술에 화들짝 놀랐던 잭은 이내 눈물을 글썽거리며 고개를 힘차게 끄덕였다.

"응!"

잭은 빠르게 2층으로 올라갔고, 그 모습을 응시하던 메디슨은 거실 소파 위로 무너졌다.

'난 대체 뭘 하는 거야…… 나는 정말 엄마 자격이…….'

"메리."

"……왜?"

"오, 오늘은 다 끝난 거지?"

전신을 부들부들 떨며 땀을 흥건히 쏟아 내는 남편 올리버의 광기 어린 눈을 본 메디슨은 눈을 질끈 감았다.

"집 안에서 하면 죽여 버릴 거야."

"흐흐. 걱정 마!"

올리버는 다급히 뒤뜰의 창고를 향해 달려갔고, 메디슨은 그걸 보며 이를 악물었다.

10년 전 잘 다니던 회사도 때려치우며 약쟁이가 되어 버린 남편. 애원하고 때려도 약을 끊지 못했던 남편.

"그래서 내가……."

저놈 때문이다. 그동안 간단히 즐기는 용도로만 마셨던 술을 본격적으로 마시기 시작한 게.

맨정신으로는 망가져 가는 올리버의 모습을 지켜볼 수 없기에 조금이라도 빨리 잠들기 위해 술을 마시기 시작했다.

그래도 아침엔 멀쩡한 올리버기에.

약에 취해 있지 않은 올리버만을 보기 위해 술에 취해 버렸다.

"후우."

몸을 일으킨 그녀는 부엌으로 향했다.

저 한심한 남편의 모습을 보자니, 그리고 평소 자신의 행실을 떠올리니 냉수를 마시지 않고서는 견딜 수 없었다.

덜컹. 달그랑!

냉장고 문이 열리며 병들이 부딪친다.

메디슨은 물을 담아 놓은 병을 향해 손을 뻗다가 멈칫했다.

물병 옆에 놓인 위스키 때문이다.

"아."

오늘은 잭에게 있어 아주 중요한 날이라 무의식적으로도 찾으면 안 되기에 평소 놔두는 곳이 아닌 냉장고에 숨겨 놓은 위스키.

메디슨의 눈이 흔들린다.

꿀꺽!

"헉!"

군침을 삼킨 것에 깜짝 놀랐던 메디슨은 재빨리 고개를 저었다.

아직 오늘이 모두 지나가지 않았다.

오늘은 잭을 위한 날. 맨정신을 유지하고 있어야 했다.

"아니야. 안 돼. 오늘은 절대 안 돼."

엄마 자격이 없는 자신이라지만, 오늘만큼은 안 된다.

재빨리 물병을 꺼내고 냉장고 문을 닫은 메디슨은 몸을 돌려 유혹에 빠지려는 자신을 만류했다.

하지만……

멈칫!

부엌 밖으로 나가려다 발을 멈춘 그녀.

"……그, 그래도 한 모금이면 괜찮지 않을까?"

한 모금만. 딱 한 모금이면 괜찮지 않을까.

'그, 그래. 아까도 괜찮았으니까.'

다이너에서 맥주를 한 모금 마셨는데도 괜찮았다.

입안에 술맛이 감돌아도 잭에게 나쁜 엄마가 되지 않았다.

그걸 떠올린 그녀는 마치 술에 홀린 듯 냉장고로 걸어가 술병을 꺼내 들었다.

꿀꺽!

"하아아."

표정이 느슨하게 풀린 메디슨은 습관적으로 다시 술병을 입에 가져가다가 화들짝 놀라 술병을 내려놓았다.

탕! 달그락!

냉장고 문을 닫은 그녀는 재빨리 거실로 걸어가 TV를 켰다.

TV로 술의 유혹을 이겨 내려는 거다.

그러나 그럴수록 입안에 남은 술맛이 그녀를 괴롭힌다.

'아니야. 지금 잘 참고 있어. 잭을 위해 참아 내는 거야.'

오늘만은 엄마다운 엄마이고 싶은 애절한 마음.

그 때문일까. 술기운이 올라오지 않는다.

"그래. 양치를 하자."

비록 실수를 하긴 했지만, 양치를 해서 술 냄새를 지우면 오늘은 술을 마시지 않을 수 있을 거다.

그녀는 몸을 일으켜 화장실로 향했다.

그런데 다시 그녀의 시야에 냉장고가 담긴다.

"……한 잔만 더 마실까? 괜찮잖아. 오늘은 술이 취하지 않는 날 같으니까. 응……."

딱 한 모금만 더 마시는 거다.

술기운이 올라오는 것 같으면 얼른, 아니 그냥 술병을 깨 버리는 거다.

그녀는 그렇게 자기 합리화를 하며 냉장고를 열었다.

꿀꺽!

"하아."

배 속에서 후끈 올라오는 술의 향기.

하지만 취기는 올라오지 않는다. 아무래도 정말 오늘은 취하지 않는 날 같았다.

"……한 모금 더 마셔도 되겠다."

그녀는 다시 술병을 입에 가져갔다.

그렇게 한 모금, 또 한 모금.

'어?'

무언가 이상함을 느낀 그녀는 재빨리 입술에서 술병을 뗐지만, 그땐 이미 늦어 버렸다.

한 번 치솟은 취기가 번개보다 빠르게 그녀의 전신을 물들여 버린다.

그와 동시에 변화하기 시작한 그녀의 눈, 그리고 표정.

"……뭐 어때. 잭은 이미 자고 있을 텐데."

엄마 말을 잘 듣는 아들이니 지금쯤 잠자고 있을 거다.

답답한 블라우스 단추를 풀어 젖힌 그녀는 술병을 들고 다시 소파에 앉아 TV를 응시했다.

다시 한 모금, 또 한 모금.

결국 병에 담긴 술을 모두 비워 낸 그녀는 완전히 풀려 버린 눈을 한 채 몸을 일으켜 다른 술을 찾으려다가 멈칫했다.

"아냐. 오늘은 여기서……. 아니, 내가 왜 그래야 해? 왜 걔 때문에 참아야 해?"

그녀의 고개가 삐딱하게 2층으로 향하는 계단을 향해 기울어진다.

잭이 뭐라고 왜 이 좋은 술을 참아야 하는가.

"아니, 그 전에 쟤가 뭐라고 돈을 벌어야 하지?"

잭 때문이다.

남편과 이혼을 못하는 것도 잭 때문이고, 남편이 마약을 끊지 못하는 것도 잭 때문이고, 세상이 좆같은 것도 잭 때문이다.

"그래, 모두 저 새끼 때문이잖아?"

점점 구겨지던 얼굴이 결국 귀신이 되어 버린다.

더 이상 참지 못한 메디슨은 비척비척 계단을 올라가 잭의 방문을 열었다.

어두운 방, 새근새근 천사처럼 곤히 잠든 잭.

'너 때문이야…….'

"너 때문이라고. 너만 아니었으면……."

그녀는 침대 위로 올라가 잭의 목에 손을 가져갔다.

콱!

"컥!"

'어, 엄마?'

"너 때문이야! 모두 너 때문이라고! 죽어! 죽어어!"

'아, 나쁜 엄마다.'

바깥은 어둡지만 벌써 내일이 된 것 같다.

잭은 자신의 목을 짓누르는, 그럼에도 정말 죽일 생각이 없는지 눈앞이 깜깜해질 만큼 목을 조르지 않는 엄마의 모습에 서글피 웃었다.

"헉! 내, 내가 무슨 짓을⋯⋯! 아, 아냐! 오, 잭! 너 때문이⋯⋯ 맞다고!"

'괴로워하지 마세요, 엄마. 전 괜찮아요.'

잭은 메디슨의 팔을 쓰다듬으며 아프게 웃었다.

* * *

한편 집 뒤편에 지어진 작은 창고.

부서지기 일보 직전인 잔디깎기 기계나 갈고리 따위가 놓인 창고 안의 바닥에 널브러져 헤실헤실 웃던 올리버는 비명 같은 괴성이 흘러나오는 2층을 보며 비릿하게 웃었다.

"미친년."

1년 내내 때리고 괴롭히다가 고작 생일 날 하루 잘해주는 걸로 자신이 정말 엄마라고 생각하는 걸까.

마약에 찌든 자신도 미친놈이지만, 아내 메디슨은 더 미친년이다.

"차라리 나처럼 그냥 좆같으면 패, 이년아."

키득키득 웃은 그는 몸을 일으켰다.

한 대 거하게 맞았으니 잠깐 쉴 때다.

띠리링! 띠리링!

"어, 브룩. 왜?"

그의 동업자 브룩.

—아는 친구에게 들었는데 내일부터 시경에서 단속을 한대. 조심하라고 전화한 거야, 올리.

"……빌어먹을. 확실한 정보야?"

—경찰 친구니 믿어도 되지 않을까? 일단 거리에 마약 전과가 있는 놈이 나타나면 그놈들부터 조진다니까 조심하라고.

혹여 거래를 해도 경찰들이 모르는 포인트나 인물, 차, 혹은 밀폐된 장소를 이용하라는 뜻.

"알았어. 끊어."

약에 젖어 가던 몽롱한 정신이 깬 올리버는 옆 선반 맨 아래칸에 넣어진 박스를 살짝 꺼냈다.

그러자 드러나는 하얀 가루가 든 봉지들.

그랬다. 올리버는 마약중독자임과 동시에 마약 판매상 이기도 했다.

"안 그래도 돈이 다 떨어져 가는데……."

"죽어어—!"

"흠?"

다시 2층을 본 올리버는 눈빛이 순간 번뜩인다.

"쟤가 7살이라고 했지?"

심부름은 곧잘 해내는 나이 7살.

그리고 경찰은 모르는 인물을 이용하라는 동업자의 충고.

올리버의 입술이 뒤틀리기 시작했다.

* * *

아직 불야성이 잠들지 않은 저녁.

탐정에게 감시를 의뢰하고 집으로 돌아온 종혁이 마른 세수를 한다.

"내일부터 시작한다라……."

뉴욕에서 한 손가락에 꼽힐 만큼 유명한 탐정 의뢰소.

그만큼 가격이 비쌌지만, 그래서 잭이 혹여 도움을 요청할 때 구할 수 있다면 아깝지 않았다.

"잭, 부디 너에게 행복한 길이 무엇이지만 생각하렴."

마음이 더 망가지기 전에, 돌이킬 수 없기 전에 부디 손을 뻗어 주길 바랐다.

"후우."

뜨거워지는 눈가를 어루만진 종혁은 이내 노트북을 통해 NYPD에 등록된 수배자 명단을 확인하다 혀를 내둘렀다.

"뭔 놈의 범죄자 새끼들이 이렇게 많은지……."

수배자로 등록된 이들의 수가 무려 4만 명.

그런데 이게 주차 위반, 과속 등 단순 경범죄를 저지르고 벌금을 내지 않은 이들을 제외한 숫자였다.

무려 4만 명이 넘는 중범죄자들이 뉴욕시를 돌아다니고 있는 셈이었다.

더 놀라운 건 이것이 NYPD의 관할 영역인 뉴욕시에 등록된 범죄자들에 한해서라는 점이다.

뉴욕주, 그를 넘어 미국 전역까지 더하면 그 수가 몇이나 될지 눈앞이 막막해질 정도였다.

연수가 끝날 때까지 다 외우면 다행인 수준.

"지랄 맞네."

혀를 찬 종혁은 커피를 마시며 마우스를 움직였다.

달칵! 달칵.

"아, 씁."

커피를 마시느라 고개를 들었더니 다른 카테고리로 넘어간다.

얼른 다시 수배자 명단으로 돌아가려던 종혁은 이내 눈에 틀어박히듯 들어오는 카테고리 명에 잠시 손을 멈췄다.

"실종 아동 명단이라……."

실종된 당시의 사진과 이후 아이가 무사히 자랐을 때를 예측해 가상으로 그려 낸 3D 몽타주.

"얘들은 이걸 벌써 도입하고 있었나."

한국도 머지않은 미래에 도입하는 시스템이다.

다만, 경찰 같은 수사기관이나 행정기관에서 먼저 차용

하는 게 아니라 민간기업에서 먼저 차용해서 지랄이지만 말이다.

"이것도 체크해야겠네."

한국으로 돌아갔을 때 고쳐야 할 부분들.

3살짜리 여자아이가 어엿한 성인 아가씨가 되어 버린 걸 본 종혁은 한숨을 푹 내쉬었다.

"오늘 잠은 다 잤네."

이런 걸 봤는데, 어찌 잠을 잘 수 있을까.

종혁은 다 마신 커피를 리필하고자 몸을 일으켰다.

* * *

다음 날 아침, 수사계의 탕비실.

존이 한 손에 도넛과 다른 손엔 커피를 든 동료 형사들을 붙잡고 열변을 토한다.

"최는 정말 이상하다니까요?"

마약중독자로 추정되는 아빠. 분명 아이에겐 나쁜 부모고, 올바르게 성장하기에 몹쓸 환경이다.

하지만 딱 그 정도다.

이 뉴욕에 있는 마약중독자가 몇 명이던가.

통계상 뉴욕 시민 20명 중 한 명은 대마 같은 마약을 접해 봤을 정도로 뉴욕 시민에게 있어 마약은 일상에 가깝다.

이 경찰국 안에도 마약중독자 부모를 가진 사람이 족히

50명은 될 텐데, 고작 그것만 가지고 뉴욕에서 한 손가락 안에 꼽히는 그레이스 탐정 사무소에 의뢰를 했다.

돈이 썩어 넘치는 게 분명했다.

"경찰이, 그것도 형사가 그 짜증 나는 놈들을 이용한다는 게 말이 돼요?"

그러면서 자신을 한심하다는 듯 쳐다봤던 그 눈빛.

이제 고작 형사 4년 차, 존 자신보다 경력이 1년이나 적은 애송이가 보일 모습이 아니었다.

그게 열 받아 종혁의 인사파일을 뒤져 본 존이었다. 기본적인 정보밖에 나오지 않았지만 말이다.

그런 존의 모습에 형사들이 눈을 가늘게 뜬다.

확실히 존의 말은 일리가 있다.

그들 경찰로서는 결코 좋아할 수 없는 존재인 탐정.

오직 의뢰인의 의뢰를 위해 움직이기에 가끔 경찰이 확보해야 되는 증거나 가해자, 피해자를 먼저 확보해 의뢰인에게 넘기기 때문에 상극인 존재일 수밖에 없다.

하지만…….

"뭐야. 아침부터 왜 이렇게 몰려 있어요? 무슨 즐거운 일이라도 있어요?"

덩치가 크고 탄탄한 대머리의 삼십대 흑인 형사가 의아해하며 다가오자 형사들이 반긴다.

"오, 다리우스! 휴가는 잘 다녀왔어? 휴고 씨는 어떻고?"

"걱정해 주신 덕분에 잘 다녀왔습니다. 휴고 씨도 괜찮아요."

휴고는 그의 파트너로서 얼마 전 범인을 검거하다 총에 맞아 병원에 입원 중이다. 그에 다리우스도 이참에 휴가를 떠났었다.

다리우스는 당연하다는 듯 도넛을 입에 물며 커피를 따랐다.

"그래서 무슨 일인데요?"

"아, 그게……."

한 형사가 어젯밤 존에게 있었던 일을 이야기하자 존은 다리우스를 보며 눈을 빛냈다.

"데릭은 어떻게 생각하세요?"

"글쎄…… 난 그 최라는 친구가 잘했다고 생각하는데?"

"네? 왜, 왜요! 그냥 부모에게서 애를 떼어 놓으면 되는 거잖아요!"

미국은 아동학대가 의심될 때 부모에게서 자식을 떼어 놓을 수가 있을 정도로 법이 강력하다.

그러면 모두 끝날 일이었기에 존은 종혁의 행동을 이해할 수 없었고, 다리우스와 형사들은 그런 존을 어이없다는 듯 응시했다.

"왜요!"

"흠. 조니, 잘 생각해 봐. 그렇게 애를 떼어 놓으면? 앞으로 그 애의 인생은 어떡할 거지?"

"예? 그게 무슨 말인지……."

"조니, 넌 정말 보육 시설이 그 아이의 인생에 도움이 된다고 생각해?"

다리우스는 무슨 말이냐는 듯한 존의 표정에 한숨을 내쉬고는 말을 이었다.

"넌 보육 시설 출신인 애들이 어떤 차별을 받는지 몰라."

부유한 중산층 백인 부모 밑에서 초등학교부터 고등학교까지 사립을 다니며 부족함 없이 자란 존.

살아온 세상 자체가 다르다고 할 수 있는 그가 보육 시설에서 자란 아이들에 대해 알 리가 없었다.

"백인, 히스페닉, 흑인, 동양인. 이 좆같은 인종 차별 순서보다 더 못한 취급을 받는 게 바로 부모 없는 아이들이야."

이렇게 차별받는 아이들은 대부분 엇나갈 수밖에 없고, 그런 아이들이 다수 몰려 있는 보육 시설에 있으면 그에 물들기도 쉽다.

그러다 여차해서 범죄라도 저지르면 그때부턴 밑바닥 인생을 살 수밖에 없다. 보육 시설 출신의 전과자를 취직시켜 줄 정신 나간 천사는 거의 없으니까.

"내가 살았던 할렘에서도 부모가 있는 것과 없는 건 큰 차이였어."

"이건 데릭의 말이 맞지."

"음. 그러고 보면 최라는 친구도 꽤 구른 형사인가 본데? 어려 보였는데 대단하네. 이런 것도 알고."

"맞아, 맞아. 이런 거 쉽지 않은 건데."

이래서 선뜻 나설 수가 없는 거다. 거지 같은 부모라도 그 보호막이 사라졌을 때 사회가 얼마나 냉혹해지는 지 아니까.

그렇기에 아동학대가 정말 심각한 수준이 아니고선 선뜻 구할 수가 없는 거다. 아이가 간절히 바라지 않는 이상 말이다.

"얼마 전 은퇴하신 네 파트너가 여태껏 뭘 가르쳤는지 모르겠지만, 이런 생각을 하는 건 경찰로서 기본이어야 해, 조니."

훌륭한 경찰이 되기 위해선 기본이어야 한다.

이걸 못하는 경찰이 많지만 말이다.

"하, 하지만……."

존이 배운 건 아동학대를 당하는 아이는 부모에게서 떼어 놔라 뿐이었고, 매뉴얼에도 그렇게 명시되어 있었다.

'최가 아니라 내가 잘못된 거라고? 내가 이걸 몰라서 그렇게 한심하게 쳐다본 거고?'

머리가 뜨거워지는 순간이었다.

쾅!

"좋은 아침입니다!"

양손에 도넛을 가득 든 채 사무실로 들어서던 종혁은 탕비실에 모여 이쪽을 쳐다보는 사람들의 모습에 고개를 모로 기울였다.

'또 뭐? 왜?'

찔린 표정으로 시선을 피하는 존을 보니 대충 상황이 짐작되긴 했지만, 종혁은 무시하기로 했다. 존처럼 머리가 꽃밭인 경찰은 잘 이해하지 못할 행동이었으니까.

그러다 종혁은 이내 낯이 익은 흑인을 발견하곤 눈을 크게 떴다.

"데릭?"

"……최?"

놀라 두 사람을 쳐다보는 사람들.

그때였다.

쾅!

방금 전 종혁처럼 문을 박차며 폴슨 계장이 들어온다.

"자자, 주목! 오, 최. 어제 뉴욕 관광은 제대로 했나? 아, 그런데 그거 도넛이야?"

"10분 전 막 구워 낸 놈들이죠. 하나 드실래요?"

"한 박스만 줘."

종혁에게 박스를 받아 든 폴슨은 정말로 온기가 가시지 않은 도넛을 한 입 크게 베어 물곤 입을 열었다.

"빌어먹을. 역시 방금 구워 낸 도넛은 더럽게 맛있군. 자, 주목! 오늘부터 뉴욕시가 마약에 대한 집중 단속에 들어가는 걸 모두 알 거다!"

뉴욕에 산재한 경찰서와 자치 경찰, 그리고 FBI까지 동원되는 대규모 단속.

"그래서 우리 계에서도 최소 6명 이상은 차출해야 되는데……."

중간 관리 1명에 현장 지원 5명.

총괄 관리는 FBI에서 담당하기로 했다.

그 말에 형사들이 슬그머니 고개를 돌린다.

"야! 진짜 이럴래!"

"크흠. 저희도 지원 가고 싶지만……."

안 그래도 사건이 밀려 있는데, 단속 기간인 일주일 동안 지원을 나가야 한다?

단속으로 실적을 올린다고 해도 지옥이 펼쳐질 거다.

"음. 제가 지원을 가겠습니다."

"데릭, 네가?"

"아직 제 파트너가 병가 중이니까요."

"그렇게 나서 주면 나야 고맙지."

흡족히 웃는 폴슨의 말에 종혁은 눈을 빛냈다.

"저도 지원을 나가겠습니다."

"오오, 그래. 최에게도 좋은 경험이 되겠어! 그럼 조니까지 같이 가야 하니까……."

세 명 남은 거다. 폴슨은 얼굴을 와락 구기는 존을 무시하며 남은 셋을 무작위로 찍었다.

"아니, 계장님!"

"불만 있으면 나보다 계급이 높던가!"

"……fuck."

"좋아. 그럼 이렇게 지원 나가는 걸로 하고, 용무 끝. 농땡이 부리지 말고 업무 시작해!"

그렇게 외친 폴슨은 도넛을 입에 물며 계장실로 향했고, 형사들을 투덜거리며 컴퓨터 앞에 앉기 시작했다.

그와 동시에 시끄러워지기 시작한 사무실.

그 모습을 지켜보던 종혁은 존을 힐끔 쳐다봤다.

'넌 아무래도 좀 굴러야겠다.'

그래야 형사로서의 관찰력이 키워질 것 같다.

선무당이 사람을 잡듯, 형사가 어설프면 피해자가 죽기에 일단 함께하는 동안에라도 좀 가르쳐야 할 것 같았다.

"뭐야. 어떻게 된 거야, 최."

"그건 내가 묻고 싶은 말인데……."

다리우스 덤벨. 2000년 시드니올림픽 미 유도 국가대표이자 90kg의 강자였던 인물이다. 물론 종혁 자신이 손수 키운 한국 대표에게 발렸지만 말이다.

"너 경찰 됐었어?"

"나도 나이가 있으니까 2004년 아테네 이후로 관뒀지. 나도 건너건너 네가 경찰이 됐단 소리를 듣긴 했는데……."

당시엔 미쳤다고 생각했다. 무제한의 제왕, 초살의 몬스터가 세계에 군림할 생각을 안 하고 경찰이 되었다고 하니까.

"뭐 그렇게 됐어. 그런데 비계는 왜 이렇게 늘었어? 요새 운동 안 해? 너 그러다 나중에 당뇨로 고생한다."

"빌어먹을. 닥쳐. 안 그래도 요새 심란하니까. 뭐 그보다 커피 한잔 어때? 오랜만에 옛 친구들과 이야기도 나눌 겸."

"오, 여기에 미 국가대표들이 많나 봐?"

"운동 쪽은 거의 경찰 아니면 소방관이 되니까. 자자,

시간 없으니까 얼른 가자고."

다리우스는 종혁의 등을 떠밀었고, 그런 둘을 바라보던 존은 얼굴을 구겼다.

"씨이. 쪽팔리게."

존의 얼굴이 새빨갛게 달아올랐다.

＊　＊　＊

쾅!

아래층에서 들리는 현관문 닫히는 소리에 슬그머니 방문을 연 잭이 아래층을 향해 귀를 기울이다 복도를 향해 발을 내딛는다. 아침부터 시끄럽게 굴었다가는 방금 막 잠이 든 아빠에게 얼굴을 맞을 수 있기에.

'안 돼. 그러면 또 선생님이 전화를 할 거야.'

그러면 엄마가 울면서 때린다. 미안하다고 울다가 저녁에 더 심하게 때린다.

맞는 건 상관없다. 언제나 맞았으니까.

하지만……

'엄마가 우는 건 싫어.'

나쁜 엄마보다 싫은 게 슬픈 엄마다.

그렇기에 잭은 무척이나 조심스러웠다.

그렇게 1층으로 내려온 잭은 드르렁 코를 고는 소리가 들리는 안방을 봤다가 더 소리를 죽여 부엌으로 향했다.

"어?"

있어야 할 게 없다.

식탁 위를 살펴본 잭은 한숨을 내쉬었다.

"엄마가 까먹었나 보다."

무슨 치료 프로그램 때문에 아침 8시부터 오후 2시까지 마트에서 일을 해야 하는 엄마. 일을 하지 않으면 자신과 헤어져야 한다고 했었다.

그 때문에 엄마는 도시락을 챙겨 줄 수 없다며 언제나 부엌 식탁에 돈을 놓고 나가셨다. 그러다 어제처럼 목을 조르거나 때린 다음 날에는 미안하다며 더 많은 돈을 올려놨다.

잭은 그 돈으로 점심을 사 먹어 왔는데, 아무래도 오늘은 굶어야 할 것 같았다.

"내일은 잊지 말아요, 엄마."

입술을 삐죽 내민 채 가방을 고쳐 메고 집을 나선 잭은 집 앞에 쪼그려 앉아 스쿨버스를 기다렸다.

"히힛. 애들한테 자랑해야지."

어제 엄마가 사 준 깨끗한 옷을 만진 잭은 행복하게 웃었다.

누가 자신을 지켜보는지도 모른 채 말이다.

"잘 가렴."

"내일 봐요!"

부르릉!

떠나는 노란색 스쿨버스의 운전사와 친구들을 향해 환

한 미소로 손을 흔들던 잭의 얼굴이 돌연 우울해진다.

혼자가 되어 버리자 온몸을 감싸는 공허함.

아직 어린 잭으로선 이게 무슨 감정인지 알지 못했고, 오늘도 찾아온 이 감정에 그는 어깨를 늘어트리며 조용한 집을 응시했다가 몸을 돌렸다.

마트에서 퇴근해 한참 술을 마시고 있을 엄마. 그리고 지금쯤 일어날 아빠.

지금 들어갔다가는 맞을 걸 알기에 잭은 근처의 버려진 집으로 향했다.

또래의 다른 아이들은 무서워서 오지 못하는 곳이지만, 잭에게 있어선 밤이 될 때까지 쉴 수 있는 공간이었다.

끼익! 끽!

먼지가 가득 쌓인 거실, 이 집에서 유일하게 먼지가 없는 소파로 다가간 잭은 혹여 새 옷에 먼지가 묻을까 조심스럽게 앉으며 숙제를 꺼내 들었다.

집에선 못하니까, 엄마의 기분이 나쁜 상태에서 걸리면 애써 하던 숙제가 갈기갈기 찢길 수 있기에 여기서 다 하고 가야 했다.

꼬르륵!

"……배고파."

찢어질 듯 주린 배를 움켜쥔 잭은 억지로 배고픔을 잊으려 짧은 연필을 들었다.

후두둑!

"어?"

갑자기 볼을 타고 흘러내리는 눈물에 당황하는 순간이었다.

쿵쿵쿵!

화들짝 놀란 잭이 현관문을 보며 숨을 죽인다.

'누, 누구지?'

"잭! 잭 무어 있어요?"

'나?!'

눈을 데구루루 굴리던 잭은 슬그머니 현관으로 다가가 문을 빼꼼 열었다가 놀랐다.

파란 옷을 입은 사십대 백인 남성.

"누, 누구세요?"

"오, 네가 잭이니? 네 앞으로 배달된 거란다."

"제, 제게요? 왜요?"

"나도 모르겠구나. 네게 배달해 달라는 말만 들었거든. 그럼 맛있게 먹으렴?"

잭의 머리를 쓰다듬은 사내는 매서운 눈으로 안을 훑어보곤 몸을 돌렸고, 잭은 멍하니 뭔가가 든 커다란 종이봉투를 응시했다.

'누가? 왜?'

꼬르륵!

"누군지는 모르지만 감사합니다."

의문을 이겨 내기엔 봉투에서 풍기는 음식 냄새가 너무 강렬했다.

* * *

어둠이 내려앉은 밤.

잭이 졸음이 밀려오는 눈을 비비며 집으로 향했다.

이전 같았으면 지금쯤 주린 배를 움켜쥐고 있어야 하지만, 어느 천사 같은 분 덕분에 덜 배고파 행복한 잭이 입가에 미소를 그린다.

"히힛. 남은 건 내일 점심이랑 모레 점심에 먹으면 되겠다."

천사가 준 선물은 무려 햄버거 세트였다.

그것도 무려 3개. 거기다 스프까지 있었다.

'이렇게 용돈을 아껴서 선물을 사 드리면 엄마가 좋아하겠지?'

상상만 해도 행복한 꿈에 몸을 떤 잭은 조심스럽게 현관문을 열었다.

'얼른 2층으로 가자.'

지금쯤 아빠는 밖에 일하러 나갔을 테니 엄마만 조심하면 된다.

무슨 일을 하는지 모르지만, 일주일에 2번은 저녁에 일을 나가는 아빠. 오늘은 그 일을 하러 나가는 날이다.

불이 켜진 TV 앞 거실 소파에 앉아 잠든 엄마를 응시한 잭은 숨소리마저 죽이며 발을 뗐다.

'엄마가 깨기 전에…….'

"잭."

"헉! 아, 아빠?"

거실 소파에 앉아 있는 사람은 놀랍게도 엄마가 아니라 아빠 올리버였다.

"이제 집에 들어오냐?"

"네, 네."

올리버는 반사적으로 몸을 움츠리는 잭의 전신을 훑었다.

묘하게 평소와 뭔가 다른 모습.

'이 새끼가 왜 이렇게 깨끗…… 아.'

"그게 어제 산 옷이었던가?"

"네! 엄마가 골라 준 옷이에요!"

"흠. 옷이 깨끗한 게 좋으려나…….."

"응?"

"아니다. 올라가서 가방 내려놓고 와. 아빠랑 데이트하러 가게."

"……?!"

데이트.

잭은 눈을 동그랗게 떴다.

* * *

"빌어먹을!"

어두워진 뉴욕의 밤, 한 이십대 남성이 건물 숲 사이를 내달린다.

삐요오옹! 삐리리리!

−멈춰!

"꺼져!"

골목길 안까지 쫓아오는 경찰차를 향해 중지를 치켜세우며 달리는 사내.

잡히면 끝이다. 이번에 들어갔다가는 언제 나올지 모른다.

그런 위기감에 휩싸인 사내는 급히 몸을 틀어 경찰차는 절대 들어올 수 없는 좁은 골목길 안으로 들어갔다.

−빌어먹을! 빼! 차 빼! 용의자 18번가에서 21번가로 도주 중! 어? 최?

'헹! 내가 잡힐 줄 알고?'

이대로 100미터만 더 가면 지하철역이다. 그 안으로 들어가 인파에 섞이면 경찰은 절대 자신을 잡을 수 없었다.

남성, 마약 판매책의 얼굴에 미소가 어리는 순간이었다.

투두두두두두!

'웅?'

웬 괴상한 소리에 고개를 돌린 사내는 눈을 부릅떴다.

가로등 불빛을 등진 거대한 무언가가 이쪽을 향해 달려오고 있다. 숨을 한 번 들이마시는 찰나에도 빠르게 좁혀지는 간격.

"이런 개……!"

남성은 다급히 품 안에 숨겨 둔 칼을 꺼내 들었고, 종혁은 달려가는 자세 그대로 휘둘러지는 칼을 피하며 놈의 면상에 주먹을 욱여넣었다.

쾅!

남성은 마치 얼굴이 차에 치인 것 같은 고통을 끝으로 정신을 잃었고, 종혁은 한 바퀴 돌아 뒤통수부터 떨어진 사내를 향해 침을 뱉었다.

"하, 새끼가 괜히 땀 빼게 하고 있어."

혀를 찬 종혁은 핸드폰을 들었다.

"예, 존. 여기 구급차 한 대만 불러 줘요."

코뼈도 아작 났고, 뒤통수부터 떨어졌으니 뇌진탕 검사도 해 봐야 했다.

-홀리…….

"아, 그래요?"

-예. 방금 막 집에 들어가는 걸 확인했습니다.

그 말에 종혁이 주먹을 쥔다.

이 늦은 시간까지 폐가에서 시간을 보내다 집에 들어간다는 게 무슨 뜻이겠는가. 집이 안식처가 되어 주지 못한다는 소리다.

종혁은 탐정이 잭과 만날 때 찍은 폐가의 사진을 떠올리며 이를 악물었다.

"후우. 수고하셨습니다. 음식을 배달해 준 것도요."

-하하. 아닙니다. 비싼 돈을 지불하셨는데 이 정도 서비스는 당연히 해 드려야죠.

　종혁이 하루에 지불하는 돈이 얼만데 이까짓 음식 배달이 문제일까.

　-거기다…….

　탐정은 잠시 말을 줄였다.

　그런 곳에서 아이가 쉬는 걸 보니 잭과 같은 또래의 아들을 가진 아빠로서 피가 거꾸로 솟았다.

　남들은 탐정이 돈이라면 뭐든지 다 하는 악마라고 욕하지만, 그도 사람이었다.

　-후우. 아이가 참 부모를 닮지 않았더군요.

　탐정은 화제를 돌리며 끓는 화를 가라앉히려 애썼다.

　"그렇긴 하더라고요."

　어쩌면 그래서 더 눈이 갔는지도 몰랐다. 부모와 닮은 구석이 없는 잭이 그런 이유로 학대를 받는 것 같아서.

　세상엔 그런 사소한 이유로도 학대를 당하는 아이들이 있었다.

　"가끔 삼촌이나 이모, 먼 친척을 닮은 사람이 있잖습니까."

　-그렇긴 하죠. 음. 그럼 저희는 이만 철수하겠습니다.

　"예. 내일도 부탁드리겠습니다. 그리고……."

　-걱정 마십시오. 무슨 일이 생기면 곧바로 개입하겠습니다.

　"내일 뵙겠습니다."

통화를 종료한 종혁은 얼굴을 쓸어내렸다.

"개 같은 새끼들. 애가 아무리 미워도 밥은 챙겨 줘야지."

잭이 점심시간에 물로 배를 채웠다는 소리를 듣고 피가 거꾸로 솟는 걸 느꼈던 종혁은 오늘 들은 보고를 떠올렸다.

알콜중독 치료프로그램의 일환으로 마트에서 일하는 메디슨, 그리고 집에서 빈둥거리는 올리버.

"……개새끼들."

'그냥 그 폐가를 사 버릴까?'

그래서 이곳 미국에 있는 동안이나마 잭에게 작은 안식처라도 되어 주고 싶었다.

하지만 문제가 있다.

이미 올리버와 메디슨이 종혁 본인의 얼굴을 안다는 거다.

어쩌면 자신의 이 행동으로 잭이 더 학대를 받을 수 있기에 종혁은 그 부분에 있어서 조심스러울 수밖에 없었다.

이전에 있었던 입양아 보험사기 사건 때야 경찰이라는 게 억제제가 되어 줬지만, 올리버와 메디슨은 마약에 알콜중독자다.

경찰 배지가 통하지 않는 놈들이었다.

"후우우."

"그 잭이란 아이에 관한 일이야?"

"음? 뭐, 예. 그렇죠."

"그렇구나……."

종혁은 뭔가 말을 하려다 마는 존의 모습에 고개를 모로 기울였다가 이내 창밖을 응시했다.

가늘게 떠지는 그의 눈.

"그런데 NYPD도 어지간하네요."

"……빌어먹을. 그 부분은 할 말이 없네."

분명 기습적으로 펼친 일제 단속이다. 비록 경찰 내부에서 공문이 나돌았다고 하여도 약쟁이들 입장에선 기습적이어야 했다.

'그런데 마약 조직의 손길이 잘 닿지 않는다는 이런 외진 곳의 포인트에도 개미 새끼 한 마리 없네.'

마약 조직들은 웬만해선 이런 곳에 진출하지 않는다. 한 놈이 잡혀 들어가면 줄줄이 딸려 들어갈 수 있기 때문이다.

그렇기에 이런 곳에는 비교적 순도가 낮은 싸구려, 혹은 순도가 좋아도 하루 4g 이하의 극소량 단위만 나눠 파는 밑바닥 하루살이들이 모이게 된다. 알약이면 하루 20정 이하다.

마약 조직과 수익을 나눌 필요 없이 자기가 다 먹을 수 있다는 생각을 가진 놈들이 마치 중고차 판매단지의 영업사원들처럼 이런 곳에 모여 마약을 파는 거다.

방금 전 검거한 판매책이 바로 그런 놈들 중 하나다.

그리고 그들이 지금까지 올린 실적은 그걸로 끝.

그저 마약을 구매하려 기웃거리는 걸로 추정되는 몇 놈을 제외하면 아무도 없었다.

이런 곳이나 전전하는 밑바닥 판매책들까지 이번 단속을 알 만큼 정보가 노출됐다는 증거다. 내부자가 정보를 누설한 게 아니고서야 발생할 수 없는 상황이었다.

"미안해, 최. 못난 모습을 보였네."

"나한테 미안할 건 없고요."

어디 이런 모습을 한두 번 보는가. 열이 솟구치긴 하지만 남의 동네에 와서 감 내놔라, 배 내놔라 할 순 없었다.

'내 발목만 안 잡으면 되는 거지. 하지만 만약 잡는다면……'

순간 눈빛이 서늘해졌던 종혁은 다시 존을 봤다.

"이러면 단속이 별 의미 없는 거 아니에요?"

"……그래도 최소 일주일은 뉴욕 시민이 마약에서 벗어날 수 있잖아."

순간 종혁의 눈썹이 꿈틀거린다.

존의 대답이 마음에 들지 않아서다.

경찰이 포기를 하는 순간 괴로운 건 피해자. 경찰은 그 어떤 순간에도 포기를 해선 안 된다.

종혁은 그를 향해 미소를 지어 줬다.

"흐응. 존은 그걸로 만족합니까?"

이는 종혁 나름의 작은 시험이다. 존을 판가름하기 위한 시험.

그걸 알 리 없는 존은 마치 놀리는 듯 웃는 종혁의 모습에 이를 악물었다.

"만족할 리가…… 없잖아."

자신도 경찰이고, 형사다.

할 수만 있다면 이 뉴욕에서 마약을 뿌리 뽑고 싶다.

하지만 불가능하다.

"정말 빌어먹게도 불가능하다고……."

"흐으응. 그래요?"

종혁의 입가에 만족이 서렸다.

"그래도 열정은 있는 것 같네."

"What?"

피식 웃은 종혁은 핸드폰을 들었다.

"데릭, 거긴 좀 어때?"

ㅡ쥐새끼 한 마리 안 보여.

다른 곳에 연락해 보니 그쪽들도 거의 마찬가지였다.
단속 첫날인 오늘 가장 실적이 좋아야 하는데, 이래서는
시간만 낭비할 것 같았다.

ㅡ약쟁이 새끼들이 운영하는 클럽을 급습했는데 마찬
가지래!

FBI가 뉴욕에 산재한 마약 조직들이 운영하는 클럽을
급습했지만, 그 흔한 대마조차 찾을 수가 없었다.

작년에 이어 올해도 말이다.

ㅡ진짜 어떤 개자식들이 정보를 누설했는지 몰라도 잡
히면 죽여 버릴 거야!

"큭큭. 데릭, 우리 그냥 호텔 잡고 콜걸이나 부를까?"

"뭐?"

─미쳤어?

"어차피 여기서 더 단속해 봤자 의미 없잖아."

경찰이 대대적인 단속을 벌인다는 소문이 쫙 퍼졌는데 어떤 미친놈이 밖으로 기어 나와 약장사를 할까.

소식이 둔한 잔챙이나 몇 놈 검거하고 끝일 거다.

"그러니까 약쟁이 새끼들이 운영하는 멤버십 콜걸을 부르자고."

그제야 말귀를 알아들은 존은 입을 떡 벌렸다.

그렇게 종혁과 존이 탄 차는 출발했고, 잠시 후 그들이 있던 근처에 낡은 혼다 시빅이 선다.

"아빠가 하는 말 알아들었지, 잭?"

"네! 저기 건물의 402호로 가서 이 가방 안에 있는 하얀 가루를 넘긴다."

"그리고 돈을 받는다."

"아, 돈을 받는다!"

"그걸로 돌아가는 길에 핫도그 사 줄 테니까 잘해야 한다? 그럼 아빠는 여기 있을 테니까 무서우면 언제든 이쪽으로 달려와. 그리고 만약 가다가 경찰을 만나면……."

"아빠를 만나러 가는 중이다! 그리고 아빠한테 이걸로 전화!"

"그래, 잘하네. 할 수 있지?"

평소답지 않은 아빠의 다정한 말.

난생처음 보는 다정한 아빠의 다정한 부탁.

"네!"

잭으로선 오직 이 대답밖에 할 수 없었다.

차문을 닫은 잭은 올리버가 가리킨 허름한 붉은 건물로 걸어갔고, 올리버는 그런 잭을 보며 입술을 비틀었다.

'역시 애새끼는 쉽네.'

"흠. 지금부터 좀 다정하게 대해 줄까?"

그래야 더 수월하게 이용할 수 있을 것 같으니 말이다.

올리버는 제법 심각하게 고민을 하기 시작했다.

"어, 지금 운반책이 갔거든? 굉장히 작고 멍청한 놈이니까 단번에 알 수 있을 거야."

한편 맨몸으로 거리에 내동댕이쳐진 잭은 어깨를 움츠린 채 천천히 건물로 다가섰다.

'괘, 괜찮아. 아빠가 뒤에 있잖아.'

게다가 아빠가 처음으로 시키는 심부름다운 심부름이다.

'트레번! 너 옆집에 망치 빌리러 갔다 왔다고 엄청 자랑했었지? 너 내일 보자!'

자신은 그보다 더 먼 거리를 가고 있다.

트레번의 구겨질 얼굴을 떠올리니 절로 웃음이 나오는 잭이었다.

하지만 그것도 잠시다.

쓰레기가 여기저기 널브러진 더러운 거리, 고약한 냄새, 어두운 밤. 그리고 개가 짖는 소리.

그 모든 게 잭을 무섭게 만든다.

"아니야. 버려진 집보다 안 더러워. 안 무서워."

입술을 깨문 잭은 거리처럼 더러운 붉은 건물의 계단에 올라 402호의 문을 두드렸다.

쿵쿵쿵!

"……누구?"

"아, 아빠가 하얀 가루를 전해 주라고 해, 했는데요!"

그 말에 잠시 침묵했던 문이 조심스레 열리며 한 상의를 탈의한 남성이 모습을 드러낸다.

잭은 그런 그를 보며 눈을 동그랗게 떴다.

온몸에 무서운 문신이 가득한 대머리 아저씨.

"히꺽?"

잭은 사내의 허리에 꽂혀져 있는 권총과 흐리멍텅하게 풀린 눈에 파랗게 질렸다.

무섭다. 그냥 무서운 사람이었다.

잭은 벌렁거리는 심장에 어쩔 줄 몰라 했다.

"큭큭. 네가 올리버 씨가 말한 작고 멍청한 운반책이냐? 그 사람도 어지간하네."

자기 아들을 운반책으로 쓰다니. 악마도 생각하지 못할 수법이다.

"뭐 내가 따질 일은 아니지. 물건은?"

"여, 여기요."

잭은 다급히 가방을, 어제 엄마가 사 준 새 가방을 열어 하얀 가루가 든 작은 봉지를 넘겼다.

무게로 따지면 겨우 10그램이나 될 법한 양.

"도, 돈은 여기 주시면 돼요!"

"진짜 대박이네. 그래, 나도 여기 있다. 아, 올리버 씨에게 전해. 단속 때문에 한달 정도는 물건을 받을 수 없을 거라고."

단속 기간은 일주일이지만, 혹시 모르기에 몸을 낮추고 있어야 했다.

"네, 네."

가방을 꼭 끌어안은 잭은 부리나케 올리버가 있는 차를 향해 달려갔다.

'아, 아빠!'

* * *

부르릉!

새벽 2시, 센트럴파크를 빙 둘러싼 빌딩 숲들 중 한 아파트 빌딩 앞에 머스탱 한 대가 선다.

"정말 괜찮은 거 맞아요?"

보조석에 앉은 청바지에 흰 티를 입은 이십대 초반의 여성이 운전석에 앉은 삼십대 사내를 향해 우려를 표한다.

지금 FBI가 NYPD와 함께 마약에 대한 대대적인 단속을 벌이고 있다. 이 콜이 경찰의 함정일 수도 있었다.

누가 봐도 여대생이라 착각할 만큼 수수한 여성의 말에

콜걸을 목적지까지 배달하고 또 데려오는 운전수 남성은
피식 웃었다.

"야, 에밀리. 경찰 따위가 이런 곳에서 살 수 있을 것
같아?"

이 빌딩은 최고로 싼 방이 200만 달러다. FBI라고 해
도 이런 곳에선 살 수가 없었다.

"하, 하지만 빌릴 수도 있잖아요."

"고작 우리를 잡겠다고 여기를? 호텔이면 몰라도?"

고급 호텔이라면 에밀리의 말처럼 의심을 했을 거다.

하지만 이런 최고급 아파트 빌딩은 구매자의 프라이버
시와 쾌적한 환경을 위해 그런 협조를 잘하지 않는다.

웬만한 부자가 아니고선 이런 곳에 머물 수 없기 때문
이다.

거기다 콜을 부른 사람이 머무는 곳은 최상층의 펜트하
우스다.

경찰이나 FBI일 리가 없었다.

"아."

"그리고 기존 회원이 보증까지 섰어. 작년부터 연락을
하지 않은 회원이긴 하지만…… 아무튼 그러니까 괜한
걱정 말고 들어가기나 해. 약은 챙겼지?"

에밀리는 대답 대신 대각선으로 멘 핸드백을 두드렸
고, 남성은 고개를 끄덕였다.

"긴 밤을 예약하긴 했는데, 고객이 하루 더 연장할 것
같으면 미리 연락해. 그리고 저번처럼 네가 약 다 처먹으

면 죽여 버린다."

"내, 내일 봐요."

싱긋 웃은 에밀리는 빌딩 안으로 들어갔고, 그 모습을 지켜보던 남성은 핸드폰을 들었다.

"예, 브룩. 지금 막 들어갔습니다."

그의 고용주인 브룩.

―낌새는 어때?

"별거 없습니다. 도로에도 차 한 대 없어요."

―……알았어. 약은 부족하지 않고? 부족하면 빨리 말해. 올리에게 받아 와야 하니까.

올리. 올리버 무어.

남성도 아는 인물로, 어떻게 마약을 싸게 구하는지는 몰라도 꽤 저렴한 값에 그들 성매매 조직에 마약을 공급한다.

"한 다섯 번 정도는 괜찮을 것 같은데요?"

남성은 그렇게 대화를 하며 아파트 빌딩에서 떨어진 곳에 차를 주차시키며 의자를 뒤로 눕혔다.

한편 미리 이야기가 된 건지 별다른 검문 없이 로비를 통과해 최상층으로 온 에밀리는 시야에 한가득 채우는 문을 보곤 살짝 놀랐다.

검은색 바탕의 문에 새겨진 기형학적인 금색 곡선.

'이거 진짜 금인가?'

별 쓸모없는 생각을 한 그녀는 벨을 눌렀다.

그와 동시에 열리는 문.

슬그머니 문을 닫으며 안으로 걸어 들어간 그녀는 거실이 나타나자 조심스레 입을 열었다.

"콜걸을 부르셔서…… 아?"

에밀리는 거실에 펼쳐진 풍경에 그대로 얼어붙었다.

양손을 뒤로한 채 무릎을 꿇고 있는 여성들과 그런 여성들 근처에서 도넛과 커피를 마시다 손을 흔드는 남성들.

그리고 소파에 다리를 꼬고 앉아 있는 동양인 남성.

오싹!

종혁은 다급히 몸을 돌리는 그녀를 향해 씩 웃었다.

"처맞기 전에 엎드려라."

덜컥 굳은 에밀리는 울상이 되었다.

'개새꺄! 경찰 아닐 거라며!'

* * *

다리우스와 존이 스스로 엎드려 양팔을 뒤로 돌리는 에밀리를 보며 어이없다는 듯 웃는다.

저녁 11시부터 지금까지 몇 번이나 똑같은 상황을 겪었음에도 쉽게 적응이 되지 않았기 때문이다.

"와. 이게 진짜 낚이네."

멤버십 콜걸 조직을 소탕하지 못하는 이유가 뭐던가. 기존 회원의 추천이 있지 않으면 멤버가 될 수 없기 때문이다.

더욱이 마약까지 다루는 콜걸 조직은 회원이 되는 데 더 까다로울 수밖에 없다. 그렇기에 콜걸 사이트나 전화번호를 알아내도 소탕하지 못하는 그들 조직.

그런데 무슨 수를 쓴 것인지 종혁은 간단히 회원 자격을 얻어 낸 것이다.

"최, 정말 너 한국의 왕족이 아닌 거지?"

"한국은 민주주의 국가예요, 조니."

'그놈의 왕족 타령은 언제까지 할 건지.'

고개를 저은 종혁은 수갑이 채워진 채 일으켜 세워지는 에밀리에게 다가갔다.

"아가씨, 지금 무슨 상황인지 알아차리셨죠?"

"경찰……."

멍하게 중얼거리던 에밀리는 이를 악물었다.

'버, 버텨야 해! 경찰이 뭐라고 다그쳐도 버텨야 해!'

그렇지 않으면 사장인 브룩이 자신에게 무슨 짓을 저지를지 모른다. 그만큼 그녀에겐 무서운 사람인 브룩.

종혁은 눈빛이 단단해져 가는 그녀를 보며 싱긋 웃었다.

"네, 경찰입니다. 저기 먼저 오신 아가씨들이 처음 그랬던 것처럼 상황 파악을 못하실 것 같아서 먼저 말씀드리는 건데……."

순간 종혁의 눈이 사나워진다.

"야. 마약류에 관한 법률 위반과 성매매에 관한 법률 위반으로 20년 썩을래, 아니면 예쁘게 협조해서 10년 썩을래?"

마약과 성매매에 관하여 강력하게 처벌하는 뉴욕.

가장 큰 죄목에 다른 죄목들을 뭉뚱그려 처벌하는 한국과 달리, 미국은 저지른 범죄를 각기 따로 계산한 뒤 합산해 형을 때린다.

그렇기에 이런 형량 거래도 활발하다.

"어차피 네 핸드폰 뒤져 보면 다 나오거든?"

"헉!"

"그러니까 말로 할 때 불어. 네 사장, 숙소, 널 여기다 데려다준 운전수, 그리고 네가 만난 고객까지 모두."

혹시라도 다른 콜걸 업체, 마약도 함께 파는 조직을 안다면 그것까지.

원래 이런 정보는 경찰보다 이들 성매매 여성들이 더잘 안다. 그래야 질이 나쁜 곳을 피할 수 있기 때문이다.

고객 전화번호를 가지는 것도 이와 비슷한 이유다. 업체를 옮겼을 때 단골 고객이 있으면 더 좋은 대우를 받을 수 있으니까

그래서 작정하면 줄줄이 엮듯이 뽑아낼 수가 있다. 도중에 끊기지만 않는다면 말이다.

이런 종혁의 말에 에밀리의 얼굴이 파랗게 질렸다.

4장. 생각지도 못한 진실

생각지도 못한 진실

"으드드!"

새벽 4시. 뉴욕 어느 주택의 거실에 앉아 있던 배불뚝이 사십대 백인 남성이 기지개를 켠다.

"후우우."

숨을 고른 남성 브룩은 여느 가정집과 다름없는 우중충한 톤의 거실을 둘러보다 혀를 찬다.

"여기서 산 지도 벌써 4년째인가……."

올리버와 만난 게 5년 전이니 아마 그 정도 될 거다.

그 전까지는 겨우 아가씨 한 명만 데리고 길거리에서 성매매나 하던 밑바닥 포주 인생을 살았던 브룩. 잠도 싸구려 모텔에서 잤었다.

그러다 동창인 올리버를 고객으로 만났고, 어쩌다 보니 서로 합심해 브룩 자신은 멤버십 콜걸 조직을, 올리버는 마약 공급을 하게 됐다.

원래 초등학교 수학교사였던 올리버.

브룩은 그런 그가 어떻게 마약을 얻게 됐는지 궁금해 물었고, 올리버는 조심스레 자신의 과거를 이야기해 주었다.

십여 년 전 학교에서 마약을 하던 제자를 만나며 마약에 빠지게 되었고, 5년 전 우연히 그 제자를 다시 만나게 되어 그때부터 싼값에 마약을 공급받을 수 있게 되었다고 말이다.

이 일은 브룩과 올리버 두 사람만의 비밀.

만약 이 이야기가 새어 나간다면 올리버는 자신의 제자가 그들을 죽일 것이라고 경고했다.

"뭐 덕분에 이런 집에서도 살게 되긴 했지만……."

겨우 15만 달러도 안 하는 오래된 주택이라고 해도 난생처음으로 가진 집. 당시엔 뉴욕의 부동산이 폭등을 할 때라 정말 어렵게 구했다.

그런데 4년 동안 이 집을 집 겸 사무실 삼아 살다 보니 이젠 좀 지겨워졌다.

거기다 브룩 자신은 아가씨를 무려 6명이나 돌리는 콜걸 조직의 사장이다. 아가씨를 20명, 30명씩 보유한 대형 콜걸 조직에 비할 바는 아니지만, 그래도 한 달에 순이익으로 나름 2만 달러 정도는 버는 사업가다.

그런 사업가에게 이렇게 작은 집은 어울리지 않았다.

"흠. 그래, 부동산 추이를 좀 더 지켜보다가 사야겠어."

나날이 폭락하는 뉴욕의 부동산.

조금만 버티면 백만 달러가 넘는 고급 주택을 반값에 살 수 있을 것 같다. 이러려고 그동안 악착같이 돈을 모으고 아가씨를 관리한 게 아니겠는가.

"버는 족족 써 버린 올리버 그놈이 병신이지."

명품을 사는 등 사치를 부렸다면 또 모른다.

그런데 올리버는 그냥 먹고 싶은 거 먹고, 호텔 잡고 콜걸을 부르고, 도박장을 가고, 스트립쇼를 구경하며 팁을 날리는 등 본능에 충실한 짐승처럼 살았다.

그러니 지금도 브룩 자신의 집보다 더 허름한 그 주택을 벗어나지 못하는 거다.

"거기다 알콜중독자 아내까지……. 아주 끼리끼리지."

"우웅. 여보? 지금까지 일해요?"

"아냐. 이제 끝낼 거야. 들어가서 자."

그렇지 않아도 오늘 장사를 마무리할 때였다.

"아, 그리고 오늘 오후에 올슨이 올 거니까 그렇게 알고."

브룩 대신 아가씨들 숙소를 관리하는 올슨. 오늘은 그가 아가씨들이 고객에게 받은 팁을 가져오는 날이다.

화대와 팁까지 모두 합하여 아가씨와 6 대 4로 정산하는 그들.

아가씨가 6을 가져간다. 마약값은 온전히 브룩의 몫.

"네……."

자다가 목이 말라서 일어난 듯 부엌으로 향하는 젊고

몸매 좋은 부인을 사랑스럽다는 듯 응시하던 브룩은 노트북을 닫으며 현관문을 나섰다.

그와 동시에 어디선가 불어온 뉴욕의 싸늘한 가을바람이 그의 정신을 깨운다.

찰칵 치이익!

"후우우. 병원에 가 봐야 하는 건가."

2년 전 결혼을 했는데도 아직까지 아내가 임신을 하지 못하는 걸 보면 자신이나 아내 둘 중 누군가에게 문제가 있는 게 분명했다.

콜걸 사업이 궤도에 오르다 보니 예전엔 꿈도 못 꿨던 아기 생각이 간절해지는 브룩이었다.

"만약 둘 사이에 문제가 없다면…… 흠. 딸은 이름을 스테이시로 지을까? 아들은 내 이름을 따서 브릭?"

생각만 해도 행복한 상상.

브룩의 입가에 미소가 번지는 순간이었다.

바스락!

"음?"

집 쪽으로 고개를 돌린 브룩은 자신의 집에 달라붙어 이쪽을 향해 다가오는 그림자들에 눈을 부릅떴다.

'강도!'

그는 반사적으로 총을 찾았다가 절망했다.

그리고…….

철컥!

"경찰이다. 엎드려."

브룩은 어느새 다가 온 건지 등 뒤에서 총을 겨누는 누군가, 종혁의 말에 머릿속이 새하얗게 변하는 걸 느꼈다.

경찰. 강도보다 더 만나선 안 되는 존재였다.

'미친⋯⋯.'

방금까지 그를 행복하게 했던 환상적인 꿈이 깨져 버림에 브룩은 울상을 지으며 땅바닥에 엎드렸다.

* * *

"아, 밀지 마세요!"

"닥치고 얼른 들어가!"

"이거 성추행으로 고소⋯⋯."

빠악!

"이년이 아직까지도 정신을 못 차리네."

이른 아침의 1 폴리스 플라자, 형사국의 수사계 사무실이 시끄러워진다. 수갑을 찬 채 줄줄이 들어오는 백오십여 명 때문이다.

그에 출근해 있던 형사들이 입을 헤 벌린다.

"What the⋯⋯."

"이봐, 데릭! 걔들 뭐야!"

"뭐긴 뭐예요. 콜걸 조직이지! 마약도 판매하는!"

"⋯⋯뭐?"

형사국 수사계가 발칵 뒤집히는 순간이었다.

후다닥!

꼭두새벽부터 전화를 한 부하 직원 때문에 짜증을 부렸던 폴슨 계장이 복도를 내달린다. 성매매뿐만 아니라 마약까지 판매하는 골칫덩이들의 검거 소식 때문이다.

그렇지 않아도 회원제로 운영되는 게 대다수이기에 일망타진하기가 여간 어려운 게 아닌 콜걸 조직. 여기에 마약까지 끼어 있다면 더 접근하기가 힘들다.

그런 놈들이 잡힌, 아니 일망타진된 거다. 그것도 무려 여덟 조직이나.

또 그것도 겨우 3명이서.

심지어 그중엔 종혁도 있다고 했다.

'빌어먹을! 운동을 해야겠어!'

분명 사무실이 코앞인데 발이 너무 느리다.

"폴슨!"

"드와이트 국장님!"

저 맞은편에서 달려오는 형사국의 국장, 드와이트가 뛰어오고 있다. 형사국 부국장과 FBI도 함께였다.

"나 지금 차장님과의 새벽 골프도 마다하고 온 거거든?! 맞지? 맞다고 해!"

"저도 확인해 봐야 알 것 같습니다!"

그의 새벽을 깨운 전화의 내용이 진실이라면 어젯밤 단속에 나섰던 뉴욕 경찰 중 최고의 실적을 올린 거다.

"아니면 가만 안 둘 거야!"

그들은 수사계 사무실 문을 박차고 들어갔고, 이내 시

끌벅적한 사무실의 모습이 그들을 반겼다.

얼굴을 구기고 있는 백여 명의 여성과 오십여 명의 남성.

"엇. 오셨습니까?"

"데릭! 어떻게 된 일이야?"

"하하. 모두 저기 최 덕분입니다."

다리우스는 어젯밤 단 3명이서 해낸 기적 같았던 검거 작전을 설명해 주었고, 폴슨과 드와이트, 이번 단속의 총괄책임자인 FBI 요원 모두 입을 떡 벌리며 한 남성을 취조하고 있는 종혁을 멍하니 응시했다.

"미친……."

호텔이나 모텔을 빌려 콜걸을 불러내 검거하는 건 그들 경찰도 자주 애용하던 방법이다.

그러나 그것도 지금은 옛말.

하도 당하다 보니 머리를 굴리기 시작한 이 콜걸 조직들은 더 음지로 숨어들다 못해 호텔 직원들에게 푼돈을 쥐여 주면서 경찰의 단속을 피하기 시작했다.

'그래서 잡기가 힘들었는데, 수천만 달러짜리 펜트하우스를 빌려 놈들을 낚다니…….'

이건 정말 미친 거다.

미친 짓이었다.

그게 종혁의 펜트하우스라는 걸 듣지 못한 폴슨 계장은 종혁에게 다가가 와락 껴안았다.

"최!"

"윽? 아, 계장님."

"이런 기발한 생각은 대체 어떻게 한 거야!"

"예? 아, 저 원래 이렇게 수사합니다만?"

"······응?"

"네? 왜요?"

"아니. 어, 응······."

'천재가 아니라 그냥 또라이였구나. 얘 상사도 힘들겠네······. 응.'

그래도 뭐가 됐든 실적을 올렸으면 된 거다. 법을 위반한 것도 아니지 않은가.

"아, 마침 잘 오셨습니다. 여기 핸드폰과 컴퓨터들 포렌식해야 되니까 승인 좀 해 주십시오."

"해야지. 당연히 해야지!"

저 안에 마약과 성매매를 한 고객 명단에 장부, 그리고 마약 공급처에 대한 정보 등 모든 게 있을 텐데 어찌 지체할 수 있을까.

"잠깐만!"

함박 미소를 지으며 몸을 돌리는 폴슨에게서 함경필 국장과 백이도 과장의 향기를 느낀 종혁은 어이없다는 듯 웃었다.

'첫인상과 많이 다르네.'

"잠깐, 폴슨 계장."

이번 단속의 총괄 책임자인 FBI 요원이 다급히 입을 열자, 뭔가를 눈치챈 종혁이 미간을 찌푸리며 일어선다.

"설마 FBI씩이나 되는 분께서 남의 밥그릇을 욕심내는 건 아니죠? 에이, 설마 그럴까."

움찔!

"크흠. 이봐. 최라고 했나? 이건 당신 생각처럼 단순한 이야기가 아니야."

회원가입이 까다로운 멤버십 콜걸 조직의 고객이 어떤 부류의 사람이겠는가.

바로 소위 있는 자들이다.

사업가, 교수, 변호사, 의사뿐만 아니라 검사나 판사, 고위 공무원이나 정치인도 저 고객 명단 안에 있을 수 있다.

만약 있다면 정말 난리가 나는 거다.

이 부분을 알아차린 드와이트와 폴슨도 사색이 된다.

하지만…….

"네. 좆까시고요."

종혁은 상큼하게 웃으며 중지를 치켜들었고, FBI는 얼굴을 구겼다.

"야! 너 이거 감당할 수 있겠어?!"

"네, 네. 전 한국에서 연수 온 경찰이라 승진에 아무런 문제없습니다."

"뭐? 아니, 하!"

오히려 잘됐다.

"한국에서 왔다고? 그러면 남의 나라 일에…….""

"야, 병신."

순간 종혁의 눈이 날카로워진다.

"……뭐?"

"FBI면서 날 몰라?"

"하! 이봐, 한국 경찰. 내가 그런 작은 나라의 경찰 이름까지 알아야 할 만큼 한가한 사람인 줄 알아?!"

"푸흐. 야, 나 최종혁이야. 니들 식으로 말하면 종혁 최. 한국의 종혁 최."

"네 이름이 챙훅 최이건 누구건…… 뭐? 누, 누구?"

종혁은 하얗게 질리는 FBI의 가슴을 손가락으로 쿡 찔렀다.

"니들 FBI가 존나 잘 써먹고 있는 수사기법을 만든 사람이 나라고. 그럼 여기서 질문. 네가 내 아가리를 다물게 하는 게 빠를까, 아니면 내가 내 미국 친구들에게 연락하는 게 빠를까?"

"미, 미친! 그걸 만든 사람이 이렇게 어린…… 아니, 당신이 여기 왜 있어!"

"대가리에 지우개가 탑재되어 있나. 방금 못 들었어? 한국 경찰 신분으로 연수 왔다고 했잖아."

꿀꺽.

FBI는 종혁의 존재에 대해 말하지 않은 드와이트와 폴슨을 작은 원망을 담아 노려봤다.

딱히 종혁이 밝히지 않았기에 종혁이 그토록 대단한 인물이라는 걸 모르는 둘로서는 억울했다.

"이건 내 선에서 해결될 일이 아닌……."

"아냐. 그냥 내가 연락할게."

종혁은 FBI 본부의 부국장에게 연락을 했다.

"오랜만이에요, 부국장님. 저 최입니다. 제가 이번에 NYPD로 연수를 왔거든요? 그런데……."

획!

핸드폰을 뺏길 뻔한 종혁은 무슨 짓이냐며 얼굴을 구겼고, 실패한 FBI는 다급히 고개를 숙였다.

"사, 사과드리겠습니다. 그러니 부디……."

"……부국장님이 생각나서요. 언제 시간 내서 식사나 하시죠. 예, 예. 그럼 연락 기다리겠습니다."

통화를 종료한 종혁은 식은땀을 뻘뻘 흘리는 FBI 요원을 보며 혀를 찼다.

"잘합시다. 언제나 중립을 지켜야 할 수사기관이 뭐하는 짓입니까? 혹시라도 개새끼들이 지랄 떨면 말하세요. 확 그 새끼 라이벌에게 넘겨 버릴 테니까."

고객 명단 속 이름과 아가씨의 핸드폰에 저장된 번호 등의 증거를.

"뉴, 뉴욕이 혼란에 빠질 겁니다."

"에이. 아직 확실치도 않는 일에 뭘 그리 호들갑이세요. 아, 그런데 내년이면 대통령 선거 아니었나?"

"헉!"

종혁은 말 귀를 바로 알아들은 그의 어깨를 토닥였다.

"FBI가 남 같지 않아서 그래요. 이 명단 안에 정치인이 있을지 모르겠지만 있으면 잘 챙겨 드릴게. 그런데……."

종혁은 드와이트에게 시선을 돌렸다.

시장의 나팔수인 경찰위원장 레이먼드 켈리가 임명한 드와이트 국장.

만약 이 명단에 시장이 소속된 당의 정치인이나 시장의 지인이 끼어 있다면 골치 아픈 상황이 벌어질 수도 있었다.

"큼. 이봐, 최."

"국장님은 지금부터 신께 간절히 기도하는 게 좋을 겁니다. 반대 파벌이면 대박 터지는 거고, 아니면 피 좀 볼 테니까. 절 부서 이동을 시키면 더 피를 보게 될 테고."

"……미치겠군."

FBI 요원도 쩔쩔매는 종혁.

드와이트는 경찰 위원장 레이먼드에게 연락을 하기 위해 몸을 돌리며 핸드폰을 들었다.

"푸흐. 이거 명단 안에 아무도 없길 바라야겠군."

"그런 걸 빌어도 되고요."

위가 아픈 건지 배를 문지르는 폴슨을 일견한 종혁은 다시 자리에 앉아 브룩을 봤다.

"많이 기다리셨습니다."

"아, 아닙니다."

"그래. 내가 그렇게 말해도 넌 아니어야지."

"……."

"자, 그럼 처음부터 다시 시작해 볼까요? 이름."

"브, 브룩 오스너입니다. BRUK……."

"사회보장번호."

FBI뿐만 아니라 국장도 어려워하는 인물.

순한 양이 된 브룩은 조사에 성실히 임할 수밖에 없었다.

*　*　*

이날뿐만 아니라 총 일주일의 마약 집중 단속 기간 동안 총 뉴욕에 산재한 콜걸 조직 중 14개의 콜걸 조직이 종혁에게 일망타진됐다. 그중 마약까지 판매하는 조직은 네 곳.

하지만 이 중 대부분은 둘째 날에 올린 성과일 뿐, 또 정보가 어디서 새어 나간 건지 셋째 날부터는 종혁의 낚시에 걸려드는 조직이 거의 없었다.

그리고 이 소식은 경찰이 단속을 시작한 지 일주일째 되는 날, 올리버의 귀에 닿았다.

"뭐? 브룩이 잡혀 들어갔다고?"

─몰랐어?

당연히 몰랐다. 브룩이 비즈니스 파트너이긴 하지만, 연락은 언제나 브룩이 먼저 하기 때문이다.

─아무튼 알려 줬으니까 저번의 빚은 없는 거야.

"자, 잠깐. 솔리, 약을 더 살 생각은…….

─없어. 지금 가지고 있는 것도 팔지 못하는데 무슨.

작년의 시늉만 하던 단속과 차원이 다르다.

한 달, 아니 최소 3개월은 납작 엎드려야 다시 안심하고 약장사를 할 수 있을 거다.

–그러면 다음에 약 필요할 때 연락할게. 끊는다.

"잠깐, 솔리! 빌어먹을!"

통화가 종료된 핸드폰을 높이 쳐들었던 올리버는 이내 이를 뿌득뿌득 갈았다.

"으응. 무슨 일이야……."

"닥치고 잠이나 자."

"으응……."

올리버는 다시 잠드는 메디슨을 노려보다가 안방을 나섰다. 술 냄새 때문에 더 짜증이 나서 견딜 수가 없었기 때문이다.

덜컹!

냉장고에서 맥주를 꺼내 든 그는 거실을 배회하며 생각에 잠겼다.

"어떡하지? 어떡해야 되는 거지?"

그동안 그가 마약을 공급하던 네 명 중 파트너 브룩이 잡혀 들어갔고, 다른 세 명은 석 달 동안 마약을 받지 않는다고 한다.

올리버 자신도 꼼짝없이 세 달 동안 장사를 하지 못할 판이다.

문제는 당장 내일 쓸 돈이 없다는 거다.

그런데 더 큰 문제는 브룩과 다른 의미의 비즈니스 파트너인 제자에게 외상을 한 마약 대금을 지불하기 힘들다는 거다.

그저 밑바닥 중간 공급책인 올리버 자신과 다르게 진짜 마약 카르텔에 소속되어 있는 제자.

죽는다. 정말 죽을 수도 있다.

"빌어먹을! 어제 도박장만 안 갔어도!"

올리버는 다급히 뒤뜰의 창고로 뛰어가 남은 마약의 양을 확인했다.

"이 정도라면······."

다행히 외상 한 대금 중 80퍼센트는 갚을 수 있을 것 같다. 팔 수만 있다면 말이다.

'빌어먹을. 결국 거리로 나서야 하는 건가.'

문제는 올리버가 길거리에서 팔아 본 경험이 없다는 거다.

여태껏 거리 마약상들에게 마약을 넘기기만 했던 그.

그래서 더 겁난다. 올리버 그 자신도 마약중독자이기에 마약중독자들 앞에 마약이 드리워지면 어떻게 돌변하는지 알기 때문이다.

"자칫 칼에 찔릴 수도 있겠지······."

돈이 없는 중독자가 판매상을 찌르고 튀는 이야기를 심심치 않게 들었기에 올리버로서는 미칠 노릇이었다.

다시 거실로 돌아와 이리저리 움직이던 그는 이를 악물었다.

"제길!"

아무리 생각해도 답이 없다.

그 순간이었다.

달칵! 끼이익!

"아빠?"

무슨 일인지 요새 부쩍 표정이 밝아지고 살이 오른 잭을 발견한 올리버는 눈을 빛냈다.

'그래. 이번에도 쟤를 이용하면?'

올리버의 눈이 사악해지기 시작했다.

* * *

타악!

마지막으로 엔터를 누른 종혁이 기지개를 켠다.

"끄아아!"

드디어 조서 정리가 마무리됐다.

이제 남은 건 멤버십 콜걸 조직을 이용한 고객들을 불러다가 조서를 꾸미는 것뿐.

'근데 이게 진짜지.'

버젓이 증거가 있음에도 거짓말이다, 음모라고 발뺌할 범죄자들을 생각하니 벌써부터 혈압이 오르는 것 같다.

"오우. 최, 피곤하지? 자, 시원한 커피 마셔."

"여기 햄버거도 있어."

종혁은 오늘도 음식과 차가운 음료를 든 채 눈을 빛내는 형사국 수사계 형사들의 모습에 피식, 웃었다.

"에휴. 알았습니다, 알았어. 여기 여섯 개만 제외하고 알아서 나눠 가지세요."

"……진짜? 정말 그래도 돼?"

"뭐 앞으로 한 달 하고 3주 동안 잘 봐 달라는 뇌물입니다."

"우와아악!"

"미친! 한국이란 나라는 천사들만 있는 곳인가!"

"조니, 데릭! 정말 우리가 가져가도 돼?"

"어차피 우리 셋이서 다 소화 못해요. 가져가세요."

"왘! 조니에게 이런 말을 듣게 될 줄이야! 데릭, 넌?"

"얼른 가져가요. 힘들어 죽겠으니까."

"딴말하기 없기다!"

"됐고. 일단 제비부터 뽑아!"

종혁은 담배로 제비뽑기의 제비를 만드는 형사들의 모습에 피식 웃으며 그들에게 넘기지 않은 사건 파일을 응시했다.

'검사에 변호사, 그리고 상, 하원의원 보좌관, 시장의 지인까지…….'

아주 지랄 염병이 났다.

정치인이 명단에 있는 건 아니지만, 시장의 파벌과 반대 파벌 모두 엿 되게 생겼다.

그래서인지 폴슨 계장의 사무실에서 경찰위원장 레이먼드와 그 반대 파벌의 인사가 머리를 쥐어뜯고 있는 중이다.

드르륵!

"최, 이거 어떡할 거야?"

폭탄이다. 그들로선 감당하기 힘든 폭탄.

"어떡하긴 어떡합니까. 좆되기 싫으면 자수하라고 해야지."

그나마 지금 터지는 게 낫다.

만약 내년 대선 레이스에 이게 터진다? 그럼 민주당이건 공화당이건 서로 엿 되는 거다.

"그냥 저 사람들끼리 알아서 하라고 해요. 어차피 덮을 순 없으니까."

"응? 왜?"

"내 지인들이 나섰거든요."

'CIA라는 지인이.'

이미 CIA를 통해 경고를 해 놓은 상태다. 그래서 저렇게 똥 마려운 강아지처럼 끙끙댈 뿐 별다른 압박을 못하는 거다.

"형량이 적게 나올게 분명하지만, 아예 무죄가 되진 않을 거니까 걱정 마요."

'CIA를 이럴 때 써먹지 언제 써먹나.'

CIA로서도 권력가들의 약점을 쥘 수 있으니 나쁜 거래는 아니었다.

"너 정말……."

"왕족 아니라고."

종혁은 입을 다무는 존의 모습에 고개를 저었고, 어색하게 웃은 존은 이내 낯빛을 굳혔다.

"이놈은 어떡할 거야?"

존은 종혁의 앞에 놓인 서류를 가리켰고, 종혁은 눈을 질끈 감았다.

외면하고 싶은 이름, 올리버 무어.

소년 잭 무어의 아버지이자, 브룩의 마약 공급책.

"……씨발."

브룩이 올리버에 대해 말했을 때 종혁은 눈앞이 깜깜해졌다.

'먼저 손을 뻗기 전까지는 참으려고 했는데…….'

잭이 구해 달라고 손을 뻗지 않기에 종혁은 참았다. 마약과 알콜중독인 부모라도 부모이기에.

그것이 잭에겐 안 좋은 일인 걸 알면서도 부모와 잭을 떼어 놓을 권한 따윈 종혁에게 없기에 참으려고 했다.

그런데 이젠 안 될 것 같다.

단순 마약중독자라면 모르되 마약을 판매한 판매책이다. 지난 6일간 유예를 준 것도 최대한 참은 거였다.

"어쩔 수 있습니까. 검거해야죠."

"괜찮을까?"

안 괜찮다. 올리버를 검거하면 잭의 엄마 메디슨에게 악영향이 갈 거다.

14년 전, 12년 전, 11년 전 아이를 세 번이나 유산하며 더 이상 아이를 가질 수 없는 몸이 되면서 알콜중독에 빠진 게 아닌가 추정되는 메디슨.

그러다 올리버를 만나 기적적으로 잭을 가지게 됐다.

'그런 것치곤 산부인과 기록이나 여타 기록이 없긴 하지만……'

메디슨에게 있어 올리버는 어쩌면 정신적으로 기댈 수 있는 존재일지 모른다.

그런 존재가 사라지게 되면 술을 더 마시게 될지도 모르고, 올리버의 검거를 잭의 탓으로 생각해 지금보다 더 큰 폭력을 행사할지도 모른다.

'그렇기에 그녀도 치워야겠지.'

잭에게 안 좋은 영향이 갈 테지만 어쩔 수 없다.

현재로선 이게 최선이다.

'올리버와 메디슨이 잭의 정성에 마음을 고쳐먹길 바라야겠네.'

잭이라면 매일같이 올리버가 수감된 병원과 메디슨이 치료를 받고 있는 병원을 찾을 터.

그 정성에 감동해 마약과 알콜중독에서 벗어난다면 어쩌면, 정말 어쩌면 좋은 부모가 될지도 모른다.

'처음부터 나쁜 사람은 아니었다고 하니까……'

과거 초등학교 교사였던 올리버와 간호사였던 메디슨.

그들의 과거 동료들에게 묻자, 두 사람을 참 착한 사람이라고 평가했다.

비록 언제 다시 중독자로 돌아갈지 모르는 시한폭탄이라도 일말의 희망은 있었다.

마음을 정리한 종혁은 외투를 집어 들고 일어섰다.

"다녀오겠습니다."

"나도 같이 갈게, 최."

"조니도요?"

"우린 파트너잖아."

"······푸흐."

덜 영근 놈이 제법 낯간지러운 소리를 하고 있다.

"그래요. 갑시다, 가."

"최, 나도 함께 가도 될까? 컴퓨터 앞에만 앉아 있었더니 죽을 것 같네."

"그래. 데릭도 같이······."

─사랑해! 널 이 느낌 이대로!

철렁!

발신자를 확인하자마자 왜인지 심장이 내려앉는다.

올리버가 공급책인 걸 안 이후로 24시간 감시를 부탁했던 탐정 사무소. 그런 그들이 이 늦은 시각에 연락을 해 온 거다.

"예, 최종혁입니다! 무슨······ 미친! 아, 알겠습니다! 지금 가겠습니다!"

종혁은 곧바로 사무실을 뛰쳐나갔고, 놀란 존과 다리우스는 서로를 보다 다급히 종혁의 뒤를 쫓았다.

타다다닥!

잘못 생각했다. 헛된 바람이었다.

이놈은 개새끼다.

올리버란 놈은 상상도 할 수 없을 만큼 개새끼다.

'어떻게······.'

"어떻게 자식한테 그럴 수 있어! 이 개새끼야-!"

메디슨이 저녁과 새벽 사이에 잭을 폭행하는 것 같다는 연락에도 참아야 했던 분노가 결국 폭발하고 말았다.

종혁은 다급히 차 문을 열었고, 그 손을 다리우스가 잡았다.

"놔! 씨발!"

"최! 뉴욕 지리는 내가 더 잘아!"

"데릭, 여기 사이렌이요!"

"잘했어, 조니! 뭐해! 타!"

"……가요!"

부아아앙!

종혁의 차가 1 폴리스 플라자를 뛰쳐나왔다.

* * *

쿵쿵쿵!

오늘도 두드려지는 문에 잭이 재빨리 폐가의 현관문을 연다.

"안녕하세요!"

잭은 일주일 전부터 그에게 찾아온 천사를 환한 미소로 맞이했다.

"안녕, 잭? 배고프지? 오늘은 치킨이란다."

"우와아아아!"

오늘은 특히 더 밝게 웃는 잭의 모습에 탐정의 입술이

달싹인다.

"음. 오늘은 안에 들어가도 될까?"

흠칫!

탐정은 자신이 말해 놓고도 놀랐다. 무의식적으로 나온 말이기 때문이다.

"네, 들어오세요! 아, 제 집은 아니지만……."

'이런.'

난처해하던 탐정은 몸을 배배 꼬는 잭의 모습에 울컥 목구멍 밖으로 튀어나오려는 살의를 억지로 눌러야 했다. 어제 보지 못했던 멍과 상처가 팔과 얼굴에 있었기 때문이다.

"초대해 줘서…… 고맙구나, 잭."

"뭘요. 헤헤헤."

삐걱! 삐걱!

발밑에서 격한 소리를 내는 나무판자에 한숨이 솟는다.

"멋진 곳에 아지트를 만들었구나, 잭. 나도 어렸을 땐 이런 아지트가 있었으면 했지."

"정말요? 그래서요?"

"차고의 한구석에 아지트를 만드는 걸로 만족했지. 부모님이 허락하지 않았거든."

"아저씨도요? 저도 아빠가 허락하지 않으셨어요."

아빠가 나무 위에 아지트를 만들어 줬다거나 방에 박스로 아지트를 만들어 줬다는 친구들의 자랑에 아빠 올리버에게 그 말을 꺼냈다가 뺨을 얻어맞았다.

이후론 아지트의 아 자도 꺼낼 수 없었다.

"그랬니? 실망했겠구나."

"아뇨. 덕분에 이런 곳을 찾을 수 있었는걸요?"

"……그래. 착하구나."

어쩜 이리도 착할까.

엇나가도 될 텐데 왜 이렇게 착해 빠진 걸까.

잭 또래의 자식이 있는 탐정의 가슴은 까맣게 타들어
갔다.

"어, 어서 먹으렴."

"잘 먹겠…… 아, 저 아저씨."

"응?"

탐정은 왜인지 안절부절못하는 잭의 모습에 의아했고,
어떻게 하면 이 천사님의 속이 상하지 않을까 안절부절
못하던 잭은 이내 눈을 질끈 감았다.

"저, 저따위에게 이렇게 선물을 주시는 건 너무너무 감
사하지만, 이젠 안 그러셨으면 좋겠어요……. 아, 아니
싫다는 게 아니라……!"

"그러면?"

"비싸잖아요……."

'미치겠군. 그냥 죽여 버릴까?'

올리버와 메디슨, 이 두 해충을 세상에서 지우고 싶다
는 살의가 솟는다.

탐정은 애써 웃었다.

"괜찮단다, 잭. 이 선물은 내가 아니라 어떤 부자 천사님께서 주시는 거거든."

"네?"

"그 부자 천사님은 너도 아는 사람이란다, 잭."

그 순간 잭의 머릿속에 한 사람의 얼굴이 떠오른다.

생일날 다이너에서 '구해 줄까'라고 말했던 커다란 아저씨, 종혁.

'왜, 왜 그 아저씨가?'

잭은 왜 종혁이 생각나는지 몰라서 당황했고, 탐정은 진정하라는 듯 그의 머리를 쓰다듬었다.

"그런데 그 천사님은 부끄럼쟁이라서 네 앞에 나타나지 못하는 거란다. 그래서 조수인 날 보낸 거지."

"……나중엔 만날 수 있을까요?"

"그럼. 네가 원하면 그렇게 될 거란다, 잭."

"그러면 제 말을 대신 전해 주실 수 있을까요?"

"오, 당연하지. 뭐라고 전해 드릴까?"

"가, 감사하다고 전해 주세요. 천사님 덕분에 매일이 생일이니까…… 너무 감사하다고……."

후두둑!

"어? 왜 눈물이……. 나, 나 안 아픈데?"

"빌어먹을."

탐정은 결국 이 미련하고도 미련한 소년을 끌어안을 수밖에 없었다.

"죄, 죄송합니다. 울면 안 되는데……."

"아니란다. 울고 싶을 땐 우는 거란다. 아, 우리 그만 울고 치킨 먹을까?"

"……네!"

탐정은 커다란 조각을 잭의 손에 쥐여 줬고, 한입 크게 베어 문 잭은 눈을 동그랗게 떴다.

"와. 따뜻한 치킨은 이런 맛이구나."

잭이 또 탐정의 억장을 무너트린다.

"이것도 먹으렴. 여기 콜라도 마시면서."

"가, 감사합니다. 조수 아저씨도 드세요!"

"……그래. 고맙다."

잭은 난생처음, 친구들과 먹은 것과 생일날 부모님과 먹은 걸 제외하면 난생처음으로 타인과 함께하는 식사에 환한 미소를 지었다.

"안녕히 가세요!"

"그래. 내일 또 보자, 잭."

저녁 10시, 탐정과 탐정이 가져온 조명 덕분에 오늘은 어둠이 주는 외로움이라는 감정에 떨지 않을 수 있었던 잭은 탐정이 하는 인사에 깜짝 놀랐다.

"……네!"

'빌어먹을. 될 대로 되라지.'

탐정은 자신이 접근하면 잭에게 안 좋을 영향이 간다는 걸 알고 있음에도 이 어린 소년을 내버려 둘 수 없었다.

그런 탐정의 마음을 알아차리지 못한 잭은 새로 친구를

사귀었다는 것에 온 세상을 가진 듯 행복해졌다.

"히힛!"

언제나 무섭고 조심스러웠던 집으로 향하는 길이 더 이상 그렇지 않음에 잭은 어제와 달리 조금 더 과감하게 현관문을 열었다.

그리고 거실에 서 있는 올리버를 발견하곤 깜짝 놀랐다.

"아빠?"

"……놀다 오냐?"

"네!"

"가서 가방 비우고 와. 또 데이트 갈 거니까."

'데이트!'

일주일 전 아빠랑 갔던 데이트, 아니 엄청 무서웠던 심부름.

하지만 그래도 아빠와 함께할 수 있어 행복했던 잭은 재빨리 2층으로 올라가 책가방 속 내용물을 비운 뒤 뛰어 내려왔다.

"가자."

'윽!'

거칠게 잡아끄는 손길에 튀어나오려는 비명을 억지로 참은 잭은 차에 올랐고, 이내 둘을 태운 차는 뉴욕의 위험한 동네로 향했다.

부르릉!

그가 마약을 공급하는 판매책들에게서 들은 포인트 근처에 차를 세운 올리버가 잭을 부른다.

"네, 아빠."

"오늘도 이 아빠가 네게 심부름을 시킬 거야. 그런데 저번과는 좀 다른 심부름이야."

"뭐, 뭔데요?"

일주일 전의 무서웠던 기억이 떠오른 잭이 자신도 모르게 움츠린다. 하지만 올리버는 그런 잭을 살필 겨를이 없었다.

"이걸 가방에 보관한 채 아빠가 가리키는 곳에 서 있다가 누가 다가와서 약을 파냐고 물어보면 돈을 받고 이거 한 봉지를 넘기는 거야. 쉽지?"

"약이요? 헉! 아픈 사람인가요?"

"……그래. 아픈 사람이지."

"헉! 그럼 아빠 약사였어요?"

이제야 아빠의 직업을 깨달은 잭은 깜짝 놀랐고, 올리버는 여전히 멍청하고 생각이 짧은 잭을 보며 미묘한 미소를 지었다.

"그래. 약사지. 아프고 힘든 사람들을 도와주는 약사."

"우와아아!"

'아빠가 약사라니! 그럼 나는 약사 아빠를 도우는?'

그렇다면 무서워도 참을 수 있다.

"어, 어디에 서 있으면 돼요?"

"저기. 저 골목 입구에 서 있으렴."

"네!"

"그리고 경찰이 다가와 뭐하냐고 물으면……."

"아빠를 만나러 가고 있다."

"아니, 이번엔 아빠를 기다리고 있다고 말해. 그리고 바로 전화하고."

"아, 네!"

"아빠는 언제나 여기 있을 테니까 힘들면 전화해."

고개를 힘차게 끄덕인 잭은 차에서 내려 올리버가 가리킨 골목의 입구에 섰다.

그와 동시에 스산한 바람과 함께 사나운 개 짖는 소리가 잭의 귀를 때린다.

"악!"

귀를 막고 주저앉은 잭은 올리버의 차를 보며 입을 앙다물었다.

"아, 안 무섭다. 난 안 무섭다……. 아빠가 지켜 주고 있다……."

잭은 애써 웃으며 두려움과 싸웠다.

그 마법의 주문이 통한 건지, 올리버가 곁에 있다는 게 큰 위안을 준 건지 잭은 어느새 이 낯설고 무서운 거리에 조금씩 적응해 갔다.

그래서인지…….

'다리 아파. 심심해.'

어느새 무서움보다 심심함이 더 커진 잭. 거리에 아무도 없어서 더 심심했다.

그때, 거리에 한 남자가 나타났다.

한 발 내디디면 몸을 비틀 거릴 정도로 몸을 가누지 못하는 남자.

"후욱! 훅!"

'약. 약. 약.'

마치 무언가에 쫓기듯, 무언가를 찾듯 쉴 새 없이 돌아가던 눈동자가 이 거리와 결코 어울리지 않는 깨끗한 옷을 입은 잭을 발견한다.

'야, 약 냄새다!'

냄새가 날 리 없는데도 남성은 홀린 듯 잭에게 다가갔다.

"이봐, 꼬마야."

"네?"

화들짝 놀란 잭은 거친 숨을 몰아쉬는 남성의 모습에 작은 두려움을 느꼈다가 이내 울상을 지었다.

대체 얼마나 아프기에 저렇게 땀을 흘리고 숨이 거친 걸까. 작년에 독감에 걸렸던 엄마를 보는 것 같다.

"아저씨도 많이 아프세요? 약이 필요하세요?"

"약? 정말 약?"

"네. 잠시만요?"

잭은 가방을 열어 약봉지를 꺼냈다.

"여기……."

"내놔!"

며칠 만에 보는 약이던가!

"으악!"

남성의 우악스런 손에 약봉지를 쥔 팔이 잡힌 잭은 그대로 휘둘려져 땅바닥을 굴렀다.

"아윽. 아⋯⋯."

잭은 빠르게 다가오는 남성을 향해 고개를 저었다.

"안 돼요. 약을 사시려면 돈을⋯⋯."

"내놓으라고, 이 애새끼야!"

뻐어억! 콰드득!

'흑?!'

옆구리에서 뭔가 부서지는 소리가 나는 것 같더니 순간 눈앞이 캄캄해진다.

"내놔! 내놓으라고!"

콱! 콱콱!

잭을 발로 차는 사내.

"콜록!"

입에서 피가 튀어나온 잭이 반사적으로 몸을 웅크린다.

아프다. 배가 많이 아프다.

하지만 그보다⋯⋯.

'아, 안 돼. 뺏겨선 안 돼.'

아빠가 부탁한 거다. 절대 그냥 줄 순 없었다.

잭은 눈앞이 흐려져 감에도 약봉지를 꽉 움켜쥐었다.

'아, 아빠. 사, 살려 주세요.'

잭은 올리버가 탄 차를 보며 간절히 바랐다.

"내놓으라고, 이 애새끼야~!"

결국 참지 못한 사내가 잭의 주먹을 힘으로 풀어내는 순간이었다.

부아아아앙! 끼이이익!

사내의 뒤를 스쳐 지나가다 브레이크를 밟은 차.

하지만 그딴 것 따윈 신경 쓸 겨를이 없는 사내의 뒤통수로 분노한 짐승의 포효가 터진다.

"야, 이 개새끼야-!"

쩌어억!

"잭! 괜찮냐, 잭!"

순간 사라진 나쁜 사람에 잭은 흐릿한 눈이 종혁을 찾는다.

"……천사 아저씨? 콜록!"

잭의 입에서 튀어나오는 피에 종혁이 굳어 버린다. 피의 색깔이 내장을 다친 듯 심상치 않았다.

"아, 안 돼. 안 돼……."

안 된다. 이건 안 된다.

"꼬마야! 잭, 정신 차려!"

"헤헤. 감사합니다. 천사님 덕분에 매일이 생일이었……."

툭!

"잭-!"

잭이 정신을 잃자, 종혁은 자신도 모르게 올리버를 찾았다.

존과 다리우스에 의해 강제적으로 끌어 내려지는 올리버.

왜 이러냐며 나는 잘못 없다고 외치는 올리버.

'애가 이 지경이 됐는데 아비란 새끼가……. 아비란 새끼가…….'

뚝!

"하하."

이성의 끈이 끊겨 버린 종혁은 잭을 조심히 안아 들며 존과 다리우스에 의해 끌려 나와 제압되는 올리버에게로 향했다.

"놔! 빌어먹을, 놔!"

"가만있어!"

"데릭."

"으, 응?"

"잭을 병원으로. 빨리."

"헉! 어, 응!"

데릭은 다급히 그리고 조심히 잭을 안아 들며 종혁의 차로 달려갔고, 종혁은 차가 출발하는 소리를 듣고 나서야 올리버에게 시선을 두었다.

감정이 사라져 버린 종혁의 눈.

'최, 최?'

놀라는 존을 옆으로 밀어낸 종혁은 딱 좋게도 보닛 위에 엎어져 있는 올리버의 얼굴을 보며 주먹을 들었다.

"야."

종혁은 눈만 돌려 자신을 보는 올리버를 향해 싱긋 웃었다.

"그냥 죽자."

"자, 잠……."

후욱! 꽈아아앙!

올리버의 얼굴을 짓뭉개는 종혁의 주먹.

"자, 잠깐! 아, 안 돼, 최! 안 돼-!"

"놔! 놔, 이 씨발!"

모두 자신의 탓이다.

답지 않게 망설여서. 답지 않게 조심스러워서…….

"안 된다고-!"

"놔아-!"

어두운 거리에서 상처 입은 짐승이 울부짖었다.

* * *

타다다닥!

병원 복도를 내달려 응급실에 도착한 종혁이 아직도 수술실에 들어가지 않은 잭의 모습에 다리우스의 멱살을 잡는다.

"뭐하는 거야! 왜 애가 아직도 여기에 있는데!"

"그게…….'

"보호자 되십니까?!"

종혁은 다급히 끼어들어 존을 보는 의사에 얼굴을 구겼다.

잭의 몸에 난 아동학대의 흔적을 본 건지 분노가 담겨 있지만, 그보다 더 간절함이 큰 의사의 눈빛.

그러나 종혁은 그런 걸 신경 쓸 겨를이 없었다.

"뭐하는 겁니까! 어서 잭을 수술실로 옮기지 않고!"

"선생님, 어서 이쪽으로! 아이의 혈액이 부족합니다!"

"그게 무슨 말입니까! 병원에 혈액이 왜 부족해요!"

"내장 파열이 너무 심각하여 수술에 혈액이 많이 필요한 상황입니다. 그런데…….."

검사 결과, 잭의 혈액형은 Rh- AB형이었다.

동양과 달리 서양에서는 Rh- 혈액형 자체가 희귀한 편에 속하진 않지만, AB형이라면 이야기가 달랐다.

미국에서도 Rh- AB형이라면 1%에 속하는 희귀한 혈액형이었다.

물론 병원에 보존하고 있던 혈액이 전혀 없는 것은 아니지만, 수술을 끝마치기엔 턱없이 부족하다는 것이 의사의 설명이었다.

"지금 이러고 있을 시간이 없습니다! 어서!"

쿵!

순간 눈앞이 깜깜해진 종혁은 애써 정신을 다잡았다.

"이 사람은 아이의 아빠가 아닙니다."

"……그럼 아이의 아빠는 어디 있습니까. 엄마는!"

"아빠는 마약중독자고, 엄마는 알콜중독자입니다."

"맙소사…….."

종혁의 말이 사실이라면, 그들의 혈액은 쓸 수 없었다. 도리어 감염을 유발시킬 가능성이 있었으니까.

절망한 의사가 떨리는 눈으로 잭을 바라봤다.

이대로라면 이 아이를 살릴 방도가 없었다. 섣불리 수술에 들어갔다가는 출혈이 감당하지 못한 채 수술대 위에서 눈을 감을 터였다.

종혁은 어쩔 줄 몰라 하는 의사의 어깨를 힘주어 잡았다.

"일단 수술에 들어가세요. 혈액은 제가 30분 내로 구해다 드릴 테니까!"

종혁의 굳은 눈을 본 의사는 이를 악물었다.

"……알겠습니다! 간호사!"

"예!"

종혁은 잭이 누워 있는 침대를 붙잡는 의사와 간호사를 보며 핸드폰을 들었다.

"핸리! 지금 보고 계시죠?! 부탁……."

─일단 확보된 혈액을 헬기로 이송 중입니다! 더 알아보는 중이니까 너무 걱정 마십시오, 최!

"감사합니다! 이 은혜 꼭 갚을게요!"

전화를 끊은 종혁은 존과 다리우스를 봤다.

"혹시 모르니까 존은 올리버 그 개새끼 데려오고, 데릭은 주소 알려 줄 테니까 그 씨발년 데려와요."

자식이 마약을 팔러 가는데도 묵인한 메디슨.

그런 년에게 엄마란 단어는 사치다.

혹시라도, 정말 혹시라도 피가 부족하다면 올리버나 메디슨의 피를 써야 할 수도 있었다.

쓰지 말아야 할 혈액이지만, 일단 그렇게라도 살려야 했다.

"어?"

"뭐해요! 빨리!"

"아, 응!"

"헉! 맞아, 올리버! 거기 간호사! 의사! 빌어먹을, 누구든 따라와요! 환자들을 옮겨야 하니까!"

종혁에 의해 얼굴뼈가 박살 난 올리버와 잭을 중상에 빠트린 마약 거래자.

종혁은 재빨리 움직이는 그들을 일견하곤 어느새 저 멀리 달려간 잭을 향해 몸을 날렸다.

"잭! 정신 차려, 잭! 야, 인마! 내 목소리 들려?! 들리면 반응 좀 해-!"

종혁의 외침이 병원 복도를 쩌렁쩌렁 울렸다.

* * *

불이 켜진 수술실.

그 앞에 앉은 종혁이 양손을 모아 간절히 기도한다.

부디 무사하기를.

부디 수술이 잘되기를.

타다닥!

"최!"

종혁은 다리우스와 그 뒤에서 헐레벌떡 달려오는 메디슨을 보며 이를 악물었다.

'씨발년.'

"오, 잭. 안 돼…… 안 돼……. 안 된다고, 올리!"

'정상인 모드네.'

알콜중독자가 아주 가끔씩 보이는 술에서 깬 정상적인 모습.

한숨을 내쉰 종혁은 수술실 안으로 들어가려고 애쓰는 메디슨을 잡아 뒤로 끌어냈다.

"놔! 놓으라고!"

"진정하세요. 경찰입니다."

"아……."

멍하니 종혁을 본 메디슨의 눈이 초점을 찾는다.

"어, 어떻게 된 건가요! 대체 어떻게……!"

종혁은 아무것도 모르는 듯한 그녀의 모습에 주먹을 쥐었다.

"댁의 남편께서 아드님을 마약 거래에 이용했습니다."

쿵!

충격을 받은 듯 눈을 크게 뜬 메디슨을 향해 종혁을 차가운 진실을 이어 갔다.

"그러다 마약을 사러 온 중독자에 의해 잭은 폭행을 당했고, 내장이 파열되는 바람에 현재 수술중입니다. 그리고 귀하의 남편 되는 올리버 무어 씨 역시 검거 도중 반항을 하는 바람에 크게 다치셔서 수술 중이고요."

"아아……."

"다행히 잭의 혈액이 부족하진 않게 됐지만, 혹시 모르니 혈액 검사를 받을 준비를 하세요. 어쩌면 그게 당신이 잭에게 줄 수 있는 작별 선물일 테니까."

앞으로 몇 년, 메디슨은 알콜중독이 완치가 될 때까지 잭을 보지 못할 거다.

"그게 무슨······!"

"아동학대를 하셨죠?"

철렁!

심장이 내려앉은 메디슨이 그대로 주저앉는다.

"난······ 난······."

"메디슨 무어 씨, 당신을 아동학대 혐의로 체포합니다. 당신은 묵비권을 행사할 수 있고······."

미란다의 원칙을 읊으며 메디슨의 손목에 수갑을 채운 종혁은 그녀를 존에게 넘기곤 병원을 빠져나와 담배를 물었다.

"하, 좆같네."

찰칵! 치이익!

사각에서 내밀어진 라이터에 살짝 놀랐던 종혁은 라이터의 주인을 보곤 피식 웃었다.

"바쁘실 텐데 뭘 오고 그러세요."

CIA 동아시아 담당 헨리 스미스.

현재 잭이 수술에 들어간 지 2시간이 지났으니 아무래도 사건이 터지자마자 제트기를 타고 온 것 같다.

"누구 때문에 잠이 모두 깨 버려서 말이죠. 그보다 불부터 붙이시죠. 뜨겁습니다."

"아!"

담배에 불을 붙인 종혁은 길게 담배 연기를 뿜어내곤

헨리를 향해 허리를 숙였다.

"감사합니다. 덕분에 혈액이 부족하지 않을 수 있었어요."

"앞으로도 도움이 필요하시면 언제든 말씀해 주십시오."

"신세를 졌네요."

"신세가 아니라 우리 미국이 이제야 최에게 진 빚을 일부나마 갚은 거죠. 아주 일부나마."

기존의 빚도 크지만, 그보단 이번에 진 빚이 너무 크다.

나날이 값이 떨어지는 미국의 부동산.

집과 돈을 뺏기고 거리를 내몰리는 국민들.

종혁이 이번 사태의 주범에 대해 친절히 설명을 해 줬는데도 사태가 바로잡힐 생각을 하지 않는다.

이런 상황에서 종혁이 자신의 모든 재산을 베팅했다면 어떻게 됐을까. 종혁이 러시아를 막지 않았다면 어떻게 됐을까.

아마 지금쯤 미국은 파산을 했을지도 몰랐다.

이 빚이 지금 이 순간에도 실시간으로 커지는 중이었다.

"그러니 그런 말은 하지 마십시오. 우린 친구잖습니까."

"……그거 압박 맞죠?"

"오! 그렇게 생각하신다면 저야 고맙죠."

"하하."

덕분에 잠시 기분이 좋아진 종혁은 눈빛을 가라앉혔다.

"그때부터 1년입니다, 헨리. 저도 그 이상은……."

"……걱정 마십시오. 그 전에 무조건 이 사태를 바로잡을 테니!"

1년 안에 수습을 못한다?

그땐 미국이 파산해도 할 말이 없는 거다.

인과응보. 가슴이 찢어질 테지만 미국은 무분별한 돈놀이의 심판을 겸허히 받아들여야 할 거다.

"미안합니다, 헨리."

"아닙니다. 아, 그보다 잭이란 아이의 수술이 무사히 끝나면 술이나 한잔할까요? 저 하루 휴가를 내고 온 겁니다."

"이런. 내일은 조퇴를 해야겠네요."

"하하핫! 역시 최는 화끈합니다!"

종혁도 웃음을 터트리는 순간이었다.

-사랑해! 널 이 느낌 이대로!

"예, 조니. 무슨…… 하."

"최?"

돌연 한숨을 내쉰 종혁이 얼굴을 쓸어내린다.

"지랄났네, 진짜."

이를 간 종혁은 몸을 돌렸다.

"알겠습니다. 지금 갈게요. 메디슨이, 잭의 엄마가 화장실에서 손목을 그었답니다."

그녀가 처한 상황이 상황이기에 배려를 하고자 수갑을 앞으로, 그것도 좀 헐렁하게 채웠더니 이 사단이 났다.

"……같이 가시죠."

"아악! 씨발!"

종혁은 계속 꼬이는 상황에 악을 지르며 병원 안으로 들어갔다.

앞으로 상황이 더 꼬인다는 것도 모른 채 말이다.

* * *

작별 선물.

동양인 형사가 말한 그 말이 메디슨의 귓가를 계속 맴돈다.

대체 어디서부터 잘못된 걸까.

자신이 알콜에 중독됐기 때문일까.

아니면 그 성실하고 착했던 올리버가 마약에 빠지는 걸 막지 못해서일까.

아니면 잭을 때려서일까.

그것도 아니면 세 번이나 유산을 했다고 하늘이 주는 벌일까.

'그런 것도 아니면 내, 내가 잭을 데려왔기 때문…….'

"흐."

메디슨은 불이 켜진 수술실을 응시하다 더 이상 죄책감을 견디지 못하고 화장실로 도망쳤다.

타악!

"흑!"

문을 닫자마자 주저앉아 울음을 터트리는 그녀.

문밖으로 터져 나오는 울음에 그녀를 뒤따랐던 다리우스가 잠시 몇 발자국 옆으로 물러섰다.

"흐어어어엉! 왜! 대체 왜……!"

가슴을 치며 오열하는 메디슨.

더 이상 눈물이 나지 않을 때까지 울고 또 운 그녀는 고개를 들었다가 깜짝 놀랐다.

'누구지?'

거울에 낯선 사람이 있다. 퉁퉁하고 피부가 거칠고 사나운 인상을 지닌 마녀가 있다.

"나야? 이게 정말…… 나?"

그녀는 깨달았다.

이래서다. 이런 마녀가 되어 버렸기에 천벌을 받는 거다.

"하하! 아악! 꺼져-!"

챙그랑!

주먹으로 거울을 후려친 메디슨은 그 파편을 움켜쥐며 손목에 가져갔다.

"무어 씨! 미친! 잠깐, 잠깐만 기다려요! 안 됩니다, 무어 씨!"

메디슨은 흑인인데도 하얗게 질리는 다리우스를 향해 서글피 웃었다.

"잭과 올리에게 미안하다고 전해 주세요."

콰각!

"무어 씨! 빌어먹을! 간호사! 간호사─!"

'아냐. 애초부터 난 마녀였어. 도저히 구제할 수 없는 마녀. 잭, 엄마가 널 진짜 부모에게서 함부로 데려와서 미안해. 네가 누렸어야 할 진짜 행복을 뺏어서 미안해……. 그리고 당신의 불운이 돼서 미안해, 올리…….'

메디슨은 몸에서 빠져나가는 온기에 한 방울의 눈물을 흘렸다.

* * *

"음?"

나란히 중환자실에 누운 올리버와 메디슨에게 수갑을 채우러 들어온 종혁의 눈이 병상에 걸린 기본적인 프로필을 발견하고 흔들리기 시작한다.

띠이! 띠!

심장 박동음이 종혁의 귀를 괴롭힌다.

"이거…… 뭐지? 환각인가?"

올리버 A형, 메디슨 A형.

눈을 비비고 다시 봐도 마찬가지다.

이 둘에게 수갑을 채우러 왔던 종혁은 다급히 뒤를 스쳐 지나가는 의사를 붙잡았다.

"서, 선생님. 이거 정확한 겁니까? 두 사람 모두 A형인 게 확실한 겁니까?"

Cis-AB형이라든지 일반적으로 알려진 혈액 유전과는

다르게 혈액형을 갖고 태어나는 경우는 분명 있다.

하지만 지금까지, 아니 종혁이 기억하는 미래에서도 A형과 A형 사이에서 AB형이 태어났다는 사례는 학계에 보고된 바가 없었다.

잭이 골수이식을 받아서 후천적으로 혈액형이 바뀐 게 아니고서야 말이 되지 않는 상황이었다.

"아무래도 이 여성분께서 외도를 하신 게 아닐까 싶습니다만……."

종혁은 흔들리는 눈으로 저 멀리에 누워 있는 잭을 바라보았다.

그리고 동시에 한 가지 생각이 머릿속을 스쳐 지나갔다.

부모와 닮은 구석이 단 하나도 없는 잭.

세 번의 유산을 할 때까지 산부인과에서 진료나 치료를 받은 기록이 있는데도 잭을 가졌을 땐 그런 기록이 전혀 없는 메디슨.

'에, 에이. 아니겠지.'

아닐 거다. 아무리 이런 범죄가 흔한 미국이라도 이건 아닐 것이다.

정말 아니어야 했다.

"으음."

메디슨의 입에서 흘러나오는 소리에 다급히 고개를 돌린 종혁이 마취에서 깨어나는 그녀에게 다가섰다.

"여기는……."

"의사 선생님, 잠시만요."

메디슨의 상태를 확인하려는 의사를 멈춰 세운 종혁이 그녀의 손을 붙잡았다.

"중환자실입니다, 메디슨 씨."

"아……."

종혁은 초점이 흐려지는 그녀의 눈빛에 입술을 깨물었다.

"메디슨 씨, 정신 차리세요. 지금 잭의 혈액이 부족합니다. 잭의 진짜 아빠는 어디 있습니까. 그분의 혈액이 필요합니다."

"최, 지금 무슨 말…… 읍?!"

뭔가를 눈치챈 다리우스는 쓸데없이 입을 놀리는 존의 입을 다급히 막았고, 종혁은 떨리는 눈으로 그녀의 표정 변화를 빤히 살폈다. 그러며 자신의 추측이 어긋나기를 간절히 기도했다.

"진짜…… 아빠? 올리?"

몽롱하게 풀린 눈이 의아함을 머금는다.

"아뇨. 올리버 씨 말고 진짜 아빠요."

"올리버가…… 아빠……?!"

순간 초점이 뚜렷해지는 메디슨의 눈에, 갑자기 공포가 서리기 시작한 그녀의 눈에 종혁의 심장이 쿵 내려앉았다.

까드득!

"야. 아, 아니지? 당신 진짜로 잭을 납치한 거 아니지?"

"흡!"

"아니라고 해. 아니라고······."

삐! 삐삐!

울상이 되어 가던 종혁은 급격히 치솟는 심장 박동에 그대로 무너졌다.

"야, 이 씨발년아-!"

종혁의 억장도 함께 무너졌다.

* * *

-아빠는 괜찮아요? 엄마는요?

마취에서 깬 잭이 처음으로 꺼낸 말이었다.

"와아!"

병원 뒤에 조성 된 산책로.

휠체어에 앉아 해맑은 웃음을 터트리는 잭의 모습에 종혁의 가슴이 아파 온다.

저 천사 같은 아이에게 어떻게 말을 꺼내야 할까.

깨어나자마자 부모부터 걱정한 천사에게 올리버와 메디슨은 네 부모가 아니라고 어떻게 말을 꺼내야 할까.

결국 모든 걸 실토한 메디슨.

술에 취해 잭의 진짜 부모의 집 앞을 지나던 중 마당에 세워진 유모차 안에서 방긋 웃는 잭을 보고 한눈에 반했다고 한다.

내 아이들이 살아 있다면 저렇게 예쁘겠지. 아니, 하늘로 간 아이들이 다시 환생했구나 하는 그딴 충동에 휩싸여 데려왔다고 한다.

이미 마약에 중독됐던 올리버는 그러려니 했다고 한다.

정말 참담한 상황.

하지만 해야 한다. 할 수밖에 없다.

타다닥!

뒤를 돌아본 종혁은 다리우스와 함께 헐레벌떡 뛰어오는 젊은 백인 부부의 모습에 이를 악물었다.

'잠시만. 아주 잠시만…….'

아이가 받아들일 수 있는 시간이 필요하다.

'그래야…….'

그런 종혁의 눈빛을 이해한 건지 멈추는 두 부부의 모습에 심호흡을 한 종혁은 애써 웃으며 잭에게 다가갔다.

"잭."

"천사 아저씨! 아저씨가 천사 아저씨 맞죠?"

"……이런. 들켜 버렸네. 이거 다시 하늘로 올라가야겠는 걸?"

"헉! 지, 진짜요?! 왜요?"

"천사는 정체가 들키면 다시 하늘로 올라가야 하거든."

종혁은 한쪽 무릎을 꿇으며 잭의 머리에 손을 얹었고, 부릅떠진 잭의 눈동자가 흔들린다.

"아, 아니에요. 아저씨는 천사가 아니에요! 전 그런 거 몰라요!"

"그러니?"

"네!"

"다행이네. 계속 잭의 곁에 남을 수 있어서."

"……제 곁예요?"

"응. 잭 네가 계속 비밀을 지킨다면 네가 이 아저씨를 필요로 할 때마다 다시 네 앞에 나타날 거란다."

"왜, 왜요?"

이 아저씨는 왜 자신에게 이렇게 잘 대해 주는 걸까.

어린 마음에도 이해할 수가 없다.

"……잭 네게 사과를 해야 하니까."

"제게요?"

종혁은 의아해하는 잭을 보며 바닥에 엉덩이를 붙였다.

"하느님이 이 세상에 천사를 내려 보내는 이유를 알고 있니?"

"아, 아뇨?"

"바로 예비 천사에게, 아주 나중에 천사가 될 사람에게 작은 시험을 주기 위해서란다."

"시험이요? 시험 문제?"

"그래. 문제."

종혁은 잭의 볼을 쓰다듬었다.

종혁의 눈이 괴로움으로 물들어 간다.

왜 처음 봤을 때 알아차리지 못했을까. 이렇게 닮은 구석이 하나도 없는데 왜 의심조차 하지 않았을까.

왜. 대체 왜.

"울지 마세요, 아저씨."

"큽. 그, 그런데 그 대상이 바로 너란다, 잭."

"저요?!"

"응. 너. 미래에 천사로 예정된 잭, 너. 그런데…… 이 아저씨가 실수로 네가 풀기엔 너무 힘든 문제를 내 버렸어."

움찔!

뭔가를 깨달은 잭의 몸이 크게 흔들린다.

"어, 어떤 문제였는데요?"

"악마…… 진짜 부모에게서 널 떼어 내 악마들에게 맡긴 거란다."

쿵!

"……네?"

볼을 쓸어내리는 종혁의 손에 힘이 들어간다.

"그러면 안 되는데…… 정말 그러면 안 되는데……. 훗날 이 아저씨보다 훨씬 강한 천사가 될 잭 너라면 이 정도 시련은 이겨 낼 거라고 생각해 버렸단다. 그래서…… 그래서……."

"무, 무슨 말인지 모르겠어요. 전 무슨 말인지……."

"미안하구나. 네가 이렇게 힘들고 괴로울 줄 알았다면 더 빨리 나타났어야 했는데……. 더 빨리 바로잡았어야 했는데……."

"아, 으으! 아, 아파요. 아저씨, 저 가슴이 아파요!"

"미안하구나. 미안해, 잭!"

그랬던 거였다.

그래서 아빠랑 엄마가 자신을 아프게 했던 거였다.

"왜, 왜요? 왜 그러셨어요? 제, 제가 많이 미우셨어
요?"

너무 착한 나머지 남을 의심할 줄 모르는 잭은 원망을
뱉어 내면서도 조심스러웠다.

이러면 안 되는데도, 정말 안 되는 데도 울음이 터져
나와서 어쩔 수 없었다고 미안하다고 속으로 사과했다.

"미안해……. 아저씨가 정말 미안해……."

"으아아아아아앙!"

종혁은 잭을 끌어안으며 미안하다고, 미안하다고 사죄
를 했다.

"그, 그럼 전 이제 천사가 못 되는 거예요? 시, 시험에
통과하지 못했으니까……."

울음을 멈춘 잭이 꺼낸 말에 종혁이 잠시 멍해진다.

"아니. 모두 이 아저씨 잘못이니까 넌 천사가 될 거란
다, 잭."

"정말요?"

"그래. 앞으로 착하게만 산다면 넌…… 꼭 천사가 될
거야."

이런 아이가 천사가 되지 않는다면 누가 천사가 될까.

"와아!"

"그러니 아저씨의 사과 선물을 받아 주겠니?"

"선물?"

"응. 선물. 응당 네가 누렸어야 할 행복."

아리송해하는 잭의 머리를 조심히 쓰다듬은 종혁은 몸을 일으켜 기다리고 있는 잭의 진짜 부모를 향해 손짓했다.

그에 주춤거리며 조심스럽게 다가오는 젊은 부부.

둘 모두 이제 서른이나 됐을까.

눈물범벅이 된 두 부부가 잭을 보며 애써 웃는다.

"아, 안녕. 조나단?"

조나단. 잭의 진짜 이름.

실종아동 신고 때 DNA가 등록되지 않았다면 찾지 못했을 이름.

"아, 안녕하세요."

"그래. 아, 안녕? 내 아가?"

"내가…… 이 나쁜 사람이 널 안아 봐도 되겠니?"

아들을 지키지 못한 죄인.

당황한 잭은 종혁을 봤고, 종혁은 고개를 끄덕였다.

"……으응."

"흑! 조나단!"

"아가야!"

종혁은 잭을 끌어안는 부모의 모습에 등을 돌리며 멀어졌다.

이제부터는 세 사람의 시간이다.

아주 오래전 멈췄다 다시 흐르는 시간이기에 외부인은 빠져 줘야 했다.

"······하늘이 맑네."

그런데 왜 이렇게 비가 내리는지 모르겠다.

다행이라면 이 비가 슬프지 않는다는 거였다.

"미국에선 비가 오면 뭘 먹나요, 데릭."

"글쎄······ 뭐든 먹자고. 비가 너무 와서 감기에 걸릴 것 같으니까."

종혁과 데릭, 존은 비를 피하기 위해 걸음을 옮겼다.

* * *

"오랫동안 미제로 남았던 조나단 모건 실종사건은 유산을 여러 번 한 알콜중독자 메디슨 무어의 충동적인 행동으로 인해······."

기자들이 모여 있는 1 폴리스 플라자 입구.

엄숙한 표정으로 발표를 하는 드와이트 국장과 그 옆에서 부모의 손을 잡은 채 이쪽을 향해 살짝 손을 흔드는 잭, 아니 조나단을 응시하던 종혁이 풀썩 웃으며 몸을 돌린다.

조나단의 미소가 마치 이젠 시험을 어렵게 내지 마세요, 하는 것처럼 느껴졌기 때문이다.

"아으. 이제 난리가 나겠구만."

다리우스의 말에 존은 의아해했지만, 종혁은 입술을 비

틀었다.

"난리가 아니라 날치기라고 해야겠죠."

뉴욕 시민들의 관심이 납치를 당한 지 8년 만에 부모의 품으로 돌아간 조나단에게 쏠렸다.

뉴욕 시장을 비롯해 이번 콜걸 조직 사건의 고객 명단 안에 있는 권력가들이 움직일 게 뻔했다.

"그게 무슨 말이야, 최? 무슨 말이에요, 데릭?"

"시민들의 관심이 다른 쪽에 쏠렸을 때 빠르게 재판이나 징계를 끝낼 거라는 뜻입니다, 조니."

그래야 타격이 적을 테니 말이다.

재판이나 징계 결과가 어떻게 될지는 모르겠지만, 종혁으로선 이것까지 막을 수는 없었다.

'그땐 이 거대한 도시를 적으로 돌리자는 뜻이니까.'

"데릭, 그보다 뉴욕의 현직 형사로서 올리버 무어와 메디슨 무어의 형량은 어떻게 될 것 같아?"

"아마…… 올리버는 못해도 20년이겠지."

마약 판매뿐만 마약 중독, 아동학대, 아동납치방관까지 죄목으로 걸려 있다.

강제적인 수단을 써서 조나단을 데려갔기에 유괴가 아닌 납치. 유괴는 꼬드겨서 데려간 경우를 뜻한다.

미국인이 끔찍이도 싫어하는 범죄를 두 개나 저질렀으니 20년 이하는 절대 나오지 않을 거다.

"메디슨은 종신형일 테고."

영유아 납치에 아동학대.

아이를 납치해 놓고도 학대 및 폭력을 휘두르다 못해 조나단이 폭행을 당하는 것을 방관하고, 또 올리버가 마약 거래에 조나단을 이용하는 걸 묵인했다.

이용하는 걸 몰랐다고 한들 미 법정은 메디슨에게 종신형을 선고할 수밖에 없었다.

아니면 60년 이상의 징역형을 선고하든가.

뭐든 그녀가 살아서 교도소를 나올 일은 없었다.

"좋네. 역시 미국은 이래서 좋아."

처벌이 강력해서 좋다.

그런 종혁의 말에 다리우스와 존이 눈을 빛냈다.

"그럼……."

"그럼 미국으로 귀화하는 게 어떤가요, 슈퍼맨?"

"음?"

갑작스럽게 난입하는 낯익은 목소리에 고개를 돌린 종혁은 깜짝 놀랐다.

"캘리 씨!"

캘리 그레이스.

뉴욕의 FBI에서 수사팀을 이끄는 반장.

오래전 뉴욕에서 최첨단 범죄 수사기법에 관한 포럼이 열렸을 때, 뉴욕에서 발생한 강도 및 납치 등 여러 가지가 복잡하게 얽힌 사건을 통해 인연이 된 인물이다.

또각또각!

"오랜만이에요, 슈퍼맨."

"그놈의 슈퍼맨은……. 오랜만입니다, 보스."

"그 말은 아웃. 늙어 보이잖아요."

"충분히 늙으셨습니다."

피식 웃은 종혁은 캘리의 뒤, FBI의 요원들에게 붙들려 있는 메디슨과 올리버의 모습에 입을 다물었다.

조나단이 납치되던 당시 그 근방에 연쇄아동납치사건이 터졌는데 그래서 사건은 FBI로 이관되었다. 연쇄유괴나 연쇄납치, 연쇄살인은 언제든 FBI가 관여할 수 있는 FBI의 관할 사건이다.

이래서 미국 경찰의 권한이 적다고 말한 거다.

눈빛이 싸늘해진 종혁이 그들을 향해 옮겼다.

"으으. 으아아아!"

종혁의 얼굴을 보자마자 비명을 지르며 발광하는 올리버.

얼굴에 붕대를 감은 그를 무시한 종혁은 메디슨의 멱살을 잡아 들어 올렸다.

"켁?!"

"씨발년아, 잘 들어. 넌 오늘 이 순간부터 절대 감형을 바라는 탄원서 같은 걸 쓰거나 조나단에게 편지를 보내는 개짓거리 따원 안하는 게 좋을 거야. 안 그러면 내가 널 죽여 버릴 거거든."

무심하기에 더 심장을 파고드는 눈빛.

거대한 맹수가 코앞에서 아가리를 벌리고 있는 것 같음에 메디슨은 공포에 질릴 수밖에 없었다.

"재, 잭은……."

"아가리 다물랬지."

"으으으."

쉬이이이!

종혁은 그녀의 신발 아래로 떨어지는 노란 액체에 혀를 차며 멱살을 풀었고, 캘리는 올리버와 메디슨을 데려가라고 손짓했다.

"헉! 저기 메디슨이다!"

"찍어!"

"야, 이 악마야! 네가 그러고도 사람이냐―!"

메디슨과 올리버를 향해 쏟아지는 육두문자와 돌멩이들.

종혁은 캘리가 이러기 위해 저들을 여기에 데려온 걸 알아차렸지만, 마음이 썩 개운하지가 않았다.

"아직 사건이 다 해결되지 않아서 그런 것일 수도 있죠."

"……아, 확실히 그러네요."

올리버를 마약에 빠트린 주범이 남아 있다.

캘리는 옅게 웃으며 담배를 물었다.

찰칵! 치이익!

'거 나이 든 양반이 겁나 섹시하시네.'

"이제 어떻게 할 건가요, 최?"

"뭐……."

순간 종혁의 눈빛이 낮아진다.

"그놈을 족쳐야겠죠."

그놈이 이번 사건에 연관되어 있지 않지만 그냥 그러고 싶다.

이건 화풀이다. 이 미진한 감정을 해소할 화풀이.

"NYPD에서요? 암살당하려고요?"

상대는 뉴욕을 주름잡는 마약 카르텔, 아니 마피아 중 한 곳의 간부다. 경찰 내부에 저들의 끄나풀이 없다고 볼 수 없다.

종혁은 그렇게 말하는 캘리를 보며 미간을 좁혔다.

"하고 싶은 말이 뭡니까?"

"FBI로 오세요. 그래서 그놈을 잡으세요, 최."

현재 FBI도 차용한 수사기법을 창시한 종혁이 온다면 어떻게 될까. 캘리는 그게 너무도 궁금해서 견딜 수 없었다.

"엥?"

종혁은 유혹하는 듯 웃는 캘리를 보며 눈을 껌뻑였다.

* * *

-최 팀장-! 믿고 있었다고! 젠장!

종혁이 미국에 간 지 고작 열흘도 안 되어 대형 사고를 쳤다.

8년 동안 미궁에 빠졌던 영유아 실종사건의 해결.

당시 대대적으로 TV까지 탔던 사건이라 덕분에 NYPD 뿐만 아니라 FBI에서도 좋은 경찰을 키웠다며 감사 인사를 전해 왔다.

함경필 국장의 어깨는 하늘로 승천하기 직전이었다.

"……한잔하셨어요?"

–했지! 암, 했지! 이런 날 안 하면 언제 해? 우리 술 좋아하는 최 팀장은?

"뭐……."

몸을 뒤로 돌린 종혁은 펍에 몰려 있는 수사계 형사들을 둘러봤다.

사건 해결 축하 및 그 외 등등의 이유로 이렇게 모인 거다. 존과 다리우스는 현재 동료 형사들이 강제적으로 입에 맥주를 꽂아 넣고 있는 중이었다.

"이봐, 최! 뭐해! 너도 얼른 여기 와!"

"으븝! 살……."

"맥주 꽂아! 죽여!"

"우와아아아!"

"……뭐, 저도 마시는 중입니다."

–그렇지! 우리 최 팀장이 술을 마다할 리 없지!

"국장님."

–……아냐. 그러지 마. 그렇게 목소리 깔지 마.

"FBI에서 넘어오라네요."

–FBI에서?

순간 술이 확 깨는 함경필.

미 연방수사국, FBI(Federal Bureau of Investigation).

미국 최고의 수사기관이며 그곳에도 한국 경찰이 연수

를 가긴 한다.

다만 그 대상은 어디까지나 총경 이상의 고위 간부일 뿐, 경정이 FBI로 연수를 간 역사가 없다.

종혁도 이래서 함경필에게 의견을 구하는 거다. 자칫 총경 이상의 고위 간부들이 견제를 할 수 있으니까.

그러면 진급에도 지장이 생길 게 분명했다.

—흠. 이건 말이 좀 나올 수도 있겠는데……. 최 팀장 생각은 어때?

"저야 국장님 뜻을 따라야죠."

—마음에 있단 소리네. 흐음…… 오케이! 알았어! 우리 최 팀장 하고 싶은 대로 해! 씨발, 내가 다 커버 쳐 준다!

"호오. 국장님께서요?"

—그럼! 내 새끼 내가 챙겨야지 누가 챙…….

—국장님! 그거 최 팀장이죠?! 에이씨! 최 팀장 직속 상사는 나라니까! 최 팀장, 나 네 직속 과장 백이도야!

—야! 내가 통화 중이잖아!

—아이 씨, 내놔 봐요! 최 팀장 간 지 열흘이나 됐다고 내 목소리 까먹은 거…….

—야! 야!

달칵!

통화가 끊긴 핸드폰을 멍하니 쳐다보던 종혁은 이내 고개를 저었다.

"하여튼 이 양반들은 진짜."

참 유쾌한 양반들이다.

종혁은 미소를 지으며 맥주를 들이켰다.

"최."

"아, 폴슨 계장님."

존과 다리우스도 맥주병을 든 채 다가온다.

폴슨 계장은 무슨 일인지 잠시 머뭇거렸다.

"후우. FBI에게서 콜업을 받았다면서?"

종혁은 존과 다리우스를 흘겨봤고, 둘은 어깨를 으쓱였다.

그리고 주위에 있던 형사들이 술병을 내려놓으며 종혁을 본다.

점점 조용해져 가는 펍.

솔직히 종혁이 이번 사건을 해결하면서 그들도 생각이 많아졌다. 종혁은 미국인이 아님에도 미국인을 구해 내기 위해 막대한 사비를 지출했고, 또 조나단의 아픔에 공감하며 눈물을 흘렸다.

그 모습들에 그들은 결국 인정할 수밖에 없었다.

종혁은 타국에서 공부를 하러 온 학생이 아니라 '그냥 경찰'이라고. 고통받는 피해자를 위해 언제든 이 한 몸 던질 수 있는 경찰.

그렇다면 종혁과 자신들은 동료고, 동지며, 가족이었다.

그런 종혁이 떠날 수 있다니 서운하고 섭섭한 마음이 들었다.

"쓰읍. 일단은 고민 중에 있습니다."

"우리들…… 때문은 아닌 것 같고."

종혁이 NYPD에 온 지 10일도 채 지나지 않았다. 정이 들래야 들 수가 없다.

"최의 위에 있는 간부들 때문이야?"

폴슨도 어엿한 경찰 간부다. 종혁이 고민하는 걸 모를 리가 없었다.

"뭐, 아무래도 그렇죠. 그리고 이제 수사계에 정이 좀 들려는데 훌쩍 떠나는 것도 아닌 것 같고요."

"한국인들은 특히나 자신을 낮춘다더니……."

어이없다는 듯 웃은 폴슨은 이내 낯빛을 굳혔다.

"최, 경찰 선배로서 한마디 할까?"

"경청하겠습니다."

"기회가 있을 때 잡아."

"음. 하지만……."

오늘 술자리는 종혁의 환영회도 겸하는 거다.

솔직히 NYPD보다는 FBI가 더 끌리긴 하지만, 이런 자리에서 떠날 거라고 말하는 건 예의가 아니다.

"그리고 잘 다녀와."

"예? 다녀오라고요?"

폴슨은 눈을 빛냈다.

"최는 우리 NYPD로 연수를 온 거잖아. 그럼 연수가 끝날 때까지 NYPD 소속이고. 그치?"

"그렇죠?"

"그럼 NYPD 소속으로서 FBI에 연수를 가면 되잖아?"

"예?"

'……그게 말이야, 방구야?'

"나도 최 같은 유능한, 그것도 단기간만 쓸 수 있는 부하를 놓치기 싫거든?"

이게 폴슨의 진짜 목적. 수천만 달러짜리 펜트하우스를 턱턱 빌리는 종혁의 능력이 그는 몹시 탐이 났다. 더도 말고 덜도 말고 이번과 같은 사건을 딱 하나만 더 해결해 줬으면 싶었다.

"아니, 잠깐만요. 그게 가능할 리가……."

"오케이. 땅땅땅! 자식들아! 최가 우리 수사계를 대표해서 그 얄미운 FBI 샌님들을 휘저으러 간단다! 불만 있는 사람 있냐!"

"없습니다―!"

아쉬워도 떠나보내는 게 동료를 위한 길.

그들은 가는 길, 발이 무겁지 않게 웃어 주었다.

"잘 다녀와, 최!"

"그 잰 척하는 샌님들의 콧대를 뭉개 버려!"

"자, 모두 전장으로 떠나는 최를 위해 건배하자!"

"좋지! 최를!"

"위하여!"

채재재쟁!

"봤지? 가서 그 샌님들한테 진짜 경찰이 뭔지 알려 주고 와."

큰 사건이 터지면 뒤늦게 나타나서 자신들 관할이라고

사건을 뺏어 가는 얄미운 샌님들 FBI.

"……푸하학!"

진심으로 축하해 주는 경찰들과 어느새 그들과 같이 맥주병을 치켜드는 존과 다리우스까지.

그 모습이 왠지 웃겨서 웃음을 터트린 종혁은 이내 차렷을 하며 거수경례를 했다.

"옙! 다녀오겠습니다!"

그렇게 NYPD에서의 짧았던 연수가 잠시 마무리되었다.

그리고 며칠 후.

FBI 뉴욕 지부 앞에 선 종혁은 입술을 비틀었다.

"자, 그럼 그 새끼들을 족치러 가 보실까?"

종혁의 눈이 흉흉하게 빛나기 시작했다.

* * *

곰팡이의 퀴퀴한 냄새가 풍기는 허름하고 더러운 창문 없는 방.

스프링이 드러난 침대에서 알몸으로 누워 있는 마른 몸매의 여성이 깜빡거리는 전등을 멍하니 응시한다.

며칠째 머리를 감지 않은 것인지 떡이 진 머리칼에 초점 없이 퀭한 눈.

도저히 이십대 후반으로 보이지 않는다.

꼬르륵!

밥을 달라 아우성치는 배를 힐끗 응시한 그녀는 침대에서 내려오다 털썩 주저앉는다.

차가운 냉기가 엉덩이를 침습하지만, 그저 멍하니 3평 남짓한 방의 유일한 문을 응시하는 그녀.

그녀의 눈에 더러운 그릇에 놓인 샌드위치와 물, 소량의 하얀 가루가 든 봉지가 들어온다.

"……!"

타다다다닥!

네 발로 뛰어간 그녀는 봉지를 뜯어 코로 가져갔다.

"스으읍! 하아아!"

하얀 가루를 흡입을 하는 순간 눈이 몽롱하게 풀린 그녀. 그와 동시에 세상이 일그러지고, 오색찬란하게 빛나기 시작한다.

벽에 등을 기댄 그녀는 다시 깜빡이는 전등을 보며 미소 지었다.

그렇게 얼마의 시간이 지났을까.

저벅저벅. 덜컥!

갑자기 문이 열리며 한 명의 사내가 들어온다.

"흐음……. 맛이 갔군."

여성의 눈을 강제로 더 크게 뜨게 한 사내.

움찔!

초점이 풀린 눈으로 사내를 본 여성이 미소를 지으며 사내의 바짓가랑이를 향해 손을 뻗는다.

타악!

그 손을 매정하게 쳐 낸 사내는 눈을 가늘게 떴다.

"얘가 몇 살이더라…… 아, 28살이었지."

사내는 뒤에 서 있는 덩치 큰 사내들을 향해 손가락을 까딱였다.

"얘도 옮겨."

"예."

마치 짐짝처럼 어깨에 메쳐진 여성은 사내를 향해 손을 저었다.

"미친년."

따악! 딱!

포켓볼 공이 부딪치는 허름한 펍.

목과 팔에 문신이 있는 이십대 후반의 백인 남성이 문을 열고 들어와 바에 앉자, 마른 천으로 컵을 닦고 있던 삼십대의 사내가 입을 연다.

"가족 여행은 잘 다녀오셨습니까?"

"힘들어 죽는 줄 알았지. 이놈의 디즈니랜드는 뭐 그렇게 사람이 많은지……."

경제가 바닥을 치며 죽는다 죽는다 하지만, 그래도 사람이 많았다.

"하하."

바텐더의 웃음에 피식 웃은 사내는 돌연 눈빛을 가라앉혔다.

"나 없는 동안 매출은 좀 어땠어?"

"처참합니다."

NYPD와 FBI가 공조해 대대적으로 시행한 마약 단속 때문이다.

일반 손님들은 받지 않는 그들 펍. 그런데 그 단속 때문에 단골들의 발길이 뚝 끊겼다.

단속이 끝난 지금 역시도 2층에 마련된 비밀 공간이 절반밖에 못 찬 상태다. 약을 참지 못하는 약쟁이들이 몸을 사리는 거다.

빠득!

"빌어먹을! DEA도 아닌 샌님들이 왜 설쳐서는!"

미 마약 단속국, DEA(Drug Enforcement Administration).

마약 범죄만 전문적으로 다루는 정부기관으로, 그들 마약 조직에겐 사신과 다름이 없다.

"DEA가 이번 단속에 개입했으면 저희는 이미 교도소에 있었을 겁니다."

아니면 지금쯤 영안실에 있었을 거다.

"……그건 맞는 말이지. 후우. 돌겠군."

'보스가 이번 달은 봐주기로 했지만…….'

딱 이번 달까지다. 다음 달부터는 원래대로 상납을 해야 됐다.

단돈 1센트라도 부족한 순간 경고.

경고가 누적된 간부가 어떻게 되는지 알고 있는 사내로선 초조해질 수밖에 없었다.

"단골들에게 연락 돌려. 모레부터 5퍼센트 할인한다고."

"하지만…… 음, 알겠습니다."

"여자들은?"

바텐더는 대답 대신 밑을 보며 발을 굴렀다.

그에 밑을 보며 고개를 끄덕인 사내는 담배를 물었다.

"모레 뉴욕항으로 갈 년들이니까 내일쯤 씻기도록 해."

그다음 무역선에 실려 뱃놈들을 상대하며 바다를 떠돌다 죽게 될 거다.

"예. 그렇게 하겠습니다."

"후우."

ㅡ다음 뉴스입니다.

술잔을 마시던 백인 사내는 귓가를 때리는 앵커의 음성에 고개를 돌렸다가 눈을 크게 떴다.

ㅡ7년 전 국민들의 가슴을 아프게 했던 조나단 모건을 납치한 메디슨 무어는…….

"풉!"

'저 자식이 왜 뉴스에 나와!'

"빌?"

ㅡ메디슨 무어의 남편이자 마약 판매책인 올리버 무어는…….

"빌어먹을!"

엉덩이를 들썩인 백인 사내, 빌은 다급히 핸드폰을 들었다.

"난데! 보스에게 나 다시 여행 좀 간다고 전해 줘! 왜긴 왜야! 내가 마약을 공급하던 놈이 잡혀갔으니까 그렇지!"

전화를 끊은 그는 어느새 조용해지다 못해 이쪽을 쳐다보는 손님들, 아니 조직원들의 모습에 얼굴을 구겼다.

"뭐해! 가게 문 닫을 생각 않고!"

"……FUCK! 경찰이 왔는지부터 확인해!"

"후문 아무 이상 없답니다!"

"정문 쪽에 차량이 많이 다닌답니다!"

"빌!"

바텐더가 던지는 장부 가방을 받아 든 빌은 다급히 펍의 후문으로 몸을 날렸다.

부르릉!

빌이 탄 차는 붉은 후미등을 빛내며 뉴욕의 어둠을 향해 출발했고, 잠시 후 그 차의 근처에 서 있던 차가 시동을 켜며 빌의 차를 뒤따랐다.

* * *

−이번 건은 나도 무리했다는 거 알지?

원래는 총경급 이상 고위 간부만이 갈 수 있는 곳인 FBI.

제아무리 FBI의 요청이 있었다고 해도 이는 형평성이 어긋나는 일이다. 그것이 조직 사회.

그런 박종명 청장의 말에 종혁의 입술이 비틀렸다.

"감사합니다. 이 은혜는 잊지 않겠습니다."

-잘 알아들은 것 같군. 잘 배우고 와.

"충성."

통화를 종료한 종혁은 침을 뱉었다.

"알아듣기는 씨발."

내가 네 뒤를 봐줬으니 충성하라는 말에 종혁은 귀를 거칠게 후비며 다시 복도를 걷기 시작했다.

그렇게 캘리 그레이스의 수사팀 사무실 앞에 선 종혁은 돌연 웃음을 터트렸다.

"내 살다 살다 FBI에서도 일을 해 보네."

회귀 전에도 경정까지는 진급했던 종혁.

하지만 그 이상의 진급은 엄두조차 내지 못한 채 중간 간부로서 생을 마감했다.

그런데 이번 생에는 서른도 채 되지 않은 나이에 다녀오기만 하면 진급은 확정된다는 해외 연수에 오게 된 것이다.

심지어 총경에서 멈추지 않고 더 위로 올라갈 수 있다고 평해지는 FBI 연수를.

감회가 남다를 수밖에 없었다.

"이게 먹힐 줄은 몰랐는데……."

이 문을 넘는 순간 정말 FBI가 되는 거다. 정확히는 대한민국 경찰청 소속의 NYPD 연수 경찰의 FBI 연수지만.

서로의 이해가 상충되지 않았다면 나올 수 없는, 유례가 없는 일이었다.

"족보 한번 아름답게 꼬이네."

그래도 좋았다.

'이번엔 제대로 배운다.'

몇 년 전 잠깐 견학을 하며 수박 겉 핥기식으로 배운 게 아니라 제대로 FBI의 수사 시스템을 익혀야 한다.

그래야 한국에 가서 모든 경찰이 꿈에서나 그리는 그런 수사팀을 만들 수 있을 거다.

이게 FBI에 온 가장 큰 목적. 진급이나 올리버 무어에게 약을 판 놈을 족치는 것보다 더 큰 목적이었다.

주먹을 쥐었다 폈다 하며 마음을 다잡은 종혁은 숨을 길게 내쉬었다.

"후, 그럼 들어가 볼까?"

종혁은 거침없이 문을 열고 들어갔고, 이내 곧 FBI 특유의 풍경이 종혁을 반겼다.

웅성웅성.

2인 1조로 나뉜 책상들과 온갖 자료들이 붙은 화이트보드 앞에 서서 이야기를 나누는 요원들.

저마다 FBI라는 글자가 크게 박힌 점퍼를 입고 있는 요원들은 다소 거칠고 날것의 느낌을 주는 한국의 형사나 NYPD의 형사들과는 달리 정돈되고 절제된 분위기를 풍겼다.

그렇게 한 손에 커피, 다른 한 손에는 도넛을 든 채 아침 일과를 시작하던 요원들은 사무실에 이물질이 생긴 것 같자 고개를 돌렸다가 눈을 크게 떴고, 이내 곧 사무실이 조용해져 갔다.

그때, 구둣발 소리가 그 침묵을 깨트렸다.

"어서 와요, 최."

종혁을 기다리던 캘리 그레이스가 힘을 주어 악수를 하자 그녀의 팀원들은 눈을 빛냈다.

불과 몇 년 전, 자신들이 저지를 뻔한 치명적인 실수를 막아 준 한국의 경찰대 생도였던 최종혁.

그가 정식 경찰이 되어 다시 FBI에 온 거다.

아니, 범죄학계의 거물이 되어 나타났다.

"환대해 주셔서 감사합니다, 보스. 그리고 다들 오랜만입니다."

모르는 사람도 있지만 아는 사람이 더 많다.

종혁은 그때 자료 조사 담당이었던 여성을 향해 손을 흔들었고, 그녀는 배시시 웃으며 커피잔을 들었다.

짜악!

"자, 다들 주목!"

캘리 그레이스는 요원들이 시선이 모이자 말을 이었다.

"오늘부터 여기 최가 우리 팀의 소속으로 일을 하게 됐다. 모두 환대해 주도록 해."

짝짝짝짝!

"반가워, 최!"

"오랜만이야, 슈퍼맨!"

'그놈의 슈퍼맨은 진짜.'

종혁은 손을 흔드는 것으로 화답을 했고, 그렇게 인사가 끝나자 캘리 그레이스는 종혁을 툭 치곤 안쪽의 반장실로 향했다.

그런 그녀를 따라간 종혁은 사무실 안에 있는 선객을 발견하곤 자신도 모르게 손을 움찔거렸다.

'피 냄새!'

정장을 입고 있지만 맹수다. 그것도 피를 수없이 본 도살자.

이런 종혁의 반사적인 반응에 커피를 홀짝이던 장년인이 눈을 빛낸다.

"호오."

'시발.'

실수를 했다는 걸 깨달은 종혁은 얼굴을 붉히며 캘리를 봤다.

"호호. 서로 인사해. 이쪽은 DEA의 앤드류 깁슨. 깁슨?"

"누군지 알고 있지. 반갑습니다. 깁슨입니다."

종혁은 DEA란 말에 왜 자신의 코가 예민하게 반응했는지를 이해할 수 있었다.

미국 내에 있는 여러 마약반들과는 달리, 여러 주와 국경을 넘나들며 마약 밀수입 현장이나 제조 현장을 급습하는 DEA.

그 탓에 총기로 중무장한 마약 조직들을 상대하는 일이 많아 요원들이 사망하는 일도 잦은, 총과 피에 밀접한 기관이 바로 그곳이었다.

실제로 과거에 한 마약 카르텔의 조직원이 분수를 모르

고 DEA 요원을 살해하는 사건이 벌어진 적이 있었다.

분노한 DEA는 철저한 피의 보복을 가했고, 당시 멕시코를 주름잡았던 거대 카르텔은 조직원 한 명의 실수로 인해 완전히 궤멸되고 말았다.

그날 이후, 남미의 마약 카르텔은 차라리 정부군을 건드리면 건드렸지, DEA는 절대 건드리지 않게 되었다.

"최종혁입니다. 방금 전엔 실례했습니다. 그런데 DEA가 여긴 왜……."

종혁은 캘리를 봤다.

"설마 빌이라는 놈 때문입니까?"

올리버 무어에게 마약을 공급한 놈이자 마약 조직의 중간 간부, 빌 머레이.

올리버의 동업자였던 브룩의 증언으로 뉴욕 마약 조직의 중간 간부인 것은 확인됐으나, 이름과 직책 외엔 파악된 것이 전혀 없는 인물이다.

올리버는 입을 꾹 다물고, 올리버의 핸드폰과 메일을 포렌식했음에도 나오는 정보가 전혀 없는 탓에 답답하던 차에 DEA가 나타났다.

그림이 그려지자 종혁은 재밌다는 듯 웃었다.

"DEA가 주목하는 놈 중 하나인가 보네요. 아니면 그 조직에 DEA의 위장 요원이 잠입해 있거나."

흠칫!

마치 네가 말했냐는 듯 캘리를 본 앤드류 깁슨은 어깨를 으쓱이는 그녀의 모습에 돌연 웃음을 터뜨렸다.

"푸핫! 캘리, 나 이놈 마음에 들어. 주라."

"한국 경찰이야."

"으음. 뭐 상관없나? 애송이, 우리 DEA에 올래?"

"관심 없습니다."

"쩝, 아쉽군. 관심 있으면 얼마든지 연락 줘."

종혁의 손에 명함을 쥐여 준 앤드류 깁슨은 사무실에 블라인드를 쳤다.

좌라락!

앤드류 깁슨은 다시 커피를 홀짝이며 입을 열었다.

"빌. 빌 머레이. 미들스쿨 때부터 보셀리 패거리, 통칭 마그마 록에 투신해 올해 10년 차가 된 놈으로 고작 28살이란 어린 나이에 마그마 록의 중간 간부가 된 놈이지."

"보셀리 피에트로? 그놈의 패거리였다고?"

캘리는 설명을 해 달라는 듯한 종혁의 시선에 골치 아프다는 듯 이마를 잡으며 말을 이었다.

"끙······. 뉴욕에 클럽과 선박 회사, 투자 회사, 건설 회사, 모델 에이전시 등을 운영하는 사업가로, 겉으로 보기엔 건실해 보이지만······."

그 정체는 이탈리아계 마피아다. 그것도 상당한 힘을 지닌 권력자들과 밀접한 관계를 맺은.

"탈세에 살인 교사, 마약, 성매매, 감금, 협박, 갈취 등등 혐의는 많지만 쉽게 건드리기가 힘든 거물이에요."

학교, 사회복지재단, 야생동물 보호단체, 여성인권단

체 등을 세우며 대중들에게 큰 호감과 인기를 끌고 있는 인물이기에 더 그렇다.

섣불리 건드렸다가 그가 빠져나가기라도 하는 날엔 엄청난 역풍을 맞게 될 테니까.

"푸핫! 깡패 새끼가 별걸 다하네요. 뭐요? 성매매를 하는 놈들이 여성인권이요? 푸하하하핫!"

이럴수록 이곳이 한국이 아니라는 게 더 실감 난다.

약이나 술을 팔아먹기도 벅찬 한국 조직폭력배들과 다르게 이놈의 마피아들은 별걸 다 한다.

이러니 경찰이건 FBI이건 쉽게 건드리지 못하는 거다.

"와, 씨발. 오랜만에 빵 터졌네. 혹시 월가의 괴물들 정도로 거물인 겁니까?"

"……거긴 초법(超法) 구역이에요, 최."

법을 초월한 인물들. 월가의 괴물을 건드리려면 FBI 뉴욕 지국장 목부터 걸어야 했다.

"그럼 됐습니다."

"네?"

월가의 괴물들처럼 상대하기 벅찬 수준만 아니라면 문제없다. 그와 동시에 이제야 DEA가 무거운 엉덩이를 움직인 이유가 모두 이해됐다.

"이봐, 애송이. 한국은 총기 규제가 심해서 마피아 놈들이 밍밍할지 모르겠지만, 이놈은 그렇게 단순하게 말할 수 있는 놈이 아니야."

"단순합니다만?"

여차하면 총을 쏴 버리는 게 한국과 다를 뿐, 종혁에게 있어선 놈도 결국 그 궤를 크게 벗어나지 않는 똑같은 범죄자에 불과했다.

"후우. 말이 안 통하는군."

관자놀이를 누른 앤드류 깁슨은 말을 이었다.

"단도직입적으로 말하지. 여기서 그만둬. 빌 머레이 이 놈도 이미 튀었으니까. 아마 올리버 무어의 검거 때문에 지레 겁먹고 튀었겠지."

빌 머레이, 마그마 록에 닿을 유일한 끈이 사라졌는데 어떻게 마그마 록을 검거할 거냐는 물음에 종혁은 코웃음을 쳤다.

"DEA의 정보만 있다면 아무 문제도 없습니다."

"뭐?"

"이럴 줄 알고 올리버 무어와 반년간 통화, 문자를 나누었던 모든 이들에게 싹 다 감시를 붙여 놓은 상태거든요."

지금까지 움직이지 못했던 건 그들 중 누가 빌 머레이인지 몰랐기 때문이다.

DEA의 정보로 그가 누구인지 특정할 수만 있다면, 어디로 튀었는지 알아내는 건 금방이었다.

"어떻…… 게? 넌 미국이 거의 처음……."

"미국은 탐정이 합법이라면서요?"

"미친……."

캘리 그레이스도 아연실색한다.

"대체 돈이 얼마나 많기에⋯⋯."

"우리 어머니가 수완이 좋으셔서요."

싱긋 웃어 준 종혁은 이내 생각에 잠겼다.

'그나저나 이 씹새끼들이 별걸 다 하네?'

정의의 편이어야 할 정치인과 언론이 저놈들의 편이다.

이런 상황에서 보셀리 피에트로의 집 근처를 얼쩡거리기만 해도 신문에 대서특필되고 상부의 압박을 받을 거다.

'그 누구라도 인정할 만한 확실한 증거가 없는 이상 그렇게⋯⋯.'

"흐응."

갑자기 떠오른 생각에 검지로 볼을 두드리던 종혁은 앤드류 깁슨을 봤다.

"잠입시켰다는 요원은 지금 마그마 록에서 어느 정도의 위치에 있습니까?"

"⋯⋯중간 간부지. 곧 고위 간부에 오를 거고."

"오, 빡세게 노력하셨네."

아마 그 위치까지 오르기 위해서 묻히고 싶지 않은 피를 많이 묻혔을 거다.

'끄응. 이러면 나가린데⋯⋯.'

잠입 요원을 중간 간부로 만들기 위해 얼마나 많은 지원을 했을까. 그걸 생각하니 머릿속에 떠올랐던 아이디어들이 다시 가라앉는다.

더욱이 곧 고위 간부가 된다지 않은가.

고위 간부만 되면 증거 확보는 시간문제. 이렇게 저쪽에서 양념을 예쁘게 쳐 놨는데, 여기서 깽판을 쳐서 놈을 놓친다?

그땐 역풍이 문제가 아니라 DEA에게 미안해서 견디지 못할 거다.

종혁은 머리를 벅벅 긁었다.

'아오, 씨. 이거 화풀이도 제대로 못하겠네.'

"오케이. 알았습니다. 대신 빌 머레이는 내 겁니다."

이놈이라도 족쳐야 이 미진한 마음이 어느 정도 가실 것 같다.

"딜."

종혁은 앤드류 깁슨이 내미는 손을 잡았고, 앤드류 깁슨은 오길 잘했다며 가슴을 쓸어내렸다.

앞으로 어떤 일이 벌어질지도 모르고서 말이다.

5장. 부서진 꿈

부서진 꿈

　곳곳엔 부품이 모두 뜯긴 차와 수거되지 못한 쓰레기가 방치되어 있고, 한 집 걸러 살기 가득한 고함들이 터져 나오는 거리.

　"제발 죽어!"

　"꺼져!"

　뉴욕에서 가장 위험한 동네 경찰조차 무서워 하루 한 번이나 겨우, 그것도 단단히 무장을 한 채 순찰을 하는 할렘가.

　그런 할렘의 한 주택에서 욕설이 튀어나온다.

　"빌어먹을!"

　캉! 캉캉!

　벽에 부딪쳐 튕겨 나온 빈 맥주캔이 바닥을 뒹군다.

　"여길 떠날 때만 해도 다시 오지 않겠다 다짐했는데……."

치익! 딱!

다른 맥주캔을 딴 빌 머레이는 이를 간다.

"올리버 무어, 이 개새끼……!"

이번엔 다 마시지도 않은 맥주캔을 던져 버린 빌 머레이는 숨겨 뒀던 핸드폰의 전원을 켰다.

─빌!

"상황은 좀 어때?"

─아직까진 조용합니다.

"……창녀 거래는?"

마그마 록의 산하 패밀리, 빌 머레이의 머레이 패밀리가 운영하는 사업 중 하나인 창녀 거래.

마약 사업 다음으로 돈이 되던 사업으로, 빌 머레이에게 있어서 상당히 중요한 돈줄이었다.

그러나 올리버 무어가 검거되며 피신을 한 탓에 예정된 거래가 어그러지게 되었다.

이로 인해 신용에 금이 가게 된 빌 머레이에게 계속 사업을 맡길 만큼 마그마 록은 호락호락한 단체가 아니었다.

─컴즈 패밀리가 넘겨받기로 했습니다.

"하필!"

빌 머레이의 머레이 패밀리와 라이벌 관계인 컴즈 패밀리.

"수, 숙소까지?"

창녀들의 숙소 건물. 그것도 머레이 패밀리의 자산이었다.

─……예.

"대가는?"

-컴즈가 관리하던 업소 두 개와 맞바꾸기로 했습니다.

"음. 그렇다면 다행이긴 한데……."

'보스는 무슨 생각으로 컴즈 그 자식에게!'

보스가 빌 머레이 자신의 라이벌에게 사업체를 넘겼다. 빌 머레이로서는 안 좋은 생각이 들 수밖에 없었다.

-빌?

"후우. 알았어. 몸 조심해."

-예. 빌도 조심하십시오.

통화가 종료되자 다시 핸드폰 전원을 끈 빌 머레이는 담배를 입에 물었다.

"빌어먹을 컴즈 자식!"

마음을 진정시키려 했지만 지금쯤 창녀 사업을 넘겨받고 웃고 있을 컴즈를 생각하니 그럴 수가 없다.

빠드득!

"그렇게 웃는 것도 잠시뿐이다, 컴즈. 내가 복귀만 한다면……."

컴즈 패밀리를 모조리 씹어 먹을 거다.

그리고 컴즈의 아가리에 총구를 박아 넣고, 그의 사업체를 모두 흡수할 거다.

"그럼 보스도……."

자신을 인정할 수밖에 없을 터.

그럼 마그마 록의 고위 간부가 되는 것도 무리가 아니었다.

"고위 간부라……."

넓은 수영장이 있는 저택에서 몸매 죽이는 미녀들을 옆구리에 끼고 경찰 고위 간부들과 비즈니스에 대해 이야기를 나누는 고위 간부. 그에겐 꿈이자 목표와 다름이 없는 세상.

"흐흐흐."

쿠당탕!

옆집에서 들리는 무언가 부서지는 소리. 그가 이곳 은신처에 온 다음 날부터 들리기 시작한 소리다.

얼굴을 구기며 고개를 돌린 빌 머레이는 혀를 찼다.

"진짜 저건 뭔 미친놈인지."

뭐하는 미친놈이기에 이 거지 같은 동네에, 모든 주민이 벗어나고 싶어 안달인 이 거지 같은 동네에 제 발로 기어 들어온 걸까.

"쯧. 내가 신경 쓸 일은 아니지."

그는 앞에 놓인 위스키를 들고 일어서 2층으로 향했다.

한 번 시작되면 두 시간은 시끄러우니 2층에 있는 방에서 방금 전 하던 핑크빛 미래나 다시 그리며 술에 취해 자려는 것이었다.

"아, 오늘 보스턴 그 개자식들과 클리블랜드의 경기였던가?"

그가 응원하는 뉴욕 양키스를 이기고 진출한 보스턴 레드삭스.

빌 머레이는 이를 갈며 2층으로 향했고, 그의 옆집에서

헌 가구를 집 밖으로 던지고 쪼개던 흑인 남성은 빌 머레이의 집을 보며 눈을 빛냈다.

* * *

부우우웅!

도로를 내달리는 FBI SWAT(Special Weapons Assault Team).

그 뒤를 따르는 검은색 방탄 SUV에 탄 종혁이 혀를 내두른다.

"미국은 이게 좋단 말이지."

범인 검거에 위험요소가 있을 거라고 판단되자 곧바로 SWAT와 함께 출동할 수 있게 해 주었다.

SWAT를 출동시키려면 온갖 절차와 서류, 심사를 받아야 하는 한국과는 비교도 할 수 없이 간편화된 시스템.

"시발. 이래야 현장에서 죽어 나가는 경찰들을 살리지."

안 그래도 부족한 경찰, 범인을 검거하려다 순직하는 경찰이 한 해에 몇 명이던가. 정말 부러운 시스템이었다.

혀를 찬 종혁은 빌 머레이의 신상 정보를 읽어 내렸다.

"10살부터 폭행이라⋯⋯."

그뿐만 아니라 특수폭행, 집단폭행, 강간미수, 마약 소지, 투여, 판매 등 온갖 범죄를 저지른, 그것도 이 모든 범죄를 고작 12살 이하의 나이에 다 저질렀다.

하지만 그로 인해 받은 형량은 총합해야 겨우 3년.

구제불능의 개새끼였다.

다 읽어 내린 종혁은 뒷자리에 앉은 요원에게 파일을 넘겼고, 곧 이가 갈리는 소리가 났다.

지이잉!

차창을 내린 종혁은 담배를 물며 하늘을 응시했다.

"우라지게 맑네."

이제 곧 11월이라서 그런지 날씨도 살벌해질 만큼 추워지고 있다.

"창문 올려. 곧 할렘에 도착하니까."

여차하면 경찰도 쏴 버리는 할렘의 갱들. 그렇다고 한들 감히 FBI를 건드리진 못할 테지만 혹시 모를 일이다.

운전대를 잡은 요원의 그 말에 불도 붙이지 못한 담배를 수습한 종혁에게 뒷좌석에 앉은 요원이 말을 걸었다.

"정말 빌 머레이 이 개자식이 그 집에 있는 거 맞지?"

"우리가 출발하기 전까지는 그렇다는 보고를 받았는데…… 잠시만요."

종혁은 빌 머레이의 옆집에 있을 탐정에게 전화를 걸었다.

─예, 의뢰인.

"빌 머레이는요?"

─방금 전까지 포스트 시즌에서 뉴욕 양키스를 이긴 보스턴 레드삭스를 저주하다가 잠든 것 같습니다. 열화상 카메라에도 그가 2층에 있는 걸로 나오고요. 빌 머레이

외에 다른 인물은 집에 없습니다. 찾아온 사람도 없습니다. 그런데…….

종혁은 망설이는 탐정의 행동에 미간을 좁혔다.

─아무래도 빌 머레이가 포주 짓도 하는 것 같습니다. 누군가와의 통화에서 창녀 거래라는 말이 나왔습니다.

"……알겠습니다. 저희 곧 도착하니까 수고해 주세요."

─예. 그리고 이런 환경을 제공해 주셔서 정말 감사합니다, 의뢰인.

잠복을 할 집과 도청 장치, 열화상 카메라 모두 종혁의 주머니에서 나온 돈으로 구입한 거다. 의뢰인의 의뢰를 완수하기 위해 별의별 짓을 다하는 그들조차도 처음 받는 대우.

"뭘요. 그럼 끊습니다. 2층에 있답니다. 그사이 찾아온 사람은 없고요."

"알았어."

운전대를 잡은 요원은 무전기를 들어 SWAT에게 변경된 사항을 전달했고, 종혁은 어이없다는 듯 웃었다.

'씨발 새끼가 별걸 다 하네.'

마약 거래로 모자라 성매매까지. 헛웃음만 나왔다.

"최, 무장 점검해. 1분 후에 할렘에 진입할 거야."

"예."

품 안에서 권총을 꺼낸 종혁은 약실을 확인하며 방탄복을 두드렸고, 이윽고 그들이 탄 차는 할렘에 진입했다.

그 순간 차 안에 있음에도 확연히 달라지는 공기.

한 집 걸러 한 집, 높다란 철조망이 담벼락을 대신해
쳐져 있고, 마치 일광욕을 하려는 듯 어느 집 앞의 마당
에 앉아 있던 흑인들이 권총과 소총을 꺼내 들며 경계 어
린 눈빛을 보내온다.

"방금 전 그 흑인들은 로먼 패거리야. 여기 할렘을 지
배하는 놈들 중 하나지."

"아, 그래요?"

종혁은 눈빛을 가라앉혔다.

SWAT까지 함께하는 작전이지만, 여차하면 목숨이 위
험할 수 있는 상황. 방금 전 그 흑인들을 보니 더 그렇게
느껴진다.

긴장감이 샘솟듯 솟기 시작했다.

ㅡ도착 10초 전!

부아아앙!

끼이익!

선두 SWAT 차량이 브레이크를 밟으며 대원들이 뛰어
내리자 종혁도 차에서 내려 언제든 총을 쏠 자세를 취했
다.

후다다닥!

소총을 앞세우며 빠르게 빌 머레이의 집을 포위하는
SWAT.

쿵쿵쿵!

"FBI다! 문 열어! 마지막으로 경고한다! 문 열어! ……
부숴!"

SWAT 대장이 물러나며 외친 말에 둥근 쇠기둥을 든 요원들이 현관문을 향해 쇠기둥을 부딪친다.

그러자 단숨에 부서지는 문.

"진입! 진입!"

쿠당탕! 우당탕!

SWAT 대원들이 집 안으로 들어가며 소음을 일으키자, 종혁은 다른 FBI 요원들과 함께 2층 빌 머레이의 방을 향해 권총을 겨누었다. 이것이 검거 시의 매뉴얼.

종혁의 눈빛이 차갑게 가라앉았다.

쿵쿵쿵!

"FBI! OPEN UP!"

번쩍!

들리지 말아야 할 소리에 기겁하며 눈을 뜬 빌 머레이가 바닥을 응시한다.

쾅, 쾅, 콰직!

"MOTHER FUCK!"

'대체 어떻게 여길?!'

순간 온갖 생각이 떠오르는 그.

하지만 이내 고개를 털은 빌 머레이는 다급히 권총을 꺼내 들며 이를 악물었다.

후다다닥! 쿵쿵쿵쿵!

FBI가 2층으로 올라오는 소리에 빌 머레이는 더 다급해졌다.

"빌어먹을!"

'도망쳐야 해!'

하지만 도망칠 곳이 있을까.

이대로 문을 방문을 여는 순간 벌집이 될 게 분명한 상황.

발을 동동 구르던 빌 머레이는 방문 외에 유일한 출입구인 창문을 보며 이를 악물었다.

'어쩔 수 없지!'

단 1초라도 좋다. 집 안으로 난입한 FBI를 따돌릴 수만 있다면 말이다.

결단을 내린 그는 창문을 향해 몸을 날렸다.

그 순간 빌 머레이의 눈에 들어오는 마당의 풍경.

이쪽을 향해 총구를 겨누고 있는 FBI 요원들의 모습에 그는 눈앞이 아득해지는 걸 느꼈다.

'빌어먹을…….'

콰장창! 쿠웅!

"크헉!"

바닥에 떨어진 충격에 순간 숨이 멎었던 그는 도망을 치기 위해 다급히 몸을 일으켰다.

하지만…….

철컥!

"움직이지 마. 대가리에 구멍 뚫린다."

"……Fuck."

빌 머레이는 관자놀이에 겨눠진 총구에 양손을 들며 엎

드렸다.

그렇게 그가 그렸던 핑크빛 미래는 박살 나고 말았다.

* * *

번쩍! 번쩍!

파랗고 빨간 불빛을 번쩍이는 차에 타 있는 빌 머레이를 일견한 종혁은 집 안에서 발견한 장부들을 훑어보며 헛웃음을 터트렸다.

마약 거래 장부에 뇌물 장부, 화대 장부까지.

심지어 어디서 몇 시에 마약 거래를 했고, 여성들의 숙소는 어디이며, 그녀들의 신분증과 여권도 다 있었다.

이것만 증거물로 제출해도 거의 20년 형이 확정이었다.

"얼씨구? 누가 고객이었는지까지 다 적어…… 응?"

친절하게 고객 이름이나 회사 이름까지 적어 놓은 화대 장부를 읽어 내리던 종혁이 고개를 모로 기울였다.

"1만 8천 달러? 2만 달러?"

하룻밤 화대로 생각하기엔 너무도 과한 액수.

콜걸 조직 소탕 작전에서 콜걸을 부를 때도 이 정도는 아니었다. 최고급 멤버십에서 부른 여성이었어도 4천 달러 수준.

"이건 뭐지?"

"최, 이만 철수하자고. 이 동네에 오래 있는 건 바람직

하지…… 음?"

종혁에게 다가왔던 FBI 요원이 종혁과 똑같은 것을 발견하고는 눈을 비빈다.

"뭐, 뭐야. 이 금액은?!"

FBI도 놀랄 액수. 순간 종혁의 머릿속에 아까 전 탐정에게 들은 창녀 거래라는 단어가 스치고 지나갔다.

"……아, 씨발. 좆같네."

얼굴을 구긴 종혁은 차로 걸어가 빌 머레이의 멱살을 잡았다.

"컥?!"

"야, 똑바로 말해. 너 여자들을 팔아넘긴 거냐?"

"흡?!"

경악하는 그의 얼굴이 대답이었다.

이를 간 종혁은 철수 준비를 끝마친 SWAT를 향해 크게 외쳤다.

"잠깐! 미안한데 한 탕만 더 뜹시다!"

여성들의 숙소도 급습을 해야 할 것 같았다.

* * *

스프링이 드러난 침대 위.

알몸의 여성이 깜빡이는 전등을 멍하니 응시하다 문 쪽을 바라본다.

"……없네."

얼마나 말을 하지 않은 건지 갈라지는 목소리.

갈증을 느낀 그녀가 마실 것을 찾는다.

하지만 마실 것은 바닥에 굴러다니는 캔콜라 하나와 수돗물이 반쯤 담긴 더러운 물병뿐.

습관적으로 콜라를 향해 손을 뻗었던 여성은 순간 멈칫했다.

모델을 꿈꿨던 옛날엔 꿈도 꾸지 못했던 콜라.

'내가 어쩌다 이렇게 됐지?'

케이티 모스, 지젤 번천 등 화려한 조명이 비추는 런웨이를 누비는 톱모델들에게 반해 그들처럼 되고자 상경한 뉴욕.

시골 소녀였던 그녀에게 있어 뉴욕은 참 냉혹하고 삭막한 도시였다.

그러다 우연한 기회에 등록하게 된 록 모델스쿨.

그곳에서 모델에 대한 것을 전문적으로 배우며 그 꿈을 더욱 부풀려 갔고, 록 에이전시와 계약을 맺었을 땐 세상을 다 가진 듯했다.

'그러다…… 그러다 파티에…….'

록 에이전시의 사장 보셀리 피에트로가 개최하는 파티에 갔고, 거기서 마약에 중독되어 버렸다.

"딱 한 잔 마셨을 뿐인데……."

누군가 권한 칵테일 한 잔을 마시고 정신을 잃었고, 록 에이전시는 마약을 했다는 이유로 위약금을 청구했다.

잡지 모델조차 되지 못한 그녀로선 감당할 수 없는 금액.

그때, 록 에이전시가 은밀히 이 일을 권해 왔고…….

"결국 이 모양 이 꼴이 됐지."

거기까지 생각한 여성은 약에서 깨어 있으니 별의별 생각이 다 난다며 코웃음을 쳤다.

이미 몸도 마음도 다 망가졌는데 이깟 콜라가 문제일까.

꿀꺽꿀꺽!

"끄으윽!"

찰칵! 치이익!

담배에 불은 붙인 그녀는 침대에 걸터앉았다.

"후우우."

'난 이제 어디로 팔려 가는 걸까.'

콜걸에서 길바닥으로, 길바닥에서조차 상품 가치가 떨어진 여성은 다른 지방으로 팔아 버린다는 머레이 패밀리에 넘겨졌으니 아마 버스조차 잘 오지 않는 시골에 팔려 가서 가랑이를 벌리다 누구 씨인지 모를 아이를 낳고 그 지방에 정착하게 될 거다.

그게 마그마 록에 소속된 밑바닥 창녀의 말로.

그것이 이 지옥 같은 삶의 에필로그라는 건 그녀도 이미 익히 알고 있는 내용이었다.

"어디든……."

달칵! 스으윽!

저 빌어먹을 약만 있으면 좋았다.

작게 열린 문틈 사이로 들어온 쟁반을 보며 눈을 빛낸

그녀는 마치 먹잇감을 낚아채는 맹수처럼 네 발로 달려가 약봉지부터 집었다.

"스으읍! 하아아!"

다시 오색찬란하게 빛나기 시작한 세상.

그 순간 어떤 음성들이 두꺼운 문을 뚫고 그녀의 귀에 닿는다.

"이년은 어디에 판다고 했지?"

"펄 메리호였던가? 원양어선일걸 아마?"

"오우, 쉣. 그러면 어떻게 되는 거야?"

"거기서 정액이나 받다가 뒈지는 거지."

'뭐?!'

몽롱하게 풀리던 눈이 커진 여성은 다급히 문에 귀를 가져다 댔다.

"와우. 머레이 패밀리는 여태껏 이렇게 장사한 거였어?"

"거의? 그나마 시골로 팔려 가는 년들은 살 가망성이 있지만, 저렇게 배로 팔려 가는 년들은 바다에……."

'바다에? 바다에 뭐!'

하지만 들리지 않는다.

여성은 다급히 손잡이를 향해 손을 뻗었다.

하지만 약에 취해 흐느적거리는 손.

문을 툭하고 힘없이 두드리는 손에 여성의 정신이 아득해진다.

'죽는다고? 죽어?'

먼저 머레이 패밀리로 넘겨진 친구들이 머릿속을 스쳐 지나간다.

'다 죽었다고?'

샐리, 메리, 클로이…….

시골에서나마 살아갈 거라 여겼던 친구들.

안 된다. 여기에 있으면 안 된다.

"나가서 알려……."

하지만 이젠 정신마저 약물에 젖어 사라져 간다.

'안 돼…….'

그녀의 눈에서 눈물이 흐르는 순간이었다.

콰과광!

"크악!"

"막아!"

갑자기 시끄러워지는 바깥.

여성은 혀를 깨물고 허벅지를 때리며 정신을 차리려고 애썼다.

하지만 그럴수록 정신은 점점 아득한 곳으로 잠수해 갔다. 그래서 그녀는 어느덧 총격이 멈췄다는 걸 모르고 있었다.

벌컥!

"……봐요! ……잖아요?!"

귓가에서 웅웅거리는 목소리.

여성은 마지막 힘을 쥐어짜 손을 뻗었다.

"구해…… 줘……."

팔려 간 친구들을.

지금도 자신들의 끝을 모른 채 지옥에서 살고 있을 친구들을.

종혁은 바짓가랑이를 붙잡는 그녀의 간절한 절규에 낯빛을 딱딱하게 굳혔다.

* * *

띠이! 띠!

종혁이 방금 막 다시 잠든 여성의 볼을 쓰다듬는다.

애나 모리츠. 28세. 모델이 되고자 12년 전 가출해 뉴욕에 상경한 여성.

눈앞에 있는 여성의 프로필이다.

그리고 이런 그녀가 전한 처참하고도 참혹한 진실.

부서져 버린 꿈.

빠드드득!

피가 나도록 이를 악문 종혁은 병실을 빠져나와 핸드폰을 들었다.

─예. 앤드류 깁슨입니다.

"미안합니다, 깁슨."

─……설마, 최? 잠깐. 왜 미안…….

"당신들은 당신들 하던 거 하세요. 난 나대로 움직일 테니까."

─잠깐, 애송이!

통화를 종료한 종혁은 다시 울리는 핸드폰의 배터리를 뽑아 버리며 캘리 그레이스를 응시했다.

"막을 겁니까?"

"……그럴 리가."

빠득!

이놈들은 인간이 아닌 놈들이다.

절대 가만 놔둘 수 없었다.

"그런데 어떡하려고?"

"내가 잘하는 거 해야죠."

돈지랄.

몸을 돌리는 종혁의 눈이 살의로 불타오르기 시작했다.

* * *

뉴욕주에서 부촌으로 둘째가라면 서러운 롱아일랜드의 비치타운 사가포낙에 위치한 커다란 저택.

그곳에서 마치 이사라도 가는 것인지 가구들이 쉴 새 없이 쏟아져 나온다. 새빨간 딱지가 붙은 가구들이.

"이건 저 차로!"

"조심히 옮겨! 그게 얼마짜린 줄 알아?!"

바쁘게 돌아다니는 인부들로 북적이는 1층의 로비.

그곳에 오십대 백인 남성과 사십대의 백인 여성, 그리고 아들과 딸로 보이는 십대 아이들이 망연자실 서 있다.

"어, 엄마."

아무래도 12살 어린 여자아이에겐 충격인 광경일까.

소녀는 눈물을 겨우 참아 내는 여성의 치마에 얼굴을 묻으며 닭똥 같은 눈물을 뚝뚝 흘린다.

구르르륵!

"아, 그건⋯⋯!"

6살 기념 크리스마스 선물로 딸아이에게 처음 사 준 피아노.

"뭐요?"

"아, 아닙니다."

치미는 울음을 겨우 참아 낸 남성은 멀어져 가는 피아노를 힘겹게 떠나보낸다.

아들에게 처음 사 준 기타도, 아내에게 처음 사 준 반지도 모두 떠나보낸다.

'왜⋯⋯ 어쩌다⋯⋯.'

대체 어쩌다가 이렇게 되어 버린 걸까.

지난 삶이 그의 머릿속을 파노라마처럼 스쳐 지나간다.

찢어지게 가난했던 어린 시절, 입이라도 하나 덜고자 찾아간 공사장.

5남 6녀 가족들을 위해 정말 미친 듯 일했고, 30살이라는 나이가 됐을 때 겨우 자신의 이름을 딴 작은 건설사무소를 차릴 수 있었다.

그의 인생 2막은 그때서부터 본격적으로 시작됐다.

마치 신의 은총이라도 받은 듯 사업은 나날이 번창해 갔고, 아내를 만나 세상 전부를 다 준다고 해도 바꿀 수 없는 자식들을 낳았다.

그렇게 달려오다 보니 어느덧 56세.

인생의 3막, 은퇴를 준비할 때였다.

그놈의 빌어먹을 경기 침체만 아니었다면 그렇게 됐을 거다.

첫 시작은 2006년 말 공사 대금이 지연되면서부터였다.

이후 하나둘 공사 대금이 지연될 때만 해도 그는 괜찮다고 스스로를, 직원들을 다독였다.

하지만 2007년이 되자 공사 대금을 계속 지연하던 업체들이 결국 하나둘씩 파산해 갔다.

받아야 할 공사 대금이 모두 허공으로 날아가자, 안 그래도 삐걱거리던 회사는 스트레이트를 제대로 얻어맞은 것처럼 그로기 상태가 되었다.

그리고 은행이 대출 및 채권 추심이라는 결정타를 날렸다.

아무리 애원하고 매달려도 은행은 냉정하게 돈을 회수했다.

정말 순식간이었다. 뉴욕주에서 손꼽히던 그의 회사가 파도에 쓸린 모래성처럼 스러진 건……

꽈아악!

"여보……"

"응? 아!"

그는 핏방울이 맺힌 주먹을 펴 주는 아내의 모습에 애

써 웃었다.

"괘, 괜찮아! 사업을 하다 보면 이렇게 파산을 할 수도 있는 거지!"

자식들 앞에선 언제나 당당해야 하는 아버지는 차오르는 눈물을 닦으며 희망찬 말을 꺼냈다.

"난 다시 공사장에 나가면 돼! 그럼 몇 년 안에 우린 다시 우리 집을 찾을 수 있을 거야!"

다행이라면 애들 학비를 모두 납입했다는 거다. 정말 천만다행이었다.

"……나도 도울게요."

"무슨……! 여보, 내가 당신이랑 애들을 굶기겠어?! 나 윌리엄이야! WRM건설의 윌리엄!"

사내, 윌리엄은 가슴을 두드리며 호언장담을 했지만, 받아들이는 가족으로선 그럴 수 없었다.

"……나도 같이 나가요, 아빠."

"파웰!"

"어, 어차피…… 어차피 아빠 회사를 물려받을 사람은 저잖아요? 몇 년 일찍 현장을 배운다고 생각하죠, 뭐!"

환하게 웃는 아들. 갑자기 커 버린 아들의 대견한 말에 윌리엄의 억장이 무너진다.

"나도 혼자서 공부 할 수 있어! 과외선생님 안 불러도 돼!"

'아, 아니야. 그러지 마…….'

안 된다. 윌리엄 자신은 비록 다시 진창을 굴러 상처투성이가 되더라도 내 자식들만은 편한 길을 걸어야 한다.

'그러기 위해 그동안 악착같이……'

"그러니 우리 함께 일어서요, 아빠."

"우리 아들이 참 많이 컸죠, 여보?"

"하이파이브야? 나도! 나도!"

덜컥!

이젠 짐을 나눠지자는 가족들의 말에 윌리엄은 결국 무너지고 말았다.

"흐엉! 흐어어어엉! 미안해, 여보. 미안해, 파웰! 스테파니!"

못난 아비는, 못난 남편은 울고 또 울었다.

"이제 가요. 여보."

"……그래, 에밀리. 애들아."

"어머. 당신?"

"부부 간의 사랑은 자식들이 없는 곳에서 해 주세요. 제발."

"하하핫!"

윌리엄은 웃으며 발을 내디뎠다.

그 순간이었다.

"윌리엄 홀튼 씨?"

"누, 누구……."

윌리엄은 자신에게 다가온 검은 선글라스의 사내에 혹시나 자신도 모르는 빚쟁이일까 굳어 버렸고, 사내는 그런 윌리엄을 보며 걱정 말라는 듯 싱긋 웃었다.

"CIA에서 나왔습니다."

"C, CIA?"

"당신을 만나고자 하는 사람이 있습니다."

"나를…… 말입니까?"

"예. 정확히는 당신에게 기회를 주려는 사람이죠. 재기할 기회를."

"……?!"

"초대에 응하시겠습니까?"

그 말을 건네는 CIA 요원의 미소는 악마의 유혹보다 더 치명적이고 위험했다.

* * *

그 옛날 플라자 합의가 이뤄진 뉴욕의 플라자 호텔.

연회홀의 입구에 선 윌리엄이 숨을 가다듬는다.

너무도 치명적이고 위험해 보였지만, 그만큼 달콤했던 유혹을 뿌리치지 못하고 이 자리에 오게 된 윌리엄은 연회홀의 문손잡이를 보며 갈등에 휩싸였다.

오긴 왔지만, 불길한 기분.

그런 그의 머릿속에 아내와 자식들의 얼굴이 스친다.

"……그래. 어차피 더 잃을 것도 없어."

인생의 마지막 도박이었다.

이를 악문 그는 손잡이를 잡았다.

달칵!

안으로 발을 성큼 내디딘 그는 방금 전 각오가 무색하게도 멈출 수밖에 없었다.

연회홀 중앙에 덩그러니 하나만 놓여 있는 긴 사각 테이블에 앉은 세 명.

'저, 저 사람들은?!'

모두 아는 얼굴이었다. 불과 작년까지만 해도 이곳 뉴욕에서 내로라했던 인사들이었으니까.

"……호오. 당신도 초대를 받았나 보군요."

"오랜만입니다, 윌리엄 씨."

"예, 예. 오랜만입니다."

얼떨떨해 하며 빈자리에 앉은 윌리엄은 조심스럽게 말을 꺼냈다.

"혹시 여러분도 CIA의 초대를 받으신 겁니까?"

끄덕.

낯빛이 굳은 사람들이 고개를 움직인다.

"그, 그럼 누가 저희를 초대한 건지는 아십니까?"

"아뇨. 기회를 준다는 말에 응했을 뿐입니다."

모두 같은 생각이었다.

더 이상 잃을 게 없기에 겨우 할 수 있게 된 생애 마지막 도박. 그들은 사기가 아니기만을 간절히 바랐다.

그 순간이었다.

벌컥!

다시 열리는 연회홀의 문에 고개를 돌린 사람들이 눈을 빛낸다.

선글라스를 낀 거구의 동양인. 아니, 그게 문제가 아니다.

'저 슈트는…….'

슈트부터 시작해 구두, 벨트, 시계, 반지, 하물며 커프스 버튼까지 모두 초고가의 수제 명품이다.

샤넬, 루이비통처럼 기성복 명품이 아니라 오직 세상에서 단 하나만 존재할 수밖에 없는 커스텀 명품들.

소매를 고정한 커프스 버튼만 팔아도 웬만한 차 한 대 값일 터였다.

"이런. 모두 도착해 계셨군요. 늦었습니다."

살짝 고개를 숙인 종혁은 사각 테이블의 상석에 앉았다.

"호, 혹시 당신이?"

"예. 제가 여러분을 초대한 사람입니다."

"음…… 아, 윌리엄 홀튼입니다."

"제이미……."

종혁은 이미 알고 있다는 듯 고개를 주억거렸다.

"반갑습니다. 모두가 어려운 이 경기 침체 속에서 막대한 돈을 번 졸부 새끼입니다. 편하게 찰리라고 불러 주시면 됩니다."

누가 봐도 가명인 이름.

그들은 습관적으로 종혁의 손등에 새겨진 문신을 힐끔거렸다.

그걸 모른 척한 종혁은 다리를 꼬며 입을 열었다.

"지금부터 전 여러분에게 한 가지 제안을 할 겁니다."

하지만 제안을 듣기 전에 결정을 해야 된다.

이곳에 남을지, 아니면 이곳을 나갈지.

그런 종혁의 말에 다시 한번 갈등에 휩싸였던 네 명은 이내 이를 악물며 엉덩이에 힘을 주었다.

"마지막 기회입니다. 이후 당신들은 절대 절 배신해선 안 됩니다. 만약 배신을 한다면……."

섬뜩!

네 명은 갑자기 온몸을 짓누르고 심장을 옥죄는 살의에 깜짝 놀랐다가 애써 웃었다.

"위, 위험할수록 보상은 더 크겠죠."

"어차피 내 뒤는 낭떠러지입니다."

주먹까지 쥐며 살의에 대항하는 그들의 모습에 종혁은 입술을 비틀었다.

"예. 열매가 세상 그 무엇보다 달콤할 거란 건 장담할 수 있습니다."

"조, 좋군요."

미소가 더 짙어진 종혁은 윌리엄을 봤다.

"본론에 들어가기 앞서 서로에 대해 확인하는 절차에 들어가죠. WRM건설의 대표 윌리엄 씨."

"예."

"정재계에 참 많은 인맥이 있음에도 회사가 파산하셨죠."

빠득!

"……그렇습니다."

정재계에 많은 사람을 알아도 공사 대금이 들어오지 않으니 무너질 수밖에 없었다.

"얼마면 되겠습니까?"

"예?"

현재 보셀리 피에트로의 가장 큰 사업체인 건설사.

"눈물로 떠나보낸 직원들을 모두 불러 모으고 다시 일어서는 데 1차로 10억 달러면 되겠습니까?"

"무, 무슨……!"

종혁은 이 자리의 유일한 여성을 응시했다.

"탑 에이전시의 대표 줄리아 씨."

마약 사업과 더불어 보셀리 피에트로의 비자금 형성을 도맡는 성매매 사업의 아가씨 수급처인 모델 에이전시.

방금 전 말에 경악했던 줄리아가 빠르게 표정을 수습한다.

"예, 예."

"공동 대표의 배신과 은행의 무자비한 추심으로 청춘과 인생을 다 바쳐 만든 회사, 뉴욕에서 세 손가락 안에 드는 모델 에이전시와 집, 가족 모든 걸 잃고 거리로 쫓겨 나셨죠."

"……맞아요."

"2억 달러면 되겠습니까?"

"흡?!"

"당신과 당신의 모델들이 이번에야말로 꿈을 펼치는

데 2억 달러면 충분하겠습니까?"

"네, 네!"

종혁은 고개를 돌려 자신을 제이미라 소개한 노인을 바라봤다.

뉴욕에서 다섯 손가락 안에 드는 클럽의 소유주였으나, 다른 이들과 마찬가지로 경기 침체의 영향으로 사업이 망하며 아내와 이혼까지 하고 모든 걸 잃은 노인.

"위대한 개츠비를 아십니까?"

"소설을 말하시는 겁니까?"

제1차 세계대전 직후 미국에 만연한 부에 대한 동경과 그 꿈의 이면에 담긴 절망을 그려 낸 피츠제럴드의 대표작, 위대한 개츠비.

"개츠비가 여는 파티보다 더 성대하고 화려한 클럽을, 당신과 미국인이 꿈에서나 그리던 파라다이스를 만드는 데 얼마면 될 것 같습니까? 뉴욕의 밤을 장악하는 데 3억 달러면 되겠습니까?"

보셀리 피에트로의 수많은 마약 판매처 중 가장 큰 판매처인 클럽.

"추, 충분합니다! 그 정도면 넘칩니다!"

종혁은 마지막으로 선박 회사의 대표였던 이를 봤다.

종혁은 마지막으로 선박 회사의 대표인 이를 쳐다봤다.

보셀리 피에트로가 미국에 마약을 밀반입하기 위해 세운 선박 회사.

"나, 난 1억 달러면 충분합니다!"

그 돈이면 지금 회사를 괴롭히는 어음을 막을 수 있다. 그 어음만 해결한다면 회사를 정상 궤도로 되돌릴 자신이 있었다.

"1차로 2억 달러를 드리죠."

"허억!"

마지막 인물까지의 숨통을 틀어막은 종혁은 다시 살의를 일으켰다.

"정말 마지막 묻겠습니다. 제가 당신들을 소집한 이유를 듣는 순간부터 당신들은 날 벗어날 수 없습니다. 영원히."

"……난 이미 들을 준비가 되어 있습니다, 찰리!"

"이 말을 듣고도 일어서라고요? 그런 질 나쁜 농담은 하지 말아요, 찰리!"

물러서기보다 죽음을.

그런 각오가 느껴짐에 고개를 주억거린 종혁은 품에서 한 장의 사진을 꺼내 그들의 가운데에 던졌다.

"……보셀리 피에트로?"

"빼앗으십시오."

흠칫!

종혁은 놀라 쳐다보는 그들을 향해 이를 갈았다.

"단돈 1달러, 아니 1센트 하나조차도 손에 쥘 수 없도록 이 개자식의 모든 걸 뺏으십시오."

꿈을 좇아 상경한 소녀를 짓밟고 유린하며 모은 돈.

궁지에 내몰린 이들을 유혹하여 주사기를 꽂으며 모은 돈.
폭력과 협박으로 피를 묻히며 모은 돈.
그런 돈으로 만든 거대한 성들.
그 모든 걸 빼앗은 후 지옥 밑바닥에 처박을 거다.
법대로. 철저한 비즈니스의 논리대로.
"내가 여러분에게 원하는 것은 오직 이것 하나. 보셸리 피에트로의 몰락입니다."
"……!"
'그러니 이제 지옥 가자, 이 개새끼야.'
선글라스 속 종혁의 눈이 흉흉하게 빛나기 시작했다.

* * *

롱아일랜드의 비치타운 사가포낙에 위치한 커다란 저택.
마치 벽처럼 세워진 통유리를 투과해 쏟아지는 햇빛에 새하얀 침대 위에 누워 있던 몸 좋은 오십대 남성, 보셸리 피에트로가 부스럭거리며 몸을 일으킨다.
"후우."
잠시 멍하니 아침의 해를 쳐다보는 그.
'저걸 틀어막든 해야지, 원.'
어젯밤 소유한 클럽에서 늦게까지 비즈니스를 해서 그런지 오늘따라 더 짜증이 난다.
"으응."
옆에서 뒤척이는 알몸의 이십대, 아니 그보다 더 어려

보이는 여성의 이마에 입을 맞춘 보셀리 피에트로는 샤워실로 향했다.

이탈리아 남성에겐 하룻밤을 즐겨도 자신보다 작은 여자는 요정. 그만한 대우를 해 줘야 했다.

"좋은 아침입니다, 보스."

샤워를 마치고 거실 소파에 앉아 에스프레소 한 잔을 즐기는 그에게 온몸을 문신으로 도배한 사십대 남성이 오늘자 조간 신문들을 들고 다가선다.

뉴욕타임즈를 비롯한 메이저 언론사들부터 가십거리만 다루는 삼류 잡지사까지.

"어젯밤에도 많은 일들이 있었…… 후우."

빌 머레이가 검거된 지 며칠이 흘렀음에도 아직까지 팔려 간 여성들을 언급하고 있는 언론들.

이로 인해 보셀리 피에트로는 FBI의 조사를 받아야 했고, 머레이 패밀리와 컴즈 패밀리, 록 에이전시에서 여성들을 콜걸로 알선하던 부하와 콜걸 조직 두 개를 잃어야 했다.

그렇지 않아도 FBI와 NYPD의 콜걸 조직 검거에 이미 사업체 두 개를 잃은 그에게 있어서 뼈아픈 손실이 아닐 수 없었다.

'그래도 내 마그마 록을 지키기 위해선 어쩔 수 없지.'

남은 가족들을 책임져 주고, 변호사를 써서 5년 안에 빼내 주기로 했으니 부하들도 입을 다물 거다.

"음?"

이를 갈던 보셀리 피에트로는 한 신문사의 헤드라인에 살짝 놀랐다.

"윌리엄 홀튼이 재기를 했군."

여러 건설사를 집어삼키며 점차 몸집을 키워 온 보셀리 피에트로의 록 건설.

압도적인 자본력으로 이제는 뉴욕에서도 수위를 다투는 덩치를 지니게 되었지만, 부족한 기술력 탓에 발돋움하지 못하고 있는 것이 현실이었다.

그에 우수한 기술력을 갖추고 있던 WRM건설을 뒤에서 조금씩 흔들었고, 결국 부도가 나자 그곳의 핵심 기술자들을 영입할 계획을 세우던 찰나였다.

그런데 한 투자사의 막대한 투자를 받으며 그 WRM건설이 재기한 것이다.

다 된 밥에 재가 뿌려진 격이라 할 수 있었다.

"실론티 홀딩스라……."

혀를 차며 다음 신문을 살핀 보셀리 피에트로는 미간을 좁혔다.

"제이미 골더?"

뉴욕에서 가장 오래된 클럽이자, 다섯 손가락 안에 꼽히는 클럽의 소유자였던 제이미 골더.

그의 클럽이 사라진다면 마약 사업이 더 번창할 것으로 예상됐기에 눈엣가시 같은 존재였으나, CIA 뉴욕 지국장과도 인연이 있다는 말이 나돌아 쉬이 건드리지 못했던 인물.

그에 알아서 무너져 준 덕분에 쾌재를 부르고 있었는데, 그가 복귀했다는 소식이 버젓이 실려 있었다.

"실론티 홀딩스?"

실론티 홀딩스의 투자를 받아서.

"줄리아 에던도 재기했다고?"

증권과 패션의 도시 뉴욕.

그런 뉴욕의 메이저 모델 에이전시의 대표, 줄리아 에던. 그녀가 무너지며 수많은 모델이 시장에 풀려 얼마나 기뻐했던가.

FBI와 NYPD의 콜걸 조직 검거와 빌 머레이의 검거로 급감한 여성을 수급할 절호의 기회였다.

그래서 작업에 들어갔는데 또 실론티 홀딩스의 투자를 받아 재기를 했다.

"······이놈도 실론티 홀딩스군."

제법 큰 선박 회사가 부도나기 직전, 실론티 홀딩스에게 자금을 수혈받아 다시 살아났다.

돈을 벌기 위해 선박 회사를 운영하는 것은 아니나, 자신과 같은 사업을 하고 있는 회사들이 재기한다는 소식이 잇따르자 이마저도 신경이 거슬릴 수밖에 없었다.

"쯧."

짜증이 나는 소식만 가득한 신문을 덮은 그는 몸을 일으켰다.

사업체들을 둘러보러 갈 시간이었다.

부우웅!

뉴욕의 복잡한 도로를 달리는 차 안.

록 에이전시에 거의 도착해 가던 보셀리 피에트로는 록 에이전시의 맞은편 건물을 보곤 살짝 놀랐다.

"이 불황에 사업을 시작하려는 미친놈이……?!"

재공사를 하려는 듯 펜스가 쳐지고 있다.

하지만 그게 문제가 아니다.

건물 앞을 막은 펜스에 줄리아 에던의 에이전시, 올던 에이전시&스쿨이 재오픈을 한다는 커다란 플래카드가 붙어 있다.

"왜 하필 여기에……."

"보스, 도착했습니다."

"아, 그래."

기분이 이상했지만, 일단 차에서 내리던 보셀리 피에트로는 갑자기 걸려온 부하의 전화에 눈살을 찌푸렸다.

'이놈이 이 시간엔 왜?'

그가 소유한 클럽들을 운영 중인 부하.

"무슨 일이야?"

-보, 보스! 제이미 골더 이 미친 영감탱이가……!

"제이미 골더가 왜?"

-저, 저희 클럽들 근처에 클럽을 세우고 있습니다!

"……뭐? 왜!"

이 미친 늙은이가 노망이 난 걸까.

누가 봐도 맞붙자는 소리지만 보셀리 피에트로는 겁이

났다.

정계, 재계, 연예계 등 사회 각계각층의 유명 인사와 친분이 있을 뿐만 아니라, 심지어 뉴욕 주지사와 고등학교 동창이기도 한 제이미 골더.

그가 인맥을 동원한다면 그의 클럽으로 수많은 손님들이 넘어갈 것은 불 보듯 뻔한 일이었다.

수단과 방법을 가리지 않는다면 그것을 막을 수 있을지도 모르지만, 이전에도 제이미 골더가 CIA 뉴욕 지국장과 인연이 있다는 소문에 건드리지 못했는데 지금이라고 다를 건 없었다.

보셀리 피에트로가 고민에 잠긴 채 아랫입술을 깨물던 그때, 부하 하나가 달려와 소리쳤다.

"보, 보스!"

"왜!"

"로, 록 건설에 세무 조사가 들어왔다고 합니다!"

"뭐?!"

너무 놀란 나머지 핸드폰을 떨어트린 보셀리 피에트로.

하지만 그는 이게 겨우 시작임을 모르고 있었다.

* * *

웅성웅성.

폴리스라인이 쳐져 있는 센트럴파크의 어느 수풀 안.

FBI 요원들과 함께 구경꾼들을 뚫고 사건 현장에 도착한 종혁은 피범벅이 된 시체를 보며 혀를 찼다.

　그건 다른 FBI 요원들도 마찬가지다.

　"아주 난자를 해 놨군."

　시체에 남아 있는 이십여 개의 상흔에서 범인의 지독한 원한이 느껴지는 듯했다.

　"이 정도로 상흔이 많다면, 상흔을 감식하는 것만으로도 어느 정도 범인을 추정할 수 있겠군요."

　그런 종혁의 말에 FBI 요원이 고개를 끄덕인다.

　"그렇지. 흉기가 무엇인지, 범인의 키가 어떤지, 완력이 어느 정도인지 등을 알아낼 수 있으니까."

　자상의 길이나 깊이, 그리고 방향 등을 통해 다양한 단서를 얻을 수 있는데, 상흔이 이십여 개나 된다면 그만큼 정보의 신뢰도는 올라갈 터였다.

　FBI 요원 중 한 명이 피해자의 목을 가리켰다.

　"경부를 위에서 내리찍었군. 키가 큰 사람이 범인일 확률이 높겠어."

　범인이 키가 작을 때는 경부나 가슴보다는 복부를 찌르는 경우가 많았다.

　하지만 이번 범인은 키가 제법 큰 피해자의 목을 위에서 내리찍었다. 그렇다면 최소한 피해자와 키가 비슷하거나 큰 인물일 가능성이 높았다.

　"키가 작은 사람이 쓰러뜨린 다음 찌른 걸지도 모르죠."

종혁은 정면에서 칼을 찌르거나 뭔가를 눕히는 시늉을 한 뒤 위에서 아래를 찌르는 행동을 했고, FBI 요원은 고개를 끄덕였다.

"아차. 그걸 깜빡했군."

FBI 요원은 간과하고 있던 부분을 알려 준 종혁에게 감사하다는 듯 고개짓을 했다.

'역시 대단해. 허술한 부분이 없어.'

"시신을 뒤집어 볼 수만 있다면 이 사람이 얼마나 반항했는지 알 수 있을 것 같은데……."

하지만 시신에 어떤 흔적이 남아 있을지 모르기에 섣불리 건드려선 안 된다.

"그건 부검을 해 봐야 알겠지."

"그렇죠."

그리고 그래야 알 수 있게 될 것이다.

3년 전, 그리고 1년 전 발생했던 시신을 무참히 훼손한 살인사건. 그 사건의 범인이 또다시 일으킨 연쇄살인사건인지 아닌지 말이다.

"이봐요, 에드릭."

그들보다 먼저 사건 현장에 출동한 NYPD 형사를 부른 FBI 요원이 지시를 내린다.

"현장 반경 1킬로미터 내에……."

"CCTV와 살인에 쓰인 흉기와 범인의 옷가지가 있는지 찾으라고요? 예예, 알겠습니다. FBI가 까라면 까야죠."

종혁은 날을 세우는 NYPD 형사들의 마음이 이해가 갔기에 씁쓸히 웃었다.

한국으로 치면 지방서 형사인 자신이 먼저 접수한 사건에 슬그머니 광수대가 나타나더니 사건을 뺏은 격. 당연히 기분이 좋을 리가 없었다.

"최, 빌리! 피해자 신원 나왔어."

종혁은 다른 FBI 요원이 들고 오는 증거물 봉투 속 지갑을 보며 눈을 빛냈다.

일단 탐문 조사 전 잠시 FBI 뉴욕 지국에 들른 그들은 입에 햄버거를 물고 있는 종혁을 보며 혀를 내둘렀다.

"진짜 그 입은 쉬질 않네."

"이 덩치 유지하려면 열심히 먹어야죠."

"……내가 아는 몸 좋은 사람들은 다 프로틴 쉐이커나 닭가슴살 씹던데."

"그렇게 불균형하게 먹으면 늙어서 고생합니다."

기본적으로 골다공증에 중풍 등 영양 불균형과 스트레스로 온갖 병마에 시달리게 된다.

"그, 그래?"

"뭐든지 적당한 게 좋은 겁니다."

체지방량이 적다고 마냥 좋은 게 아니다. 체지방도 적당히 있어야 좋은 몸이 된다.

"그렇구나. 아무튼 오늘 고마웠어. 역시 수사기법을 창시한 사람은 달라도 다르구나?"

"하하, 뭘요."

"슈퍼맨?"

"아, 보스."

종혁은 손가락을 까딱이며 돌아서는 캘리를 따라 그녀의 사무실 안으로 들어갔다.

"커피?"

"커피 좋죠."

햄버거에 커피도 썩 별미다.

그녀가 따라 준 커피로 햄버거를 모두 씹어 삼킨 종혁은 할 말이 있으면 하라는 듯 시선을 보냈다.

툭!

캘리가 서류 뭉치를 내려놓았다. 지난 일주일간 보셀리 피에트로에게 있었던 일들을 기록한 자료였다.

록 건설을 시작으로 모든 사업체에 세무 조사가 들어간 보셀리 피에트로.

한두 개도 아니고 모든 사업체가 동시에 세무 조사를 받는다?

우연으로 치부하기에는 어려운 감이 있었다.

캘리는 이게 누군가가 보셀리 피에트로를 말려 죽이려는 악의가 아닐까 하는 의심이 들었다.

"공교롭게도 난 그런 악의를 가진 사람을 알고 있죠."

"아, 그런가요?"

쪼르륵!

다 마신 커피를 리필한 종혁은 '누군데요?'라는 듯 그녀를 응시했다.

"후우. 최."

"뭘 그렇게 예민하게 반응하시는지 모르겠지만 전 아닙니다. 실론티 홀딩스도 제 소유가 아니고요. 그 정도로 부자였다면 제가 경찰을 했을까요?"

맞는 말이다.

"그리고 작은 의혹만 있어도 받아야 하는 게 세무 조사 아닌가요?"

이것도 맞는 말.

"……"

"커피 잘 마셨습니다."

따뜻한 커피를 주욱 들이켠 종혁은 몸을 돌렸고, 가라앉은 눈으로 그런 그를 응시하던 캘리는 입술을 달싹였다.

"슈퍼맨, 당신의 정의는 뭐죠?"

"백 명의 범인을 잡더라도 단 한 명의 억울한 피해자를 만들지 마라."

'그리고 개새끼는 지옥에 처박아라.'

이를 위해 몸과 영혼이 부서진다 하더라도 종혁은 얼마든지 그럴 수 있었다.

"정론이네요."

"이 글귀를 마음에 품지 않으면 이 짓 못하죠."

"최."

"예?"

"당신은 정말 멋진 사람입니다."

예산이 한정된 수사기관으로서는 절대 할 수 없는 짓을
해 버리는 멋진 사람.

'의심하고 있네.'

솔직히 의심하지 않는 게 이상했다. 이번엔 꼭지가 완
전히 돌아 버려서 좀 무리를 했으니까.

그러나 법에 저촉될 짓은 단 하나도 하지 않았으니 상
관없다.

2001년 닷컴 버블 때 제대로 털어먹기 위해 월 스트리
트에 만든 수많은 투자 회사 중 하나인 실론티 홀딩스와
권&박 홀딩스의 관계를 알려면 CIA가 전담팀을 만들어
족히 10년은 파야 알 수 있을 테니 들킬 위험도 없다.

피식 웃은 종혁은 사무실을 빠져나갔고, 남겨진 캘리는
다 식어 버린 커피를 홀짝이며 눈빛을 가라앉혔다.

책상 서랍을 연 캘리는 한국에서 종혁이 해결한 사건을
살피며 어이없다는 듯 웃었다.

초대형 사건엔 언제나 공교롭게 겹쳤던 행운들.

"……그래도 아니겠지."

정말 이 모든 것의 배후에 종혁이 있다면, 그가 말한
것처럼 경찰을 할 이유가 없다.

"그럼 정말 신의 은총이 함께하는 행운아인 건가?"

눈을 가늘게 뜨던 그녀는 다시 보셀리 피에트로의 현재
상황을 기록한 자료를 보곤 입술을 비틀었다.

"이놈도 골치가 아프겠군."

산하 패밀리 중 두 개가 날아가고, 빛의 세상 속에 있

는 사업체들에 제동이 걸렸다.

그것도 모자라 강력한 라이벌, 아니 그를 짓누를 강자들이 등장했다. 마약을 제외한 돈줄이 마르는 소리가 들리는 듯했다.

이제 남은 건 이 끔찍한 악몽에 초조해진 보셀리 피에트로가 실수를 하는 걸 기다리는 것뿐.

그걸 생각하니 수사가 이렇게 쉬워도 되나 싶은 쓸데없는 생각이 떠오를 정도다.

그리고…….

"꼴좋네."

그녀의 입가에 진한 미소가 피어올랐다.

* * *

감미로운 클래식 선율이 울리는 레스토랑의 룸.

달그락!

마지막 한 조각의 스테이크를 입에 넣은 노인이 피처럼 붉은 와인으로 입안을 씻어 내며 오랜 침묵을 깬다.

"정말 겨우 무마했습니다."

"죄송합니다, 시장님."

보셀리 피에트로는 감사와 사과의 뜻을 담아 고개를 숙였고, 시장은 그런 그를 보며 못마땅한 표정을 지었다.

거기다 제이미 골더나 줄리아 에덴, 윌리엄 홀튼은 오래전부터 이곳 뉴욕의 발전과 일자리 창출을 위해 애써

오며 막대한 세금을 납부했던 데다가 그 인맥도 대단해서 시장인 그조차 쉬운 상대가 아닌 인물들.

그런 그들과 척을 질 각오를 하고 세무 조사에서 드러난 보셀리 피에트로의 죄를 축소시켰다.

'처음부터 이놈과 얽히지만 않았어도……!'

시장 선거에서 막대한 후원금을 낸 것도 모자라, 적들의 약점을 캐 오고 학교나 사회복지재단을 세우며 그 공을 모두 시장에게 돌림으로써 지지율을 높이는 데 큰 몫을 한 보셀리 피에트로.

훗날 그가 마피아인 것을 알아차렸지만, 그땐 이미 깊게 얽혀 버린 뒤였다.

'쯧!'

"하지만 과징금과 영업 정지는 피하지 못할 겁니다."

최소 4천만 달러.

이 정도의 벌금을 내놓지 않으면 당장 교도소에 갈 만큼 보셀리 피에트로의 탈세 규모는 어마어마했다.

거기다 너무도 비위생적이었던 마그마 클럽과 말이 많았던 록 에이전시는 한 달 정도 영업 정지를 당해 줘야 했다.

그런 시장의 말에 보셀리 피에트로는 이를 악물었다.

"……성실히 납부하겠습니다."

"그래야 할 겁니다."

"다시 한번 감사드립니다. 이건 감사의 뜻으로 준비한 제 작은 성의입니다."

보셀리 피에트로는 그에게 코인 라커의 키 하나를 내밀었고, 키를 받아 든 시장은 그제야 흡족히 웃으며 안부를 물었다.

"요새 사업은 좀 어떻습니까?"

"하하. 걱정해 주시는 덕분에……."

퍼억!

"빌어먹을!"

차에 올라탄 보셀리 피에트로는 차창을 치며 분통을 터트렸다.

4천만 달러면 그가 여태껏 탈세한 것의 절반에 해당하는 금액.

마약을 몇 킬로그램 팔아야, 여자를 몇 명을 팔아야 4천만 달러를 만들 수 있는지 알고 그딴 소리를 지껄인 걸까.

클럽이 한 달간 영업 정지를 당하면 어떻게 되는지 알고 그딴 소리를 하는 걸까.

처먹인 돈값을 제대로 못하고 있다.

그러나 교도소에 가지 않으려면 어쩔 수 없이 따라야 했다.

"수고하셨습니다."

"그 연놈들은 어떻게 됐어!"

이번 일로 본 손해가 너무 막심하다.

그중 가장 큰 건 아무래도 클럽을 한 달간 폐쇄하면서

발생할 손해다.

마그마 클럽은 단순히 술과 음악만 파는 곳이 아닌, 선박 회사를 통해 밀반입한 마약과 모델 에이전시를 통해 수급한 여자들을 파는 것이야말로 진짜 주된 사업이었다.

마그마 클럽이 영업 중지를 당하면, 마약 사업과 성매매 사업까지 중지를 당하는 것이나 다를 바가 없었다.

이렇게 물을 먹었는데 가만히 있어야겠는가. 명색이 마피아인데 말이다.

최소한 경고는 해 줘야 했다. 그래야 다른 이들에게 얕보이지 않는다.

마음 같아선 그 늙은 몸뚱이들에 총탄을 처박아 주고 싶지만, 그들이 가진 인맥이 너무 대단해서 그럴 수는 없었다.

"……."

"또 왜!"

"PMC가 경호원으로 붙었습니다."

PMC(Private Military Company: 민간군사기업).

"뭐?"

"본인뿐만 아니라 가족들 전부에게 경호원과 방탄차가 붙었습니다."

"푸핫……!"

놈들은 정말 작정하고 자신에게 싸움을 건 거다.

'그것도 네 명이 전부. 왜지?'

그가 알기로 윌리엄 홀튼을 비롯한 네 명은 서로 그리

친분이 깊지가 않다. 그런데 네 명이 동시에 싸움을 건 것도 모자라 보복을 대비하고 있다.

보셀리 피에트로는 이 점에서 어떤 거대한 악의를 느낄 수밖에 없었다.

'네 명이 갑자기 정의의 사도가 된 건 아닐 테고……. 누구지?'

누군가 이들 4명의 뒤에 있다. 말도 안 되는 이야기지만 보셀리 피에트로는 그렇게 느꼈다.

방금 전 예민하게 반응했던 것과 달리 눈빛이 서늘하게 가라앉은 그.

"실론티 홀딩스에서 그 넷에게 투자를 담당한 놈이 누군지 알아봐."

"예, 알겠습니다."

"사업체들 현황은?"

"일단 다독이긴 했지만……."

보셀리 피에트로는 말을 줄이는 부하의 모습에 미간을 좁혔다.

"말해."

"다른 곳은 아직 괜찮지만, 록 모델스쿨에서 이탈자들이 발생하고 있습니다."

아직 올던 에이전시&스쿨이 개관을 할 때까지 사흘이나 남았음에도 거의 절반 가까이의 연습생들이 이탈했다. 올던 스쿨의 등록비가 한 학기에 겨우 200달러에 불과했기 때문이다.

그리고 그 이탈한 절반에 그들 마그마 록이 노리던 여성들 전부가 포함되어 있었다.

"하핫!"

그는 머리를 쓸어 올리며 숨을 골랐다.

"후우. 오늘 계속 못난 모습을 보이는군. 제이미 골더의 클럽이 오늘 오픈이던가?"

"예. 오늘 맨하탄 지점이 오픈을 한다고 초대장을 발송해 왔습니다. ……어떻게 할까요."

"가."

속이 뒤집어지지만 그래도 가야 한다.

제이미 골더가 어떤 클럽을 만들었는지, 오는 손님이 누군지 알아야 대비책을 세울 테니 말이다.

"알겠습니다. 그럼 출발하겠습니다."

그렇게 보셀리 피에트로를 태운 차는 제이미 골더의 클럽으로 향했다.

그리고…….

-Welcome to Paradise-!

"으아아아아아!"

"꺄아아아아!"

보셀리 피에트로의 입술이 파르르 떨렸다.

* * *

어느새 세상이 까맣게 물든 11월 말의 뉴욕.

"어그으!"

기지개를 켜던 종혁이 옆을 보곤 피식 웃는다.

"어으……."

"살려 줘……. 퇴근하고 싶어……."

누가 미국 공무원은 칼퇴라고 했던가.

다른 공무원들은 어쩔지 모르지만, 수사기관에게 정시 퇴근이란 없는 단어였다.

'그건 나도 마찬가지지.'

분명 담당하는 사건은 없는데 바쁜 건 모두 모든 팀을 지원하고 조언을 아끼지 말라는 캘리 그레이스의 명령 때문이었다.

'이게 날 잘 써먹는 방법이긴 하지만…….'

"하. 사건 맡고 싶다."

캘리의 사무실을 째려본 종혁은 탕비실로 향해 커피를 따랐다.

"흐음."

커피의 고소한 향기가 잠시 무거워진 머리를 가볍게 한다.

저벅저벅!

"아, 최! 고마워. 정말 고마워!"

"흐흐. 아까도 인사했잖아요."

"그래도 고마워서 그렇지."

센트럴파크에서 피해자를 난도질한 범인이 오늘 낮에 잡혔다.

범인은 피해자의 전 여자친구.

공무원 시험을 준비하던 피해자는 합격을 하자마자 그동안 헌신적으로 내조했던 여자친구를 버렸고, 버림을 받은 여자친구는 좌절해 마약을 복용하다가 결국 약에 취해 살인을 저지른 거다.

다만 우발적이 아닌 계획적 살인.

범인은 피해자를 센트럴파크로 불러낸 후 숨어 있다가 등 뒤에서 칼을 찔러 피해자를 제압. 피해자가 쓰러지자 그 위에 올라타서 피해자의 목을 위에서부터 아래로 비스듬히 찔렀다.

종혁이 제기했던 가능성이 정확히 들어맞은 것이다.

"뭘요. 동료끼리 당연한 일이지."

"그래서 오늘 한잔 사고 싶은데 어때?"

"저야······."

지이잉!

문자를 확인한 종혁은 입술을 비틀었다.

"죄송한데 오늘은 안 되겠네요. 가야 할 곳이 있거든요."

"가야 할 곳?"

"예. 꼭 봐야 할 구경거리가 있거든요."

보셀리 피에트로가 제이미 골더의 클럽에 들어갔다고 한다. 지상낙원을 준비했으니 꼭 와 달라는 자신만만한 초대장을 보낸 클럽에 말이다.

종혁은 보셀리 피에트로의 일그러진 얼굴이란 구경거

리를 상상하며 실실 웃었다.

* * *

"하아. 들어갈 수 있을까?"

"우리라면 충분히 들어갈 수 있어! 걱정 마!"

"아니, 오늘 안에 들어갈 수 있냐는 거야."

칼바람이 불기 시작한 뉴욕이기에 두꺼운 코트를 걸쳤지만 그 안은 헐벗은 여성 두 명이 족히 200미터는 되어 보이는 줄을 보며 암담한 표정을 짓는다.

뉴욕에서 다섯 손가락 안에 꼽히며 대단한 인기를 끌었으나 잠시 문을 닫았던 골더 클럽.

그 골더 클럽이 파라다이스 클럽으로 이름을 바꾸며 더욱더 화려하게 오늘 재개장한다는 소식에 수많은 셀럽들이 이곳에 모여들었다.

그들에게 눈도장을 찍기 위해서는 오늘 반드시 들어가야만 했다.

"하, 진짜 언제 들어……."

과르릉!

우렁찬 배기음에 깜짝 놀라 옆을 본 사람들은 눈을 빛냈다.

저기에 탄 셀럽은 누굴까.

가수일까, 배우일까, 아니면 모델일까.

한껏 기대를 하며 응시하던 사람들은 곧 클럽의 가드들

이 열어 주는 문을 통해 내리는 거구의 사내를 발견하곤
의아해했다.

'동양인?'

그런데 그뿐만이 아니다.

뒤로 줄줄이 도착하는 차에서 내리는 이십여 명에 그들
은 더 의아해했다.

아무리 봐도 평범한 회사원. 이런 클럽에, 그것도 VIP
전용 출입구로 들어갈 사람들로는 보이지 않았다.

그렇게 그들이 의문을 품던 그때였다.

"……어? 어어?"

"제, 제이미 골더다!"

제이미 골더, 오스카를 수상하거나 빌보드 차트 1위의
가수가 온다고 해도 모습을 드러내지 않는 이 클럽의 소
유주가 직접 마중을 나왔다.

사람들은 경악을 했고, 종혁은 이쪽을 보고 아리송해하
는 그가 내민 손을 맞잡으며 그의 귓가에 입술을 가져갔다.

"반갑습니다, 골더 씨. 최종혁입니다. 찰리에겐 말씀
많이 들었습니다. 못 와서 미안하다고 전해 달라더군요."

"찰리가……."

종혁의 손등을 힐끔 본 제이미 골더는 잠시 실망했다가
이내 활짝 웃었다.

"내 지상낙원에 온 걸 환영합니다, 최. 이분들 모두 일
행인가요?"

"제 동료들인 FBI 요원들입니다. 아, 그리고 이쪽은 저

희 보스입니다."

"캘리 그레이스예요, 골더 씨."

"오오! 귀한 분들이 제 파티를 빛내 주려고 오셨군요! 어서 안으로 들어가시죠! 자리를 마련해 놨습니다!"

직접 안내를 하는 제이미 골더를 따라 클럽 안으로 들어간 종혁은 문이 열리자마자 온몸을 때리는 강한 일렉트로닉 비트와 사이킥 조명이 번쩍이는 클럽의 모습에 눈을 동그랗게 떴다.

-I'm bringing sexy back!

"Ye!"

쿵쿵쿵!

마치 패션쇼의 런웨이, 아니 연말 최고의 쇼 중 하나인 빅토리아 시크릿의 쇼처럼 화려한 비키니를 입고 클럽 중앙에 설치된 런웨이를 걷는 미친 몸매의 여성들과 삼각 수영복만 입은 미친 몸매의 남성들.

심지어 이 곡의 주인인 가수가 모델들과 함께 런웨이를 누비며 노래를 부른다.

-Welcome to Paradise-!

"꺄아아아아아악!"

"와아아아아아악!"

"저스틴-!"

런웨이 아래에서 마치 좀비 떼처럼 가수를 향해 손을 뻗으며 괴성을 지르는 사람들.

"와우……."

자신도 모르게 감탄한 종혁은 제이미 골더를 보며 월드 스타 저스틴 팀버레이크를 가리켰다. 2007년 한국으로 치면 준형이 형들이 나이트클럽에서 공연을 하는 거다.

"하하. 그동안 해 보고 싶었던 걸 해 봤을 뿐입니다! 마음에 드십니까! 매일 이런 쇼를 기획할 테니 언제든 찾아 주십시오!"

1일부터 31일까지 매일 클럽의 테마가 달라진다.

간단한 예로 매달 말일엔 스페인의 토마토 축제처럼 토마토 파티를, 격주로 토요일엔 마이애미처럼 따뜻한 도시에서나 할 법한 거품 파티를 할 거다.

즐길 거리가 매일매일 변화하는 파라다이스.

진정한 의미의 지상낙원.

'와, 이 양반. 돈지랄 제대로 하시네.'

"따라오시죠! 이쪽입니다!"

제이미 골더가 마련해 준 자리는 1층의 서쪽 벽. 푸른색 무드등이 내리쬐는 소파 테이블석이었다.

족히 열두 명은 앉을 수 있는 커다란 소파. 제이미 골더는 그런 테이블을 세 개나 마련해 준 것도 모자라 이미 술을 세팅해 놨다.

놀라서 보니 제이미 골더가 히죽 의미심장한 미소를 지었다.

"먹고 싶은 건 얼마든지 시키십시오! 당신과 동료들은 언제나 무료니까!"

그 말에 놀라 종혁과 제이미 골더를 번갈아 보는 FBI

요원들.

"호오. 그것도요?"

"……푸하핫! 얼마든지! 내가 만든 파라다이스를 마음껏 즐기십시오!"

종혁은 스테이지와 보셀리 피에트로가 아주 잘 보이는 자리에 피식 웃으며 동료들을 봤다.

이런 클럽이 낯선지 어색해하는 그들.

"진짜 샌님들처럼 뭐해요! 술부터 받아요!"

뽕!

종혁은 샴페인을 가져와 뚜껑을 땄고, 그들은 종혁과 제이미 골더가 무슨 관계인지, 정말 마셔도 되는 건지 그런 의문들을 잠시 잊어버리기로 하며 흥분을 끌어올렸다.

"그래! 마셔!"

"마시자! 놀자―!"

"우와아아아아!"

그들은 순식간에 이 끝내주는 파티에 녹아들었다.

"이예에에에!"

"우와아아아!"

강렬한 비트에 맞춰 몸을 마구잡이로 흔드는 동료들.

그러나 종혁은 조용히 술잔을 기울이며 보셀리 피에트로를 살폈고, 그의 옆으로 한바탕 몸을 흔들고 온 캘리가 앉았다.

"왜 놀지 않는 겁니까, 슈퍼맨?"

"춤추는 것보다 더 재밌는 게 있어서요."

종혁은 똥 씹은 얼굴인 보셀리 피에트로를 가리켰고, 캘리는 웃음을 터트렸다.

늙은 그녀가 봐도 열광할 수밖에 없는 요소들을 갖춘 파라다이스 클럽. 이런 게 마그마 클럽 근처에 있으니 매출에 직격타가 될 수밖에 없을 거다.

하지만…….

"그래도 무너지진 않겠죠."

마그마 클럽의 단골도 있을 테고, 파라다이스 클럽의 줄이 너무 길어서 마그마 클럽을 찾는 사람도 분명 있을 거다.

아니면 마그마 클럽에서 손님이 올 수밖에 없는 이벤트를 열거나.

"맞는 말입니다."

하지만 그걸 제이미 골더가 모를까. 저쪽에서 이벤트를 열면 이쪽에서는 그보다 더한 이벤트를 열면 된다.

그러면 손님은 파라다이스 클럽을 찾을 수밖에 없을 것이다.

'거기다…….'

"보스, 클럽 사업이 성공을 하려면 뭘 잘해야 할까요?"

"여러 요소들이 있겠지만 결국은 음악과 수질 관리를 잘해야겠죠."

이 둘 중 더 중요한 건 아무래도 수질 관리다.

제아무리 이벤트가 좋은 곳이라도 미남미녀가 많지 않

은 클럽엔 손님이 오지 않는다. 반면 이런 이벤트가 없고, 음악이 거지 같아도 미남미녀가 많으면 그 클럽은 손님들로 넘쳐 난다.

그래서 클럽들은 대부분 미남미녀들에게 공짜 술을 줘가면서 놀러 오게 만든다.

"거기에 하나 더 있습니다."

"뭐죠?"

캘리가 눈을 빛내자 종혁은 입술을 비틀었다.

"바로 격입니다. 내가 다니는 클럽은 다른 클럽과 다르다는 그 격. 다른 말로는 허세라고도 하죠."

그렇게 해서 클럽을 급성장시킨 놈이 미래의 한국에 있으니 의심할 여지가 없다.

"……?"

종혁은 더 참지 못하겠는지 일어서려는 듯한 보셀리 피에트로의 모습에 앞에 놓은 푸른 등을 흔들었고, 곧 웨이터가 빠르게 다가왔다.

"부르셨습니까?!"

"개츠비 세트 주문할게요."

흠칫!

종혁은 경악하는 웨이터를 보며 의미심장하게 웃었다.

* * *

"와아아악!"

"꺄아아아아!"

런웨이 같은 스테이지를 향해 미친 듯 비명을 지르며 몸을 흔드는 사람들을 차갑게 응시하던 보셸리 피에트로가 혀를 찬다.

'올드하군.'

재밌는 공연이나 이벤트로 고객을 불러 모은다.

DJ의 감각 있는 디제잉에 맞춰 스트레스를 발산하는 요즘 트랜드와 비교하면 너무 옛날 방식이다.

하지만…….

이런 이벤트를 1년 365일 내내 한다면 어떻게 될까. 그것도 매일 다른 테마로.

텅!

거칠게 술잔을 내려놓은 그는 이를 악물었다.

이건 치명타다. 이런 클럽이라면 자신도 올 수밖에 없었다.

'돈이 썩어 나는 건가?'

이럴수록 제이미 골더의 뒤에 누군가가 있을 거라는 의심에 진실의 무게가 실린다.

"보스, 방금 전 웨이터와 이야기를 해 봤는데 빅토리아 시크릿과 협의를 끝내서 아무런 문제가 없답니다."

"……쯧. 늙은 놈이라 그런지 그런 부분은 철저하군."

그래도 다행이다.

여건상 이곳처럼 매일 테마를 바꿀 순 없을 테지만, 그래도 일주일에 한 번은 이런 이벤트를 벌일 수 있다.

어떤 테마로 꾸밀지는 파라다이스 클럽에서 배우면 된다.

이런 걸 생각하면 오히려 한 달의 영업 정지가 전화위복이 된 셈이었다. 준비할 시간을 가질 수 있으니 말이다.

"어차피 클럽 사업은 수질 싸움이지."

음악이 거지 같고, 술이 더럽게 비싸도 미남미녀만 많으면 손님은 알아서 온다. 그것도 진짜 돈이 되는 부자와 셀럽들이.

그리고 그런 부자들에게 마약을 판다면, 일반 손님이 조금 줄어든다고 해도 매출 자체에는 큰 타격은 없을 터였다.

'이 정도면 해 볼 만해.'

이러니저러니 해도 테마가 매일 다르다는 부분만 제외하면 수질은 비슷하다. 미남미녀야 마그마 클럽에도 넘쳐 나니, 여기에 더 뭔가가 있지 않은 이상 심각하게 걱정하지 않아도 될 듯했다.

"볼 건 다 본 것 같군. 똑똑한 놈으로 한 명 추려서 내일부터 여기로 출근시켜."

"직원으로요?"

"그래. 여기서 어떤 이벤트를 벌이는지 사전에 알아 오게 해."

매일매일 테마를 기획하는 건 불가능한 일이다. 즉, 한 달 치 정도는 미리 테마를 기획해 놨을 거다.

"아, 예. 알겠습니다."

그 순간이었다.

-뭐?! 어, 얼마요? 미, 미쳤어!

순간 음악이 꺼지자 사람들은 스테이지 위에서 공연을 하다 경악하는 월드스타 샤키라를 응시한다.

-아! 모두 미안해요! 방금 전 너무 놀라운 말을 들어서 말이죠! 그런데 이 말을 들으면 여러분도 놀랄 거예요! 여러분, 술이 50만 달러래요! 무려 50만 달러! 이름도 개츠비 세트!

"……뭐? 50만?"

"미친?"

50만 달러. 뉴욕에 집을 살 수 있는 액수.

철렁!

곧바로 이 미친 액수의 술이 가져올 파급력을 알아차린 보셀리 피에트로는 하얗게 질린 얼굴로 샤키라를 응시했다.

-이런 게 있다는 것도 놀라운데! 메뉴에도 없는 이걸 어떻게 안 건지 시킨 분이 계시대요! 바로 저기 저 신사님-!

보셀리 피에트로는 여유롭게 앉아 손을 흔드는 종혁을 뚫어져라 응시했다.

-그럼 개츠비 세트의 행진을 시작하겠습니다-!

콰과강!

순간 폭발하듯 터져 나오는 강렬한 음악과 함께 저 멀리서 황금으로 된 커다란 보틀을 받쳐 들고 나오는 마이크로 비키니를 입은 여성들과 남성들.

"오, 맙소사! 행진곡도 있어?!"

"미쳤다!"

"우와아아아!"

보셀리 피에트로는 열광하는 사람들, 아니 클럽의 진짜 수입원인 부자와 셀럽들의 빛나는 눈을 보며 절망하고 말았다.

이건 치명타를 넘어 심장을 찌르는 칼이다.

곧 관짝에 들어갈 늙은 놈이 괴물이 되어 돌아왔다.

보셀리 피에트로는 저 멀리서 웃고 있는 제이미 골더를 보며 이를 갈았다.

하지만 그는 아직 두 가지 재앙이 더 남아 있다는 걸 모르고 있었다.

* * *

뉴욕 맨하탄의 어느 5층짜리 건물.

WRM건설의 대표, 윌리엄 홀튼이 누군가와 통화를 하고 있다.

-이쪽은 다 파악됐습니다.

의문의 투자자 찰리, 아니 종혁에게 자금 수혈을 받은 선박 회사의 주인 리암 노울러.

그가 보셀리 피에트로의 선박 회사 소유의 배가 어디어디에 들르는지 모두 파악했다고 말하고 있다.

―그런데 아무래도 피에트로가 마약 조직의 보스인 것 같습니다. 예전에 잠깐 떠돌았다가 가라앉은 그 소문처럼요.

순간 윌리엄 홀튼의 눈빛이 차가워진다.

"왜 그렇게 생각하신 겁니까?"

―두 달에 한 번, 멕시코로 갈 때는 꼭 그 선박 회사의 직원이 선박 내부의 안전 점검이라는 이유로 함께한다더 군요. 오직 딱 그 운송 회사의 배만.

마약과 카르텔의 나라 멕시코.

―그런데 선박을 운용하는 운송 회사의 주인이 누군가에게 큰 빚을 지고 있는 것 같다는 소문을 저희 직원이 들었습니다.

머릿속에 시나리오가 그려진다.

"허어. 피에트로가 정말 마피아라면 DEA가 주목하고 있을 텐데 그런 뻔히 보이는 짓을 하고도 걸리지 않았다는 겁니까?"

―공해상에서 던지기를 하는 것 같습니다.

"던지기?"

―공해상에 마약이 담긴 부표 같은 걸 던지고, 미리 대기하고 있던 다른 배가 그걸 가져가는 겁니다. 저기 마이애미 놈들이 잘하는 짓거리죠.

"아."

그렇다면 말이 된다.

―아무튼 이쪽은 이렇습니다. 그쪽은 어떻습니까, 홀튼 씨.

"우리 쪽도 다 파악됐습니다."

록 건설이 지금 어떤, 그리고 누구와 건설 수주를 맺었는지 오늘에서야 모두 파악할 수 있었다.

─어떻게 하실 예정이십니까?

"제로 마진."

마진을 단 1센트도 남기지 않는다.

쿵!

사무실에 묵직한 침묵이 내려앉았다.

"노울러 씨는?"

─우리도.

순간 둘은 서늘하게 웃었다.

"건투를 빕니다."

─나중에 위스키 한잔합시다. 물론 아내에게 허락을 받고.

"하하."

통화를 종료한 윌리엄 홀튼은 잠시 자신이 앉은 낡은 책상을 손으로 쓸었다.

WRM건설을 막 만들었을 때부터 함께했던 파트너.

경매로도 내놓을 수 없을 만큼 낡은 거라 쓰레기 매립장으로 향하려는 걸 겨우 구했다. WRM건설 회장실에 있던 모든 물건들 가운데 이것만 겨우.

'그래. 처음부터 다시 시작한다고 생각하자.'

모든 걸 잃었지만, 윌리엄 홀튼의 인생 3막은 지금부터가 시작이다. 눈빛을 단단히 굳힌 그는 몸을 일으켜 아래층의 회의실로 향했다.

처저적!

의자에 앉아 있다가 일어서는 사람들, 아니 WRM건설의 시작부터 함께해 온 진짜 보물들.

윌리엄은 빈자리를 보며 이를 악물었다.

그런 그의 시선을 따라 움직인 WRM건설의 임원들 역시도 표정이 살벌해진다.

"싸움은……."

모두의 시선이 모이자 윌리엄 홀튼의 눈에서 불똥이 튄다.

"보셀리 피에트로가 먼저 싸움을 걸었다."

WRM건설의 파산에 보셀리 피에트로의 손길도 닿았다는 것을 파악했다. 빈자리의 주인들이 록 건설에 있는 건 빼도 박도 못할 증거.

팅!

테이블을 내려친 윌리엄 홀튼은 얼굴을 흉악하게 구겼다.

"지금부터 치킨 레이스다. 마진이 마이너스가 돼도 좋으니 놈이 한 계약을 모두 뺏어 버려!"

"예!"

뉴욕의 건설 강자 WRM건설이 피에트로의 록 건설을 향해 전쟁, 아니 사냥을 선포했다.

* * *

사가포낙에 위치한 보셀리 피에트로의 저택.

-큼. 미안합니다, 피에트로 씨. 경기가 경기잖습니까.

건물을 짓는다고 해도 모두 제 주인을 찾을지 회의가 드는 요즘 경기. 이런 상황에서 재기를 한 WRM건설에서 제로 마진을 외쳤다.

"하지만 제게 맡긴다고 했잖습니까."

-다음에 더 좋은 건으로 계약합시다.

"……figlio di puttana!"

통화가 끊긴 핸드폰을 붙잡은 보셀리 피에트로가 차마 입에 담을 수 없는 쌍욕을 터트리며 방방 뛴다.

지난 일주일 사이 계약이 어그러진 것만 벌써 여덟 건이다.

계약서에 도장을 찍었는데도 뺏겨 버린 것까지 합하면 무려 12건. 저쪽에서 위약금을 내 버리니 어찌할 방도가 없었다. 내년에 할 공사까지 모두 뺏긴 거다.

이뿐만이 아니다.

록 건설이 수주를 따내려고 하면 WRM건설이 나타나 깽판을 치고 있었다.

"윌리엄 홀튼…… 이 개 같은 놈이!"

"보, 보스!"

"왜!"

"구, 구청에서 감리를 나왔다고 합니다."

공사가 절반 이상 진행되어 WRM건설의 마수에서 겨우 지켜 낸 2건의 공사장과 현재 인테리어 중인 마그마 클럽들에 감리를 나왔다는 말.

이는 공사가 언제까지 지연될지 모른다는 뜻과 같았다.

지이잉! 지이잉!

"뭐야!"

ㅡ보, 보스! 노울러 선박이……!

리암 노울러의 노울러 선박. 실론티 홀딩스에게 자금 수혈을 받은 선박 회사였다.

ㅡ피에트로 선박과 계약한 운송 회사들을 상대로 제로 마진을 제안했다고 합니다……!

뚝!

"으아아아아아!"

윌리엄 홀튼과 리암 노울러가 쏜 총탄이 그의 사지를 찢어 놓는 순간이었다.

* * *

WRM건설! 록 건설을 짓뭉개다!

록 건설, WRM건설을 규탄하다! 이건 상도덕을 벗어나는 일!

WRM건설, 싸움은 록 건설에서 시작. 둘 사이에 무슨 일이?

노울러 선박, 피에트로 선박을 향해 전쟁 선포!

올던 에이전시. 록 에이전시를 타깃 삼은 건가?

지상 최대의 낙원, 파라다이스 클럽!

파라다이스 클럽에 울상을 짓는 뉴욕의 클럽들.

고래싸움에 등 터지는 회사들!

"휘유. 난리도 아니네."

오늘은 좀 여유롭게 세상 돌아가는 일을 알기 위해 신문을 살피던 FBI 요원들이 혀를 내두른다.

"자업자득인 거지, 뭐."

"푸핫. 그런데 마피아 새끼가 상도덕을 말하니까 좀 그런데?"

"올해 최대의 개그가 아닐까?"

하지만 상황이 묘하다. 종혁은 웅성거리다가 이쪽을 보는 요원들을 모습에 입술을 비틀었다.

'슬슬 다음 단계로 넘어가도 되겠네.'

"슈퍼맨."

종혁은 사무실에서 고개만 내밀어 손가락을 까딱이는 캘리 그레이스에게 다가갔다.

"어떤 고마운 분들 덕분에 피에트로가 궁지에 몰렸군요."

보셀리 피에트로의 배경으로 추측되는 시장이 나선다고 해도 록 건설과 마그마 클럽을 대상으로 시행된 감리는 시간을 질질 끌게 될 거다.

주지사가 움직였기 때문이다.

명분도 좋다. 이제 겨울이니 공사 현장의 안전을 점검해야 되니까.

작은 균열에도 무너지는 게 바로 건물.

록 건설의 건설 현장뿐만 아니라 뉴욕주의 모든 건설 현장에 점차적으로 감리를 시행하기로 했다.

다만 그 첫 타깃이 록 건설일 뿐이다.

이제 보셀리 피에트로에게 남은 돈벌이 수단은 두 개 뿐이다.

성매매, 그리고 마약.

"이제 슬슬 시작해도 될 것 같은데요."

이렇게 정신이 없을 때 몰아쳐야 한다.

차갑게 번들거리는 그녀의 눈빛에 종혁도 눈빛을 서늘히 굳혔다.

"저도 같은 생각입니다."

고개를 끄덕인 캘리는 내선 전화기를 들어 담당 검사에게 전화를 걸었다.

"전에 말한 작전을 실행할 거예요."

―바로 승인할게요.

고개를 끄덕인 그녀는 사무실을 나섰다.

"모두 주목!"

사무실을 꿰뚫는 외침에 하던 일을 멈추고 쳐다보는 FBI 요원들.

"지금부터 핸드폰 꺼내서 전원을 끄고 책상 위에 올려놓는다!"

요원들은 어리둥절해했지만, 이내 순순히 그녀의 명령을 따라 핸드폰의 전원을 껐다.

"올슨, 손!"

"예!"

누구보다 빨리 핸드폰을 전원을 껐던 네 명의 요원.

"정말로 하나도 남김없이 파악했겠지?"

"예!"

우렁차게 대답한 그들은 종혁을 힐끗거렸다.

종혁이 건넨 자료들과 미행 끝에 모두 사실임을 밝혀낸 그들.

"잘 생각하고 대답해. 한 놈이라도 놓치는 순간 그놈들에게 붙들린 피해자를 영영 찾을 수 없게 되는 거야!"

"모두 체크했습니다! 완벽합니다!"

"좋아!"

캘리 그레이스는 입을 열었다.

"다시 주목!"

"현 시간부로 보셀리 피에트로의 마수에 빠져 성매매와 마약을 하게 된 여성들을 구출하는 구출 작전에 돌입한다!"

마그마 록의 성매매 사업은 1단계 콜걸, 2단계 길거리, 3단계 인신매매의 형태로 진행되었다.

그리고 종혁의 활약으로 머레이 패밀리가 운영하다가 컴즈 패밀리에게 넘어간 인신매매를 무너뜨릴 수 있었다. 알아보니 콜걸 조직 검거 작전 당시 마그마 록의 콜걸 조직들도 함께 검거됐었다.

이제 남은 건 콜걸 조직에서 일하다가 이제는 길거리에 내몰리며 몸을 팔게 된 여성들.

그들을 구해야만 했다.

하지만 섣불리 이들의 뒤를 쫓았다가 발각되기라도 한다면, 이들은 쉽사리 쫓을 수 없는 곳까지 숨어들지도 모르는 상황.

조심스레 수사를 하려다 보니 아무래도 어려움이 있을 수밖에 없었다.

만약 종혁이 준 자료가 아니었다면 여성들을 구하는 데 오랜 시간이 걸렸을지도 몰랐다.

심지어 혹여 FBI 내에 보셀리 피에트로의 끄나풀이 있을지도 모른다는 가능성까지 염두에 두며 철저히 비밀리에 놈들과 여성들의 위치를 알아낸 종혁을 그들은 경이롭다는 듯 응시했다.

종혁은 자신을 향하는 시선에 볼을 긁적였다.

'CIA와 탐정들이 다 한 건데…….'

CIA가 록 에이전시에서 계약을 했다가 해지한 여성들의 명단과 마그마 록의 중간 간부들의 신상을 알아 왔고, 탐정들이 그 자료들을 바탕으로 마그마 록의 모든 사업체와 여성들의 현 위치를 알아냈다.

종혁은 앉아서 빚 탕감과 돈 뿌리기만 했을 뿐이다.

"뭐하는 거야! 움직여!"

"……예!"

"무전기 가져와!"

"컨트롤 타워 세팅해!"

순간 부산해지는 사무실.

만족스럽다는 듯 고개를 끄덕인 캘리 그레이스는 요원들과 함께 출동 준비를 하려는 종혁을 불러 세웠다.

"자요."

종혁은 캘리 그레이스가 넘기는 헤드셋에 의아해했다.

"이번엔 당신이 컨트롤 타워를 맡아 봐요, 슈퍼맨."

"보스!"

종혁은 화들짝 놀라 그녀를 봤고, 그건 출동 준비를 하던 요원들도 마찬가지였다.

"당신이 다 해낸 일이잖아요. 그러니 자격 있어요."

"하지만……."

캘리 그레이스는 FBI 요원들을 봤다.

"이번 작전의 모든 정보는 여기 종혁 최가 알아 왔다. 내 이 결정에 불만 있는 사람 있어?!"

불만이 있어도 내뱉지 말라는 무시무시한 눈빛에 요원들이 할 수 있는 답은 하나였다.

"없습니다!"

'끄응.'

보라는 듯한 캘리의 눈빛에 얼굴을 구긴 종혁은 헤드셋을 받아 들 수밖에 없었다.

'아무래도 날 키워 보려는 것 같은데…….'

정확히는 FBI가 되라고 꼬시는 거다.

뻔히 보이는 수작이지만, 이런 기회를 놓칠 종혁이 아니었다.

헤드셋을 머리에 쓴 종혁은 무전 담당을 맡은 요원이

엄지를 치켜들자 나지막하게 입을 열었다.

"늙어서 말할 기력도 없는 보스를 대신해 헤드를 맡게 된 최다."

발끈하는 캘리와 웃음이 퍼지는 사무실.

마찬가지로 웃음을 흘린 종혁은 돌연 정색했다.

"현 시간부로 모든 연락은 무전을 통해서만 한다. 이 말이 무슨 뜻인지 알겠지?"

괜히 의심 살 만한 짓을 해서 커리어를 망칠 생각을 하지 말라는 것.

"모두 주파수부터 맞추도록."

촤좌작!

빠르게 이어폰을 귀에 끼고 무전 주파수를 맞추는 요원들.

종혁은 그사이 컨트롤 타워의 컨트롤을 도울 보조 요원들에게 CIA와 탐정들이 구해다 준 건물 청사진 등의 마그마 록에 대한 자료가 담긴 USB를 넘겼다.

그러곤 모든 준비를 마친 채 이쪽을 응시하는 그들을 향해 다시 입을 열었다.

"이번 작전은 어디까지나 여성들을 안전하게 구해 내기 위한 작전이다. 그리고 몰이사냥의 토끼몰이다."

사업체들과 마그마 록 안에 단단히 숨어 있는 보셀리 피에트로를 끄집어내기 위한 몰이사냥.

"지금부터 내가 지정한 사람끼리 4인 1조로 움직이고, 나머진 출발하면서 들어. 다들 튀어 나가."

"옛썰!"

수십여 명의 FBI 요원이 사무실 밖을 향해 내달렸고, 곧 FBI SWAT와 수백의 NYPD까지 뉴욕의 밤거리를 내달리기 시작했다.

그 많은 사람들이 종혁의 지시에 일사불란하게 움직이는 것이었다.

* * *

12월 초의 본격적인 겨울, 해가 저물며 더 추워진 뉴욕의 밤거리.

그러나 아직도 헐벗고, 자의가 아닌 타의로 인해 헐벗고 다니는 이들이 존재한다.

"거기 가는 잘생긴 남자! 싸게 해 줄게!"

"얘! 나 섹시하지 않니?"

짧고 반짝이는 원피스나 몸매가 확연히 드러나는 옷을 입은 채 겨울의 찬바람에 덜덜 떨면서도 차량이 잘 다니지 않는 거리를 지나는 남성이나 남성이 탄 차를 향해 손을 흔드는 거리의 창녀들.

그녀들의 추위를 막는 건 얇은 코트뿐이다.

하지만 그 누구도 그녀들에게 동정의 시선을 보내지 않는다. 그건 그녀들을 감시하는 마피아의 조직원들도 마찬가지였다.

"하아암. 아우, 난 이 시간이 제일 힘들더라."

시간도 저녁 10시, 차 안에 가만히 앉아 있는 것도 모자라 히터의 따뜻한 바람 때문에 잠시 솔솔 쏟아지기 때문이다.

"그럼 잠시 밖에 나가서 찬바람이나 좀 쐐. 너 이번에도 졸다가 걸리면 큰일 난다."

"싫어. 밖은 추워. 어우, 난 좀 잘 테니까 30분 후에 깨워 줘."

"난 분명 경고했다."

동료의 경고에도 몰라몰라 하며 눈을 감는 순간이었다.

─띠리링! 띠리링!

"예, 지미!"

그들 패밀리의 보스. 지미 콜드.

─또 자냐?

"아, 아닙니다!"

─분명 자는 목소리였는데…… 쯧. 오늘 매출은 좀 어때?

전화를 받은 마피아가 얼굴을 구긴다.

"처참합니다."

보너스와 술자리가 넘치는 12월임에도 손님을 겨우 2명 받았다. 현재 거리에 나가 있는 아가씨가 6명이나 되는데 겨우 2명만 받은 거다.

─빌어먹을. 이쪽도 경기를 타나…….

퇴직을 당하지 않는 게 다행일 정도로 끔찍한 경기.

"음…… 그게 아니라 외모 때문이 아닐까 하는데요. 단골들 연락은 많이 오는데, 그냥 그년들 쓰면 안 됩니까?"

―걔들은 아직 안 된다니까!

콜걸로 일하다가 길거리로 내몰린, 아니 자신들에게 넘겨진 록 에이전시의 전직 록 모델들.

그녀들을 쓴다면 지금처럼 장사가 안 되진 않으리라는 건 콜드 패밀리의 보스, 콜드 또한 잘 알고 있었다.

그러나 머레이 패밀리와 컴즈 패밀리가 털리며 그녀들의 정보가 유출됐을지도 모르는 상황.

그로 인해 그들은 다급히 그 여성들을 숨기고, 사업도 잠시 접다 못해 다른 거리 창녀 조직과 구역을 맞바꿔야 했다. 한 달이 지나도 별일이 없으니 지금에서야 슬그머니 기어 나왔을 뿐, 아직은 조심해야 할 때다.

―그리고 걔들은 다른 주로 넘기기로 했으니까 그렇게 알아!

다른 도시나 주의 창녀 조직들과의 거래를 전문적으로 알선하는 브로커를 통해 이야기를 모두 끝마쳤다.

거래 일시는 12월 24일과 25일, 뉴욕뿐만 아니라 미국 전체가 크리스마스로 시끄러울 때 여성들을 브로커에게 넘기는 거다.

그러면 누가 급습을 해도 성매매에 관한 법률 위반으로만 잡혀갈 뿐이었다. 잘못돼도 2년 이하의 징역, 잘되면 벌금.

"끙. 그래도 찾는 사람들이 너무 많은데……."

―패밀리가 날아갈 수도 있으니까 닥쳐. 머레이 패밀리와 컴즈 패밀리가 어떻게 됐는지 알지?

어디 그뿐인가. 조직의 가장 큰 사업들이 모두 존폐의 기로에 서 있다. 여기서 나대다가 조직에 해를 끼칠 순 없었다.

"하아. 예, 알겠습니다. 하지만 계속 이러면 저흰 굶어 죽는다는 것만 아십시오."

—쯧. 사태가 잠잠해지면 피에트로 보스께서 잘빠진 애들로 보내 줄 테니 그때까지만 참…… 응?

—챙그랑!

"보스?"

—꽈아앙! 타다다당!

—으아악!

"콜드! 무슨 일이에요, 콜드!

"뭐야! 뭔데!"

그때였다.

부아아아아앙!

그들이 있는 거리에 빠르게 진입하는 FBI의 SUV와 NYPD의 경찰차들.

어디로 출동하나 보다 생각하며 느긋하게 근처 건물로 걸어가거나 몸을 돌리는 성매매 여성들과 달리, 마그마 록의 콜드 패밀리 조직원은 다급히 총을 꺼내 든다.

그리고…….

끼이이이익! 촤좌좍!

그들의 차를 틀어막은 SUV 차량에서 뛰어내려 권총을 겨누는 FBI 요원들의 모습에 양손을 위로 올릴 수밖에 없었다.

'씨발.'

그들은 눈앞이 아득해졌다.

그런 그들에게서 시선을 돌린 FBI 요원 중 한 명은 NYPD에게 검거되는 콜드 패밀리 소속 성매매 여성들을 확인하곤 소매를 입가에 가져갔다.

"41번가 콜드 패밀리 소속 조직원 둘 및 여성 6명 확보."

-확인. 6번가로 이동 바람.

"라져!"

무전을 종료한 FBI 요원은 혀를 내둘렀다.

콜드 패밀리 소속 여성들이 영업을 하는 위치와 그녀들을 감시하는 조직원이 어디 있는지까지 세심하게 알려 준 종혁.

검거가 이렇게 쉬워도 되나 싶을 정도였다.

"자, 움직이자고!"

"오케이!"

마그마 록의 성매매 담당 패밀리들뿐만 아니라 그들과 구역이 겹치는 다른 조직들도 모두 쓸려 나가는 순간이었다.

＊ ＊ ＊

-지금 현장을 보시면…….

툭!

들고 있던 리모컨이 떨어진지도 모른 채 멍하니 TV를

응시하는 보셀리 피에트로.

"보, 보스!"

보셀리 피에트로는 다급히 거실로 뛰어 들어오는 이를 보곤 이를 악물었다.

"지금 남아 있는 패밀리가 몇 개야?"

"다, 다섯 개뿐입니다!"

마약만 전문적으로 다루는 패밀리만 남았다.

그중 둘은 마그마 클럽들을 관리하는 패밀리들.

남은 셋은 록 에이전시와 피에트로 선박을 관리, 아니 마약을 밀반입하는 패밀리 둘, 그리고 마약 판매를 맡고 있는 패밀리 하나였다.

그 외 보셀리 피에트로의 직속 친위대까지 합하면 겨우 여섯.

그 방대했던 조직이 절반 이하로 쪼그라든 거다.

"아아아악!"

결국 폭발한 보셀리 피에트로는 손에 잡히는 걸 던지기 시작했다.

이거다. 이러기 위해 그동안 FBI가 침묵을 했던 거다.

그렇게 얼마나 지났을까.

겨우 진정한 그는 조직원을 노려봤다. 그의 눈에 살기와 광기가 넘실거리고 있었다.

"일단…… 다음 거래가 언제지?"

"내일 입니다!"

"미켈로 패밀리에게 마약 유통까지 맡게 해."

그의 오른팔이자 멕시코에서 마약을 밀반입해 오는 미켈로 패밀리.

"그리고 마약이 뉴욕에 들어오면 윌리엄 홀튼, 제이미 골더, 줄리아 에던, 리암 노울더 이 개 같은 놈들을 죽여 버려."

"보스! 그랬다가는……!"

"닥쳐!"

이렇게 당했는데도 가만있는다?

그땐 뉴욕의 뒷골목에서 빌빌거리는 거지들조차도 권총을 빼 들고 달려들 거다.

죽여야 한다.

죽여 버리면 인맥으로 어떻게든 무마할 수 있다.

그로 인해 가진 인맥, 카드를 모두 잃게 되겠지만 그래도 해야 했다.

그러기 위해 마약이 들어오기를 기다리는 거다.

"이번 작전을 지휘한 놈, 영장을 승인한 검사 놈, 재판을 담당할 판사 놈이 누군지도 다 알아봐!"

"……예!"

부하가 달려 나가자 그는 이를 갈았다.

"이제 전쟁이다, 이 개새끼들아."

보셀리 피에트로의 눈이 활활 타오르기 시작했다.

* * *

태양이 작렬하는 나라, 멕시코의 어느 숲.

무장한 사람들이 돌아다니는 어느 커다란 창고 앞에서 사십대 후반의 몸매 좋은 이탈리아 남성과 오십대의 멕시코 남성이 손을 맞잡는다.

"두 달 뒤에 봅시다."

악수를 하고 돌아선 이탈리아 남성은 컨테이너가 실린 덤프트럭을 두드렸다.

"출발!"

삐! 삐이! 부르릉!

그들은 항구로 향했다.

쏴아! 쏴!

바다를 가로지르는 커다란 화물선 위.

갑판 위에선 이탈리아 남성이 넘실거리는 파도를 보며 시거를 문다.

'우리보고 유통까지 맡으라고?'

유통이란 뉴욕 내에 위치한 다른 패밀리들에게 마약을 나눠 주라는 것. 원래 이 유통을 담당하던 패밀리에, 아니 뉴욕에 무슨 일이 생긴 게 분명했다.

그렇지 않으면 계약만 담당하는 자신에게 이런 명령이 하달될 일이 없다.

'가 봐야겠군.'

"보스."

뒤를 힐끗 본 남성은 사내들이 들고 있는 커다란 부표와 그것에 달린 커다란 덩어리에 눈빛을 가라앉혔다.

"운반조한테 잠시 대기하라는 메시지를 남겨 둬. 아무래도 뉴욕에 하루라도 빨리 가 봐야 할 것 같으니까."

원래라면 이대로 배를 타고 뉴욕항까지 가야 하는 그, 피에트로 선박의 진짜 주인이자 미켈레 패밀리의 보스 미켈레.

하지만 아무래도 마이애미에 잠시 정박을 해야 할 것 같다.

'만약 내 이 불길한 생각이 맞다면, 내가 없는 사이 정말 뉴욕에 무슨 일이 벌어진 거라면……'

최악의 상황을 가정한 미켈레는 부표에 빨간 라커로 '운반 대기'라는 글자를 쓰던 사십대 후반의 사내 마르코를 응시했다.

그들 패밀리의 굴러온 돌인 마르코.

저 밑바닥 조직원에서 시작한 놈이 10년도 채 되지 않아 제 위에 있는 간부들을 잡아먹고, 미켈레 자신의 오른팔이 되어 이렇게 마약을 거래하는 현장까지 따라오게 됐다.

'너무 컸어.'

"마르코."

"예, 보스."

"준비해. 아무래도 네가 조직의 4대 사업체 중 하나를 맡아야 할 수도 있을 것 같으니까. 아니면 보셀리 보스의 친위대로 들어가든가."

록 에이전시, 록 건설, 마그마 클럽 셋 중 하나를 말이다.

"보, 보스⋯⋯!"

"싫어?"

싫을 리가.

4대 사업체를 맡는다는 건 마그마 록의 고위 간부가 된다는 거다. 이날만 바라 왔던 마르코로서는, DEA의 위장 요원 마르코로서는 무조건 승낙해야 될 일이었다.

'대장님! 드디어 제가⋯⋯!'

그러나 냉큼 받아들일 수 없었다.

"하지만 제가 가면 보스의 곁은 누가 지킵니까!"

미켈레는 피식 웃었다.

'그래, 넌 이런 놈이지. 그러니 널 떼어 놓으려는 거다.'

이 이상 마르코가 미켈레 자신의 자리를 위협한다는 그런 의심을 가지지 않도록.

'이놈이 우리 마그마 록의 중추가 되면 내 영향력도 그만큼 넓어지는 거고.'

"걱정할 사람이 없어서 나를 걱정해? 헛소리 말고 부표나 던져."

"끙⋯⋯. 던져."

"하나, 둘!"

휘이익! 풍덩!

미켈레는 멀어지는 부표를 가만히 응시했다.

이제 수거팀이 수거해서 차로 옮겨져 뉴욕으로 향할 마약들.

미켈레는 시거를 바다를 향해 던지며 몸을 돌렸고, 마

르코는 그런 그를 보며 입맛을 다셨다.

'좀 아쉽네.'

곧 미켈레를 제거하고 그 자리를 차지하려고 했기 때문이다.

그는 혀를 차며 미켈레의 뒤를 따랐고, 얼마 지나지 않아 마이애미 방향에서 달려온 어선 한 척이 부표를 수거해 다시 왔던 길로 사라졌다.

* * *

−Welcome to Magma−!

"꺄아아악!"

"와아아악!"

다시 재개장을 한 마그마 클럽.

클럽 안을 반절 정도밖에 안 채운 고객들의 모습에, 클럽의 스테이지가 훤히 내려다보이는 사무실에 선 보셀리 피에트로는 미간을 찌푸렸다.

원래라면 사람이 가득 차는 것으로도 모자라 입구에 대기 줄까지 길게 늘어서야 하는 금요일의 마그마 클럽.

재오픈 이벤트로 위스키와 맥주까지 무료로 풀었건만 이 모양 이 꼴이다.

'빌어먹을 파라다이스!'

"보스, 곧 미켈레 패밀리의 운반조가 뉴욕에 도착한다고 합니다."

"미켈레는?"

"방금 전 피에트로 선박에서 퇴근을 했다고 합니다."

무슨 낌새를 알아차린 건지 거래가 끝나자마자 비행기를 타고 돌아온 미켈레. 언론에서 그토록 떠들었으니 단숨에 상황을 파악한 그는 자신이 제이미 골더들을 암살하겠다고 말해 왔다.

부하로서 가려운 곳을 긁어 주려는 것인 것 같지만, 이를 통해 록 에이전시나 록 건설, 마그마 클럽 중 하나를 접수하겠다는 그의 의도를 어찌 모를까.

하지만 보셀리 피에트로로서는 승낙할 수밖에 없었다.

이대로라면 마그마 록의 존속 자체가 뒤흔들릴 수도 있는 상황. 사업체 하나를 넘겨주는 것으로 상황이 해결될 수 있다면 이것도 싸게 먹히는 거라 볼 수 있었다.

물론 순순히 사업체를 넘겨줄 생각은 없었지만 말이다.

눈을 빛낸 보셀리 피에트로가 다가온 남성을 본다.

"지금 남은 패밀리가 다비드 패밀리였던가?"

"아직 건재한 간부는 다비드만 남은 건가?"

주요 사업체를 관리하는 고위 간부를 제외하고 현재 큰 피해를 입지 않은 중간 간부.

"전화 연결해."

"여기 있습니다."

―오! 도미닉 님께서…….

"나다."

-보, 보스!

"지금 당장 미켈레 패밀리로 달려가서 내일 있을 그들의 일을 도와."

-예? 예, 알겠습니다!

통화를 종료한 보셀리 피에트로는 시거에 불을 붙였다.

'이것이면 어느 정도 공이 가감되겠지.'

이러면 미켈레도 자신이 세운 공을 강력하게 요구할 수 없을 거다.

'만약 반발을 한다면…….'

오른팔인 미켈레를 보셀리 피에트로 자신의 손으로 교도소에 보내야 할지 모른다. 아니면 제거를 하든가.

눈빛이 서늘하게 가라앉은 보셀리 피에트로는 부하를 봤다.

"VIP들은?"

"곧 도착하신다고 연락이 왔습니다."

내일 있을 암살을 무마시켜 줄 VIP들.

오늘 마약과 술, 여자에 취한 그들이 내일 아침 호텔에서 눈을 떴을 땐 모든 일은 끝나 있을 거고, 그들은 자신의 부탁을 들어줄 수밖에 없을 거다.

'그렇게 되면…….'

허공에 떠 버린 제이미 골더들의 사업체를 이쪽에서 흡수할 수 있을 거다.

그러면 지금까지의 손해를 모두 만회하다 못해 뉴욕 최고의 마피아로서 발돋음할 수 있을지도 몰랐다.

아니, 그럴 것이다.

"푸흐. 좋군."

―VIP께서 도착하셨습니다.

"왔다고 합니다."

"그래, 가지."

보셀리 피에트로는 내일이면 모두 끝날 재앙과 앞으로 펼쳐질 꽃길을 상상하며 입술을 비틀었다.

* * *

한편 FBI 캘리 그레이스의 사무실.

DEA의 앤드류 깁슨이 심각한 표정을 짓고 있다.

쿵쿵!

"들어가겠…… 흐음."

문을 열고 들어가던 종혁은 앤드류 깁슨을 발견하곤 피식 웃으며 캘리 그레이스를 봤다.

"왜요? 마그마 록이 제이미 골더 씨들을 제거한다고 합니까?"

움찔!

어떻게 알았냐는 듯 경악으로 일그러지는 캘리 그레이스와 앤드류 깁슨의 얼굴.

"그래. 방금 전 위장 요원에게서 연락이 왔다."

종혁은 역시라며 고개를 끄덕였다.

마그마 록의 패밀리들과 보셀리 피에트로의 관계를 입

증할 어떤 증거들과 마그마 록의 마약 유통망을 모두 확보했다면 군이 FBI에 찾아올 이유 없이 보셀리 피에트로를 덮쳤을 DEA.

그런 DEA가 이곳에 온 이유가 뭐겠는가.

DEA가 그동안 기획한 계획이 어그러질 어떤 일이 발생할 것 같기에 FBI에 협력을 요청하러 온 거다.

"타깃은요? 네 명을 다 암살하려 들진 않을 거잖아요?"

보셀리 피에트로와 대립각을 세우던 네 명을 모두 죽인다?

그건 자신이 범인이라고 시인하는 꼴밖에 안 된다. 그땐 시장 할아버지가 와도 수습을 못한다.

"……리암 노울러."

"역시."

다른 세 명과 달리 배경이 그리 많지 않은 리암 노울러.

이미 종혁은 보셀리 피에트로가 누군가를 노린다면 그 첫 타깃을 리암 노울러로 삼을 것이라고 예상하고 있었다.

'그렇게 해도 제이미 골더 씨들이 물러나지 않으면 윌리엄 홀튼이나 줄리아 에던도 죽이려 들겠지.'

그리고 그 사업체들을 흡수해 예전보다 더 큰 거물이 되어 버릴 거다.

"그래서 FBI 보고 위장 요원을 죽이지 말아 달라고 온 겁니까?"

흠칫!

"빌어먹을."

제이미 골더들의 재기로 인해, 그들이 보셀리 피에트로를 타깃으로 삼는 것으로 인해 DEA의 위장 요원이 움직이기 편하게 됐다.

문제는 그걸 FBI도 알고 있을 거란 점이다.

마피아의 속성을 아주 잘 아는 FBI.

분명 제이미 골더들의 암살을 대비하고 있었을 테고, 어쩌면 이것을 제이미 골더들을 보호하고 있는 PMC에게 알렸을지도 모른다. 아니 FBI라면 무조건 알렸다.

그래서 부랴부랴 달려온 거다. 이번 암살에 동원된 위장 잠입을 한 요원의 목숨을 살리고자.

"캘리, PMC에게 방어만 하라고 전해. 그럼 우리 DEA의 타격대가……."

"싫은데요."

"……캘리, 부하 직원도 관리 안 하나?"

"완전히 내 부하가 아니라서 말이야."

캘리 그레이스는 웃겨 죽겠다는 듯 키득거리며 어깨를 으쓱였고, 앤드류 깁슨은 이를 갈며 몸을 일으켰다.

"아무튼 통보했으니까 FBI는 DEA의 작전에 끼어들 생각하지 마!"

"보스?"

"왜 그러죠, 최?"

"내일 보셀리 피에트로 그 개자식이나 보러 갈까요? 저쪽이 리암 노울러 씨 죽이러 간 놈들을 소탕할 시간에?"

"이봐, 최!"

리암 노울러를 죽이려고 움직인 조직과 보셀리 피에트로의 관계가 입증되기 전까지, 정확히는 보셀리 피에트로가 그들에게 암살을 지시했다는 것이 입증되기 전까지 DEA는 보셀리 피에트로를 건드릴 수 없었다.

종혁은 그 틈을 찌른 거다.

"그건 FBI도 마찬가지야!"

"그래요? 정말 그렇게 생각해요?"

"……?!"

생각해 보니 FBI가 보셀리 피에트로를 찌를 구석이 있다.

바로 얼마 전 검거당한 성매매 조직들. 그들이 만약 피에트로와의 관계를 모두 불었다면?

"너-!"

"아니면 위장 요원의 신상부터 까발리고, FBI와 DEA의 공조 수사로 전환하든지."

'어딜 씨발, 다 차린 밥상을 가로채려고!'

이미 보셀리 피에트로를 검거할 준비가 모두 마무리된 상태나 다름없었다.

그런데 잡을 수 있는 범죄자를 DEA 때문에 기다려 준다? 있을 수 없는 이야기였다.

종혁은 부들부들 떠는 앤드류 깁슨을 보며 싱긋 웃었다.

* * *

아직 해가 뜨지 않은 어두운 새벽.

리암 노울러의 저택 근처, 흰색 승합차의 보조석에 앉은 마르코가 뒤에 타 있는 조직원들을 보며 눈빛을 가라앉혔다.

리암 노울러를 제거해야 된다는 미켈레의 말에 곧바로 자원한 DEA 위장 요원, 마르코.

'드디어 저놈들과도 끝이군.'

그동안 법도 도덕도 없는 저놈들과 어울리느라 얼마나 괴로웠던가. 또 손에 묻혀야 했던 피는 얼마던가.

오직 나라를 위해, 국민을 위해서라는 사명감 하나로 버텼던 긴 시간.

이젠 그것도 오늘로 끝이다. 어젯밤 마그마 록이 마약을 유통하는 곳을 모두 확인했으니 정말 끝이다.

오늘이 지나면 이 세상에 마그마 록이란 마피아는 없을 것이고, DEA에 복귀하면 그는 2계급 특진을 하게 될 거다.

동기들보다 무려 5년이나 빠른 승진. 지금 은퇴를 한다고 해도 막대한 연금이 그를 기다리고 있었다.

"쯧. 저 개자식들."

마르코는 뒤에 있는 조직원들이 보는 이 승합차의 뒤에 세워진 차를 응시했다.

보셀리 피에트로가 보조로 붙인 다른 패밀리의 조직원들.

"저놈들만 아니었으면 마르코가 4대 사업체 중 하나를 맡을 수 있었을 텐데!"

"마르코, 어떤 사업체를 요구할 생각이었습니까?"

"글쎄…… 마그마 클럽?"

"크! 역시 마르코! 우리의 보스!"

마르코는 웃는 조직원들을 보며 냉소를 터트렸다.

그리고 이내 사이드미러를 통해 저 멀리 보이는 리암 노울러의 저택에서 빠져나오는 차량들에 눈을 빛냈다.

"후우. 시작하자."

마르코는 두건을 코까지 끌어 올리며 총기를 점검했고, 뒤에 타고 있던 미켈레 패밀리의 조직원들도 총기를 점검했다.

부우웅!

그런 그들을 향해 점점 다가오는 리암 노울러의 차량과 경호 차량.

리암 노울러의 선두 경호 차량이 그들의 차 후미에 접근하는 순간이었다.

"지금!"

드르르륵!

슬라이딩 도어를 옆으로 잡아당기며 총구를 드는 조직원들과 보조석 문을 열며 땅바닥으로 몸을 날리는 마르코.

그리고…….

팅! 텅 텅텅!

뒤에 있던 조직원들은 차 안으로 던져져 차 바닥에 떨어지는 기다란 원통의 무언가, 아니 섬광탄에 하얗게 질렸다.

"포, 폭탄이다!"

뻐어어엉! 삐이이이이!

띠디디! 띠디디!

"……진짜 저걸 막아 버리든가 해야지."

햇빛이 쏟아지는 통유리를 보며 눈살을 찌푸린 보셀리 피에트로는 기지개를 켜며 몸을 일으켜 화장실로 향했다.

쏴아아아!

강렬한 클래식 음악과 함께 쏟아지는 물줄기.

'지금쯤 죽었겠지.'

지금쯤이면 죽었을 리암 노울러.

PMC가 지키고 있다고 한들 이 새벽에 냅다 총을 갈겨 버리면 PMC가 아닌 특수부대라고 해도 어찌할 방법이 없다.

"내일쯤 제이미 골더와 약속을 잡아야겠어. 아니, 그쪽에서 먼저 연락이 오려나?"

그러게 왜 마피아를 건드렸을까.

보셀리 피에트로는 모든 걸 뺏길 그들과 그들의 것으로 더욱 거물이 될 자신의 모습을 떠올리며 실실 웃었다.

"후우. 음?"

머리를 털고 나온 보셀리 피에트로는 있어야 할 것이 없음에 의아해했다.

"도미닉이 늦잠을 자는 건가……."

매일 아침 굿모닝 에스프레소를 책임지며 비서 역할도 겸하는 그의 직속 친위대이자 왼팔인 도미닉.

거기다 집은 또 왜 이렇게 조용한지 모르겠다.

섬뜩!

미간을 좁히던 그는 순간 갑자기 드는 불길한 생각에 숨겨 뒀던 총을 꺼내 들고 조심스레 방문을 열었다.

그 순간이었다.

철컥!

"내가 진짜 너 하나 잡겠다고 뭔 지랄 생쑈를 했는지 모르겠다. 아, 밤새 좋은 꿈은 꿨어?"

"……Fuck."

보셀리 피에트로는 관자놀이를 겨눈 동양인, 아니 종혁의 권총에 모든 꿈이 산산이 부서지는 걸 느꼈다.

(회귀 경찰의 리셋 라이프 21권에서 계속)

신들의 전장, 신세계
게임 속 엑스트라가 된 에단에게 기회가 찾아왔다

[당신에게 걸맞은 신을 구독하세요!]

"모두가 나를 원한다고?"

─필멸자여, 제발 나를 구독해 주게나!

수많은 신들의 아이돌이 된 에단,
그의 한 걸음마다 세계가 들썩이고 신들이 주목한다!

신들의 구독자

최달해 판타지 장편소설

『전직 사기꾼의 신앙생활』『남작가의 정령 천재』
사는게죄 작가의 판타지 신작

『무적 쓰고 레벨업』

게임이 현실이 된 세계
고인물 게이머 황태선은…… 무적이다!

[무적(SSS)을 발동합니다.]
[지속 시간 : 1초]

어떤 물리 공격도, 갖가지 마법도
그의 앞에서는 무용지물

신조차도 감당하지 못하는
무적의 강자, 황태선의 일대기가 시작된다!

사는게죄 판타지 장편소설

무적쓰고
레벨업